Acheté à Florenville
(librairie de la place)
Août 2009

W0203406

PAUL Ier

Le tsar mal aimé

Paru dans Le Livre de Poche :

L'ÉTAGE DES BOUFFONS

L'ÉTERNEL CONTRETEMPS

LA FILLE DE L'ÉCRIVAIN

LE FILS DU SATRAPE

MARINA TSVETAEVA

NAMOUNA OU LA CHALEUR ANIMALE

TERRIBLES TSARINES

LES TURBULENCES D'UNE GRANDE FAMILLE

VERLAINE

ZOLA

HENRI TROYAT
de l'Académie française

Paul Ier
le tsar mal aimé

GRASSET

® Editions Grasset & Fasquelle, 2002.

I

L'enfant mal aimé

Pendant les derniers mois de sa grossesse, la grande-duchesse Catherine s'inquiète, comme n'importe quelle femme enceinte, de la façon dont se déroulera l'accouchement du bébé qu'elle porte dans son ventre et du destin qui lui est promis. Mais à ces appréhensions bien naturelles s'en ajoute une autre, spécifique de sa situation à la cour de Russie. Agée de vingt-cinq ans, mariée à seize ans avec le très jeune et très disgracieux grand-duc Pierre, neveu de l'impératrice Elisabeth et héritier proclamé du trône, elle est restée vierge durant six longues années aux côtés de ce personnage à demi fou, brutal, obsédé par son admiration maladive de la Prusse et impuissant par surcroît. Elle a subi ses sautes d'humeur, sa grossièreté et ses avanies jusqu'au jour où, excédée de tant d'humiliation et de frustration, elle s'en est consolée entre les bras d'un amant, le fringant et habile chambellan, le comte Serge Saltykov. Or, dans le temps même qu'elle bénéficiait de cette radieuse initiation, son mari connaissait, lui aussi, une rénovation sexuelle d'importance. Conseillé par ses proches, il avait enfin consenti à subir la petite opération chirurgicale du phimosis. Un coup de bistouri l'ayant délivré de la légère malformation qui l'empêchait de concrétiser ses désirs, il venait de découvrir la jouissance de l'amour complet. Malgré sa répugnance, Catherine avait été ainsi contrainte de le recevoir à plusieurs reprises dans son lit. Elle n'avait pas renoncé pour autant aux assiduités du beau Serge. Les apparences étant sauves, le jeu aurait pu continuer indéfiniment. Toutefois, à présent qu'elle est fécondée, elle se demande qui est le père ? Le grand-duc Pierre ou Saltykov ? Peu importe ! L'essentiel est que l'enfant naisse, sain et vif, et qu'il soit reconnu dans ses droits héréditaires. Plus tard, quand elle écrira ses *Mémoires*, elle laissera planer quelque doute sur la filiation exacte de son rejeton, mais, dans l'immédiat, elle prétend, sans sourciller, qu'elle abrite dans son sein l'authentique héritier de la couronne de Russie. Derrière les murs du palais, toute la nation attend avec un espoir quasi mystique qu'elle mette au monde le futur maître de l'empire. Catherine le sait et elle est à la fois émue et inquiète de sa responsabilité devant tous ces gens pour qui elle n'est encore qu'une étrangère russifiée. Petite princesse allemande, née à Stettin, en 1729, c'est avec courage et lucidité qu'elle a accepté de s'expatrier dans ce pays que l'on dit barbare. Sa seule idée était d'accéder un jour à la suprématie dont elle rêvait depuis son enfance. Avec un zèle méritoire, elle a appris le russe, s'est initiée aux usages de sa nouvelle patrie, et, élevée jadis dans la religion luthérienne, sous le nom de Frédérique-Sophie d'Anhalt-Zerbst, s'est convertie, avant son mariage, à la religion orthodoxe, sous le nom de

Catherine Alexeïevna. La grâce très féminine de ses manières cache une volonté de bronze, et son goût de la volupté s'allie, dans son esprit, à un secret besoin d'action, et à un intérêt marqué pour la culture française. Mais, pour l'instant, elle n'est sensible qu'aux manifestations tout animales du fœtus qui remue en elle et demande à sortir.

Enfin, le 20 septembre 1754, à neuf heures du matin, après une longue torture subie en présence de l'impératrice Elisabeth, du grand-duc Pierre et de quelques intimes, Catherine accouche d'un fils normalement constitué et superbement vagissant. Grâce à elle, l'avenir de la dynastie des Romanov est assuré. On ne lui demandait pas autre chose. Deux cent un coups de canon, tirés des remparts de la citadelle, annoncent la bonne nouvelle aux sujets de la tsarine. Dans les palais des seigneurs comme dans les isbas des moujiks, chacun remercie le Ciel d'avoir répondu aux vœux de la nation.

Ayant ainsi rempli son rôle de génitrice, Catherine croit que la seconde partie de sa mission consistera à veiller sur la santé et l'éducation de son fils. Mais l'impératrice Elisabeth en a décidé autrement. A son avis, qui a force de loi, Catherine n'est qu'un ventre. Une fois sa besogne accomplie, elle n'a plus qu'à s'effacer et, si possible, à disparaître. Le nouveau-né appartient à la Russie tout entière et donc à la tsarine qui l'incarne. Après l'ondoiement de l'héritier du trône, qui reçoit le prénom de Paul, elle le fait enlever à ses parents et emporter, par une sage-femme, dans ses appartements personnels. Là, elle le confie à une demi-douzaine de nourrices triées sur le volet. Ce sont de vieilles paysannes illettrées, mais leur dévouement supplée à leur ignorance et à leur manque d'hygiène. Laissée seule, exténuée, suante, le visage baigné de larmes, Catherine ravale son chagrin et sa colère. Tandis que son mari fête l'événement en se soûlant à mort avec ses habituels compagnons de beuverie, elle mesure son infortune au milieu de cet univers d'apparat, de tradition, de cruauté et de mensonge. Est-ce parce que la tsarine est jalouse de la jeune épouse de son neveu ou parce qu'elle doute qu'avec sa réputation de libertinage Catherine soit capable d'élever un enfant au destin historique ? Toujours est-il que Sa Majesté interdit toute relation de tendresse entre la mère et le fils. Elle exige qu'ils demeurent étrangers pour n'être pas contaminés l'un par l'autre. Entre le mois de septembre 1754 et le printemps 1755, Catherine n'est autorisée à voir le petit Paul que trois fois, brièvement, et toujours en présence de Sa Majesté. Mais, si la tsarine veille à écarter la grande-duchesse de ce marmot exceptionnel, elle n'a guère le temps de s'en occuper elle-même. Absorbée par les soucis de la politique et les plaisirs de la débauche, elle laisse le soin de la première éducation du gamin aux bonnes grosses servantes qu'elle a choisies pour le mignoter et le nourrir. Craignant pour lui le moindre courant d'air, ces femmes l'étouffent sous les couvertures et n'aèrent jamais sa chambre. Ayant pu apercevoir l'enfant, dans son petit lit, au cours d'une visite clandestine, Catherine écrira : « On le tenait dans une chambre extrêmement chaude, emmailloté dans de la flanelle, couché dans un berceau garni de fourrure de renard noir, on le couvrait d'une couverture de satin piqué et doublé d'ouate et, par-dessus celle-ci, on en mettait une de velours, couleur de rose, doublée de fourrure de renard noir. Je l'ai vu moi-même après cela bien des fois, ainsi couché ; la sueur lui coulait sur le visage et de tout le corps [1]. »

De santé précaire, Paul, en grandissant, est enclin aux rhumes, aux indigestions, aux divagations de toutes sortes et aux crises nerveuses. Au moindre bruit suspect, il tressaille et se réfugie derrière un meuble, un rideau, ou dans son lit. Pour le distraire, les servantes attachées à sa personne lui débitent à longueur de journée des contes de fées aux péripéties surnaturelles. A leur contact, il devient familier de toutes les superstitions populaires. Les diables, les gnomes, les sorcières, les farfadets n'ont bientôt plus de secrets pour lui. Il voit partout des présages et des menaces. Ses angoisses puériles atteignent leur paroxysme dès que la tsarine entre dans sa chambre. Il la redoute à l'égal d'une émissaire de l'au-delà. Si elle vient à lui, ce ne peut être que pour lui apporter une mauvaise nouvelle. Même les domestiques affectés au service direct de Sa Majesté lui semblent nourrir des intentions maléfiques. Un jour, alors qu'une servante de l'impératrice fait claquer la porte derrière elle en venant le voir, il est saisi d'une telle frayeur qu'il se cache sous la table et s'agrippe à un pied du meuble en tremblant et en grinçant des dents.

1. Catherine II : *Mémoires*.

Avertie de cette fragilité de caractère, la tsarine Elisabeth décide de renvoyer les nourrices plus dévouées qu'efficaces et de confier l'éducation de Paul à un précepteur compétent. Elle désigne d'abord Théodore Bekhtéev, ancien chargé d'affaires à la cour de Versailles, qui, comme tel, est réputé avoir de l'esprit et de bonnes manières. Bien entendu, Catherine n'a pas été consultée sur le choix de celui qui va désormais diriger l'instruction de son fils. Suprême humiliation et suprême chagrin, elle apprend que son amant, Serge Saltykov, dont la présence à la cour est jugée compromettante, a été expédié à Stockholm pour annoncer officiellement au roi de Suède la naissance d'un héritier mâle au trône de Russie. A cet exil honorifique succéderont d'autres déplacements, prélude à une rupture définitive. Après avoir souffert en secret de cet abandon, Catherine appareille vaillamment vers d'autres aventures sentimentales. Affublée d'un mari ivrogne qui la déteste, la rabaisse et se désintéresse autant d'elle que de son enfant, elle n'a même pas la compensation de participer à la formation du caractère et de l'intelligence du petit Paul. Il se développe loin d'elle, sans qu'elle sache trop comment, enfermé dans une prison dorée dont la geôlière en chef est l'impératrice de toutes les Russies.

Peu après, d'ailleurs, l'impératrice Elisabeth décide que son pupille mérite un instructeur de plus haute volée que le brave Théodore Bekhtéev. Elle nomme à ce poste de responsabilité un autre ancien diplomate aux capacités indéniables et à la fidélité confirmée. Contemporain des Encyclopédistes, féru de littérature et de philosophie, Nikita Panine fait figure de « voltairien russe » dans la société cultivée de Saint-Pétersbourg. A peine installé dans ses fonctions, il réorganise la maison du jeune grand-duc. Six laquais sont affectés au service de l'enfant. Ils lui passent tous ses caprices et, pour le divertir sans le fatiguer, le promènent en carrosse à travers les pièces de ses appartements. Entre ces randonnées, qu'il dirige de la voix et du geste, Son Altesse consent à apprendre l'orthographe, le calcul et des rudiments de vocabulaire russe, français et allemand. Il s'initie également, par atavisme viril, au maniement des armes. Mais il goûte dans le même temps un plaisir sentimental à lire la Bible et à réciter des prières. Pendant ses oraisons, il a souvent le visage baigné de larmes. Son émotivité intrigue et inquiète son entourage. Il est capable de martyriser un chat ou un chien et, aussitôt après, de s'attendrir sur le triste sort des animaux domestiques. Il n'y a pas de frontières, dans son esprit, entre la charité et la cruauté, entre le plaisir de faire le bien et celui de faire le mal. L'un et l'autre se complètent, ou plutôt se mettent réciproquement en valeur. Rien de plus agréable, juge-t-il, que de réconforter quelqu'un qu'on vient de blesser, et vice versa. Plus tard, parlant de lui, l'écrivain Nicolas Gretch citera, dans ses Souvenirs, cette appréciation du professeur Aepinus, un des précepteurs du grand-duc héritier : « Il a un esprit vif, mais il y a, dans sa tête, un mécanisme qui ne tient qu'à un fil. Si ce fil se rompt, adieu la raison et le bon sens ! »

D'année en année, ce déséquilibre affectif s'accentue. Le grand-duc Pierre, enfermé dans ses aversions familiales et sa prussomanie, ne franchit jamais le seuil des appartements de ce fils qui n'est peut-être pas de lui. Catherine, après avoir gémi sur la séparation inique qui la prive de son enfant, est repartie dans des intrigues amoureuses dont toute la cour fait des gorges chaudes. Elle est, dit-on, tombée amoureuse folle de Stanislas Poniatowski, un jeune et élégant Polonais, d'illustre naissance, fin lettré, qui a fréquenté les meilleurs salons d'Europe et n'a pas son pareil pour tourner un compliment en français. Tenue au courant des frasques de la grande-duchesse, la tsarine Elisabeth ne la condamne pas pour une inconduite qui ressemble trop à ses propres entraînements. Mais voici que l'incorrigible grande-duchesse retombe enceinte. Cette nouvelle grossesse est une affaire d'Etat. Impossible d'annoncer à la face du monde que l'enfant à naître est le fruit de l'adultère et qu'il s'agit du rejeton de Stanislas Poniatowski. Pour préserver aux yeux de la nation l'honneur conjugal de Pierre, lequel, de son côté, a une liaison sérieuse avec Elisabeth Vorontzov, on le persuade d'endosser cette paternité suspecte. Néanmoins, le vice-chancelier Michel Vorontzov, oncle d'Elisabeth Vorontzov, obtient que, par mesure de représailles, Stanislas Poniatowski soit rappelé en Pologne. La seule concession que Catherine peut arracher à ses tourmenteurs, c'est que le départ de son bien-aimé soit retardé jusqu'à l'accouchement. Dans la nuit du 8 au 9 décembre 1757 enfin, elle met au monde une fille. Afin de se gagner les grâces de la tsarine, elle déclare vouloir appeler l'enfant

Elisabeth. Insensible à cet hommage d'une épouse coupable, Sa Majesté choisit le prénom d'Anne. Puis, ayant fait ondoyer le bébé en sa présence, elle annonce qu'elle s'occupera seule de l'éducation de l'enfant comme elle l'a fait pour son frère Paul. La sage-femme de service connaît la règle : elle emporte le nouveau-né dans les appartements impériaux et Catherine ne proteste pas. D'ailleurs, la question est définitivement réglée, en avril de l'année suivante, par la mort de la petite Anne. Le scandale est aussitôt étouffé.

A dater de ce jour, les relations entre la grande-duchesse et la tsarine connaissent des hauts et des bas. Par-delà une rivalité sourde, la seule pensée qui les rapproche, c'est leur hostilité envers le grand-duc Pierre. Sa Majesté estime que son neveu est un incapable au cerveau dérangé, qui ne mérite ni une femme comme Catherine ni un trône comme celui de Russie. Elle a son idée aussi sur l'avenir du petit Paul. Après s'être occupée quelque temps à veiller sur l'évolution de son caractère et sur la marche de ses études, elle s'en détourne à présent comme d'un caniche qui aurait cessé de l'amuser. A son avis, un futur empereur de Russie n'a nul besoin de l'amour d'un père et d'une mère. L'affection parentale ne peut que l'amollir. Le grand-duc Paul a toute la nation pour famille. Et le chancelier Nikita Panine, qu'elle a chargé de l'éducation de son pupille, saura mieux que quiconque le préparer à son destin d'homme et de souverain. En plus de son expérience d'ancien ambassadeur en Suède et de ses qualités pédagogiques, Panine a du cœur à revendre. Dès le début, il assume son rôle non comme une obligation mais comme un sacerdoce. Les irrégularités qu'il découvre dans le comportement de son jeune élève l'inquiètent. Peu à peu, il s'attache à ce garçon ombrageux et méchant, dont les colères sont suivies de brusques accès de tendresse. Au cours de conversations édifiantes, il tente de l'habituer à l'idée qu'il régnera, sans doute, un jour comme sa grand-tante l'impératrice et qu'il lui faudra alors faire preuve à la fois de sagesse, de mansuétude et de fermeté. Mais quand le petit Paul, effrayé par une perspective aussi glorieuse que sévère, l'interroge sur les circonstances de sa naissance, sur ses parents, sur la vie des autres enfants entre leur père et leur mère, Panine se dérobe et répond à côté. Malgré ses nombreuses années de tractations internationales qui auraient dû lui inspirer le cynisme et la dissimulation, il ne peut s'empêcher de plaindre sincèrement ce faux orphelin, ce faux prince, ce faux Russe, qui est toujours, quoi qu'il dise et quoi qu'il fasse, condamné à être incompris. Très au courant des fluctuations politiques en Russie et à l'étranger, il a deviné, depuis longtemps, que le secret espoir de la grande-duchesse Catherine est de voir l'impératrice se détourner de son abominable neveu, Pierre, pour l'éloigner de la succession et appeler le petit Paul sur le trône, malgré son jeune âge, sous la direction de sa mère. Régner un jour sur la Russie, derrière les frêles épaules de son fils, ce rêve clandestin de Catherine est encouragé, en sous-main, par la France et l'Autriche, désireuses de s'opposer aux aspirations d'une Prusse de plus en plus belliqueuse et arrogante. Par l'intermédiaire de son ambassadeur en Russie, le baron de Breteuil, Louis XV s'efforce même de convaincre la tsarine Elisabeth, laquelle lui est d'ailleurs sympathiquement acquise, qu'en écartant du trône son neveu Pierre, dont la germanophilie frise la démence, pour désigner comme unique héritier son petit-neveu Paul, assisté de Catherine, elle rendrait service tout ensemble à la Russie et au monde.

La première de ces suggestions a déjà reçu l'assentiment de l'impératrice, puisque les armées russes sont entrées en campagne contre la Prusse[1]. Après quelques défaites humiliantes, elles sont même passées à l'offensive. Volant de victoire en victoire, voici qu'elles pénètrent toujours plus profondément en territoire ennemi, au grand désespoir de Frédéric II qui se croyait invincible. Quant au second conseil de Breteuil, relatif celui-là à la disgrâce du grand-duc Pierre, il rejoint les intentions profondes de la tsarine. D'instinct, elle hait cet hurluberlu, issu de la maison de Holstein, qui méprise ostensiblement le peuple sur lequel il serait, en principe, appelé à régner, se moque des traditions nationales et singe la passion des Prussiens pour la discipline militaire. S'il est le petit-fils de Pierre le Grand par sa mère, il est le fils de Frédéric II par son goût immodéré de l'uniforme et de la caserne. Rebutée par les extravagances de son neveu qui devient de plus en plus allemand avec les années, Sa Majesté songe sérieusement à l'éloigner pour l'empêcher de nuire. Leurs rapports sont si tendus que Catherine peut écrire dans ses *Mémoires* : « Elle [Elisabeth] le connaissait

1. C'est le début de la guerre de Sept Ans.

si bien qu'elle ne pouvait se trouver avec lui un quart d'heure sans ressentir du dégoût, de la colère ou du chagrin. Lorsqu'elle parlait de lui dans l'intimité, elle fondait chaque fois en larmes. » Tout en redoutant les accès de rage aveugle de ce prince mal aimé, la tsarine envisage diverses solutions pour se débarrasser de lui sans éclat. Pourquoi ne l'enverrait-on pas en mission de longue durée dans quelque coin reculé d'Allemagne, puisqu'il préfère ce pays à la Russie ? De temps à autre, craignant que Pierre, averti des mauvaises dispositions de sa tante, ne prépare un attentat contre elle, la tsarine fait changer les serrures de ses appartements. De son côté, Catherine espère que Sa Majesté, dont la santé, ruinée par la débauche, décline à vue d'œil, vivra assez longtemps pour déshériter son neveu Pierre au profit de son petit-neveu Paul, avec sa jeune mère comme régente. Mais Pierre aussi a son plan, savamment agencé. Il n'attend que la mort de l'impératrice pour imposer sa loi au pays. Dès l'annonce de ce décès, il accusera Catherine d'adultère, la répudiera officiellement, déclarera Paul comme bâtard, fera emprisonner la mère et le fils à vie dans la forteresse de Schlusselbourg, et, une fois installé sur le trône, épousera sa maîtresse, la comtesse Elisabeth Vorontzov. Il aurait déjà, dit-on, préparé un manifeste réglant toutes les modalités de la prise de pouvoir.

Bien qu'on évite de parler de ces tortueuses intrigues dans la chambre d'enfant, Paul en perçoit les rumeurs et elles alimentent ses cauchemars. Sans rien savoir au juste du drame qui se prépare, il devine qu'autour de lui tout le monde se jalouse et se déteste. Au milieu de ce va-et-vient de personnages importants il regrette ses vieilles nounous d'autrefois, bêtes à manger du foin, mais dont les bavardages, du moins, ne tiraient pas à conséquence. Pour ménager sa sensibilité, les membres de son entourage ont reçu l'ordre de lui cacher la maladie de Sa Majesté. Il attend donc avec impatience le jour de Noël, qui donnera lieu, sans doute, comme chaque année, à des réjouissances et à une distribution de cadeaux. Mais, le 25 décembre 1761, le palais est étrangement silencieux. Les grandes personnes ne se sont-elles pas trompées de date ?

Soudain, vers le milieu de l'après-midi, le bruit d'un branle-bas funèbre traverse les murs. Nikita Panine se présente, blême, devant son pupille et lui annonce que Sa Majesté est sur le point de rendre son âme à Dieu. Paul, qui vient à peine d'avoir sept ans, ne comprend pas ce que signifie cette disparition dont chacun, autour de lui, a l'air consterné. Il se laisse conduire, tel un somnambule, à travers les salles pleines de courtisans muets, jusqu'aux appartements de l'impératrice. Dans le vestibule, se pressent des ministres, des ambassadeurs, des dignitaires aux visages graves. Là-bas, derrière les doubles vantaux qui défendent l'entrée de la chambre à coucher, se déroule un mystère qui échappe aux investigations humaines : le passage de la vie à la mort d'un être qui, hier encore, avait justement pouvoir de vie et de mort sur tous les autres. Pénétré d'une terreur sacrée, Paul voit sa mère, les yeux baissés, qui prie ou fait semblant, et son père, dont le regard insolent et haineux est rivé à la porte comme pour lui intimer l'ordre de s'ouvrir à deux battants sur la formidable nouvelle qu'il attend depuis des années. Enfin, voici le prêtre qui a assisté aux derniers instants de Sa Majesté et, derrière lui, le grand chambellan. Dans un silence à peine troublé par les sanglots de quelques femmes, le comte Vorontzov annonce que Sa Majesté est pieusement décédée. Après quoi, s'étant incliné devant le grand-duc Pierre, il proclame, d'une voix affermie, l'avènement de l'empereur Pierre III.

A ces mots, le visage de Pierre exprime une méchanceté radieuse. Il ricane en promenant autour de lui un regard de défi. Instantanément, le deuil des courtisans se transforme en liesse. Oubliant leur chagrin de commande, ils se bousculent, se prosternent, baisent les mains de leur nouveau maître. Au même moment, cent un coups de canon ébranlent les murs de Saint-Pétersbourg. Les cloches de toutes les églises sonnent ensemble à en crever la voûte céleste. Abasourdi par ce brusque retournement d'attitude chez les dignitaires du régime, l'enfant cherche des yeux sa mère. Elle disparaît dans la cohue, comme si elle tenait à se faire oublier. Paul ne comprend toujours pas ce qui se passe au palais. Pourquoi son père a-t-il l'air si content alors que sa mère est visiblement si inquiète ? Tout ce qu'il retient de cette folle journée, c'est que, depuis quelques minutes, il n'est plus le fils du grand-duc Pierre, mais le fils du tsar Pierre III. Cette promotion lui donnera certainement encore plus de droits sur son entourage. On ne peut rien interdire à un tsarévitch. Mais le laissera-t-on encore jouer aux soldats de bois et de plomb de sa collection ? Pour l'instant, c'est son principal souci. Il espère aussi que le sage Nikita Panine continuera de l'instruire et de le conseiller. A eux deux, ils seront de taille, pense-t-il, à vaincre les ennemis réels ou imaginaires qui guettent un héritier de la couronne.

Quelques jours plus tard, une rude épreuve est imposée au tsarévitch par le protocole. De par son rang, il est tenu d'assister, le vendredi 25 janvier 1762, aux obsèques de l'impératrice. Un long cortège accompagne le char funèbre sur son trajet du palais d'Hiver à la cathédrale Pierre-et-Paul. Le jeune garçon suit la procession en voiture. A plusieurs reprises, il aperçoit, en se penchant, son père qui s'agite et gesticule derrière le cercueil. De temps à autre, le nouveau tsar Pierre III s'amuse à quitter sa place en courant. Les chambellans, qui portent la traîne de sa cape noire, se cramponnent à l'étoffe, mais celle-ci, gonflée par le vent, leur échappe des mains, ce qui provoque chez eux des écarts et des contorsions comiques. Au bout d'une trentaine de pas, l'empereur s'arrête, se laisse rejoindre par sa suite et se remet en marche à lentes enjambées, tandis que l'orchestre joue imperturbablement une musique lugubre. Peu après, il se lance dans une nouvelle échappée qui détruit l'ordonnance de la cérémonie. Personne ne s'avise de le rappeler à la raison. Comme les grimaces et les ricanements de son père se répètent à l'église, pendant l'office, Paul cède, malgré lui, à cette fascination du sacrilège, comparable à l'attirance de l'abîme chez les gens sujets au vertige. Le besoin de heurter les âmes sensibles devient pour lui une délicieuse tentation. Sans participer à l'ivresse insultante du tsar, il est gagné par un malaise à l'idée que tout ce qu'il voit, tout ce qu'il entend ce jour-là, les ors de la nef et des chasubles, les paroles du prêtre, les chants du chœur, et jusqu'aux génuflexions des fidèles, n'est que l'expression d'un énorme mensonge. Il en résulte pour lui le sentiment que le destin des grands n'est pas d'obéir à des principes établis par leurs ancêtres, mais d'agir, chaque fois et partout, selon leur bon plaisir. Il songe aussi que, tout compte fait, il ressemble à son père, avec ses foucades, ses méchancetés, ses remords et ses inventions cocasses. Peut-être est-il réellement son fils ? En attendant d'en être sûr, il se contente d'exprimer son émotion en pleurant. Mais sur qui s'attendrit-il ? Sur la tsarine défunte, qu'il a bien mal connue, sur sa mère qui, elle, n'éprouve probablement aucun chagrin, sur son père qui jubile parce qu'il vient de voir son rêve exaucé, ou sur lui-même qui ne sait plus à quoi se raccrocher dans le torrent qui l'emporte ?

II

Le premier faux pas du grand-duc Paul

La rancune de Pierre III envers la tsarine défunte est telle que, dès son avènement, il entend se poser en adversaire de la politique qu'elle a menée à l'intérieur comme à l'extérieur du pays. C'est, de sa part, plus qu'une affirmation de son caractère et de ses principes : le désir de jeter bas tout ce qu'elle a édifié et d'insulter à sa mémoire. Dans la nuit qui suit son accession au pouvoir, il donne l'ordre aux forces russes qui, après avoir occupé Berlin, achèvent l'anéantissement de la résistance ennemie, d'arrêter les hostilités et de se retirer des territoires conquis. Mettant fin ainsi, de son propre chef, à la guerre de Sept Ans, sans même tenir compte des intérêts de ses alliés, la France et l'Autriche, il écrit une lettre personnelle à Frédéric II pour l'assurer de son admiration et de son soutien. Le roi qui, hier encore, ébranlé par une succession de défaites, s'apprêtait à abandonner définitivement ses droits sur la Prusse orientale, exulte et crie au miracle. Un fou vient de lui sauver la face devant son peuple et devant l'Histoire. Poussant sa résolution jusqu'au bout, Pierre III élabore, avec le baron von Goetz, envoyé spécial du cabinet de Berlin, les conditions d'une paix séparée, qui sera signée le 5 mai 1762.

Aux termes de cet accord, la Russie victorieuse ne se borne pas à restituer à la Prusse toutes les régions occupées, mais promet de joindre ses troupes aux troupes prussiennes pour lutter contre les Autrichiens, ses anciens compagnons de combat. Cette honteuse volte-face indigne les milieux militaires russes qui ne comprennent pas que, sur un coup de tête, le tsar les prive d'une gloire acquise au prix de tant de souffrance et de tant de morts. Le sentiment d'être trahis par celui qui devrait les protéger et les honorer s'accentue lorsque Pierre III, fidèle à sa manie, décide d'imposer à son armée la discipline prussienne et même l'uniforme prussien. Emporté par sa germanophilie, il va jusqu'à nommer des officiers originaires du Holstein à la tête de certains de ses régiments, s'émerveille de voir ses soldats s'habiller et parader à l'allemande, et fait tirer le canon à tout propos, afin d'habituer les habitants de la capitale à l'esprit martial prôné par son modèle, Frédéric II. Mais cela ne suffit pas à son contentement : luthérien de naissance et orthodoxe par nécessité, il s'en prend également à l'Eglise, dont il juge l'enseignement suranné et la richesse excessive. Il rêve de remplacer la soutane des popes par la redingote des pasteurs et de raser la barbe des prêtres. Dans le même élan novateur, il décrète des mesures de tolérance envers les hérétiques et notamment envers la secte des vieux-croyants, persécutée par les autorités ecclésiastiques. Enfin, poussant l'audace irréligieuse à son comble, il entreprend la confiscation d'une partie des biens de l'Eglise, laquelle possède des domaines immenses, peuplés de milliers de serfs, et ne paie pas d'impôt à l'Etat. Du coup, le haut clergé s'insurge contre une mesure jugée sacrilège et qui, selon certains, prouve le dérangement mental de l'empereur. Comme pour se racheter aux yeux des esprits conservateurs et plus particulièrement des membres de l'aristocratie, Pierre III signe, après une nuit de beuverie, un décret libérant les nobles du service militaire, sauf en cas de guerre, et renforçant leurs droits sur les moujiks attachés à la glèbe, qui sont leur propriété au même titre que le cheptel de leurs écuries et de leurs étables.

Tandis que les oukases pleuvent sur le crâne des habitants des villes et des campagnes, Pierre III est repris par sa passion guerrière et songe à attaquer le Danemark pour rentrer en possession d'une des terres héréditaires de sa famille, le Schleswig. Mais il manque de suite dans les idées. Sautant d'un projet à l'autre, il préfère détruire plutôt que construire et se divertir dans la débauche plutôt que pâlir sur des rapports de ministres et d'ambassadeurs. Chaque matin, à leur réveil, ses sujets se demandent quelle nouvelle lubie de Sa Majesté va bouleverser leurs habitudes.

Cette situation cahoteuse ne peut s'éterniser. Çà et là, des émeutes éclatent, en province, et la troupe doit intervenir pour rétablir l'ordre. Renseignée par des amis sur les soubresauts qui agitent la population, Catherine devine qu'une chance unique se présente à elle de secouer le joug d'un homme qui, tout à la fois, la persécute et désespère le pays. Elle sait, par certains témoins, qu'au cours de ses orgies Pierre III déclare, à qui veut l'entendre, qu'il fera tondre sa femme infidèle et l'enfermera dans un cloître, à l'exemple de son aïeul Pierre le Grand, lorsque celui-ci s'est séparé de l'impératrice Eudoxie. Chaque soir ou presque, il injurie Catherine en public et se querelle, à la façon d'un portefaix, avec sa maîtresse, la Vorontzov, aussi soûle et mal embouchée que lui. Devant cette dégradation de la dignité impériale, Nikita Panine songe au meilleur moyen de limiter les dégâts. Plus aventureux dans leurs projets, d'autres partisans de Catherine, à la tête desquels se trouvent son amant, Grégoire Orlov, et les quatre frères de celui-ci, Alexis, Fedor, Ivan et Vladimir, estiment qu'il est temps de passer à l'action et préconisent de s'assurer le soutien de l'armée. Aidés de la grande amie de Catherine, la princesse Catherine Dachkov, ils intriguent dans les salons et dans les casernes. Leur but, destituer Pierre III et porter Catherine au pouvoir, non comme régente avec le petit Paul à ses côtés, mais comme impératrice à part entière. Ils ont une telle confiance en ce dessein hasardeux que Catherine se laisse gagner par leur enthousiasme. Prête à franchir le pas, il lui faut beaucoup de sang-froid pour cacher son ambition et son anxiété à son fils et à Nikita Panine, lequel se contenterait pour elle d'une régence.

Inconscient du complot qui se trame dans l'ombre, le petit Paul, âgé de huit ans, continue de partager son temps entre des études fastidieuses, conduites par des instructeurs déférents, et des batailles rangées, entre soldats de bois, sur un coin de table. Si quelque propos bizarre, échappant à son entourage, lui effleure les oreilles, il refuse d'y prêter attention. Les affaires des grandes personnes ne le concernent pas. Du moins pas encore. Et cependant, certains soirs, il a conscience qu'un orage approche.

Or, voici qu'à l'aube du 28 juin 1762, il est réveillé en sursaut par l'arrivée de Nikita Panine dans sa chambre. Houspillant les servantes ahuries, celui-ci leur ordonne d'habiller immédiatement leur jeune maître. Mais elles sont si lentes dans leurs mouvements que Panine, agacé, demande qu'elles se contentent de chausser Son Altesse, et de lui jeter un manteau sur les épaules. A demi vêtu et son bonnet de nuit sur la tête, l'enfant est conduit dehors par ses domestiques.

Panine l'aide à se hisser dans la berline qui les attend tous deux. Encore ensommeillé, Paul interroge son gouverneur sur les motifs de cet enlèvement. Pendant que la voiture roule dans les rues de Saint-Pétersbourg, Panine le met au courant, en quelques mots, de la situation dans la capitale. Sans bien comprendre la portée historique de l'événement, Paul apprend que, dans les heures précédentes, tandis que son père faisait un séjour de repos à Oranienbaum, sa mère, aidée par un groupe d'amis, a quitté Peterhof, où elle résidait de son côté, s'est rendue à Saint-Pétersbourg, et y a soulevé plusieurs régiments mécontents de leur souverain. Ayant ainsi gagné à sa cause les meilleurs éléments de la garde impériale, elle s'est présentée à la bénédiction de l'archevêque dans la cathédrale Notre-Dame-de-

Kazan ; puis, traversant une ville délirante de joie, elle s'est installée au palais d'Hiver où elle attend l'hommage du peuple et des diplomates étrangers. C'est à ce rendez-vous solennel que Nikita Panine conduit son pupille dans le brouillard du petit matin. A mesure qu'ils avancent, la foule, dans les rues, augmente et des cris fusent de toutes parts. Sont-ce des acclamations ou des invectives ? Vaguement effrayé, Paul se blottit contre son accompagnateur impassible. Dès leur arrivée sur les lieux du rassemblement, ils sont engloutis par la cohue des courtisans qui se pressent dans les salles et dans les escaliers. Avec angoisse, Paul reconnaît, dans cette assemblée chamarrée et murmurante, nombre de visages qu'il aperçut le jour où la tsarine Elisabeth agonisait dans sa chambre. Ne s'agit-il pas encore de la cérémonie funèbre des derniers adieux ? Ne va-t-on pas lui annoncer la mort de sa mère, ou, du moins, sa maladie ? Mais non, un chambellan à l'air jovial lui ménage un chemin entre des dignitaires respectueux. Et soudain, au milieu d'eux, il découvre sa mère. Elle est là, vivante, rayonnante, altière, rajeunie. Elle lui tend les bras et, au lieu de l'inviter à s'asseoir auprès d'elle, se dirige, en le tenant par la main, vers une fenêtre grande ouverte. En contrebas, s'étale une marée humaine. A la vue de Catherine et de son fils, un millier de gosiers hurlent : « Vive Catherine ! Vive notre petite mère Catherine ! Vive le tsarévitch ! » Des salves d'artillerie répondent aux vociférations du peuple. Epouvanté par cette allégresse tonitruante, Paul se serre contre le flanc de sa mère, et les acclamations redoublent. Au bout d'un moment, ayant eu sa dose d'ovations,

Catherine salue, d'un geste gracieux de la main, ses bruyants admirateurs et se retire dans ses appartements. Tandis qu'aux abords du palais d'Hiver les vivats continuent, elle prie Nikita Panine de reconduire son fils au palais d'Eté. A nouveau séparé de sa mère, Paul voudrait savoir pourquoi son père n'assistait pas, lui aussi, à cette manifestation de ferveur patriotique. Prudent, Nikita Panine répond que Sa Majesté l'empereur se trouve sans doute retenu à Oranienbaum par des affaires importantes mais que son retour ne saurait tarder. En fait, ce vieux routier de la politique a déjà compris que Catherine n'est nullement attirée par la solution de la régence et que, Pierre III n'ayant pas encore abdiqué, le coup d'Etat n'est qu'à moitié réussi.

Ce sera chose faite le lendemain, 29 juin 1762. Chevauchant de nuit à la tête des régiments gagnés à sa cause, Catherine se rend droit à Oranienbaum. Sous la menace d'une intervention armée, elle exige de son mari une abdication sans condition. Devant les émissaires de sa femme, Pierre III, saisi de panique, sanglote, supplie et finit par signer l'acte de renonciation au trône. Nikita Panine lui précise, au nom de Catherine, qu'il aura la vie sauve, mais qu'il sera interné au château de Ropcha, non loin de Saint-Pétersbourg. Une semaine plus tard, le 6 juillet, Catherine publie un manifeste annonçant à la fois son avènement et l'abdication de Pierre III. Or, le soir même, elle reçoit un billet d'Alexis Orlov, qu'elle a chargé de surveiller son mari prisonnier. En quelques phrases maladroites, il lui apprend qu'une dispute a éclaté entre Sa Majesté et les gardiens et que l'empereur, frappé d'un mauvais coup pendant la bagarre, en est mort subitement, au regret de tous. Révoltée par l'issue sanglante d'une aventure qu'elle aurait voulue pacifique, Catherine n'en est pas moins soulagée d'être débarrassée d'un rival qui, à la longue, aurait pu devenir encombrant. Pour couper court à toutes les rumeurs, elle proclame que Sa Majesté Pierre III a succombé à une « crise de coliques hémorroïdales ». Nul n'est dupe de cette version apaisante, mais tout le monde l'accepte afin de ne pas compromettre les chances de succès de la nouvelle souveraine, que l'on sait résolue à faire oublier les erreurs de son époux.

Le petit Paul, lui aussi, feint de croire que sa mère n'est pour rien dans la tragique disparition de son père. Et cependant, un doute le ronge. Toujours le même : ce père qu'il n'aimait pas et qui s'occupait si peu de son fils avait pourtant avec lui d'étranges ressemblances ! Le goût des parades, de l'uniforme, du commandement, le besoin de surprendre par un coup de tête et même de blesser ceux qu'on aime par un accès de méchanceté gratuite. Avec sa mère, en revanche, il semble à l'enfant qu'il n'a aucun point commun. On dirait une étrangère. Elle est si lucide, si raisonnable, si autoritaire et si gaie à la fois que, selon les moments, Paul ne sait s'il doit l'admirer, la détester ou la craindre.

La dépouille de Pierre III est transportée au couvent Alexandre-Nevski où elle reste exposée quelques jours. Mais les honneurs funèbres se bornent là, le défunt étant un souverain déchu. Ni Catherine ni Paul n'assistent aux obsèques. Bien qu'il ne comprenne pas grand-chose aux subtilités de la politique, l'enfant subodore que sa mère l'a écarté du trône puisque au lieu d'être simple régente, elle s'est fait attribuer tous les pouvoirs. D'ailleurs, pour plus de précaution, elle a décidé de se faire couronner en toute hâte à Moscou. Contrairement à Pierre III qui a négligé, pendant des mois, d'être sacré empereur par l'Eglise, elle fixe la date de la cérémonie : ce sera le 22 septembre 1762. Paul doit être de la fête. Mais il tombe malade en arrivant dans la capitale des tsars et ne peut participer au triomphe de la nouvelle impératrice. Tout au plus entend-il les acclamations de la foule accourue pour saluer l'entrée de Catherine II dans l'enceinte du Kremlin.

Revenu à Saint-Pétersbourg, et encore assourdi par le son des cloches et les hourras de la multitude, Paul se réjouit surtout à l'idée que, malgré de nombreuses mutations dans le personnel du palais, Catherine lui a gardé comme gouverneur le sage et bienveillant Nikita Panine. Elle l'a même élevé au rang de conseiller personnel. Au vrai, cette charge supplémentaire est si absorbante que Panine dispose de moins de temps qu'auparavant pour s'occuper de son pupille. Force lui est de s'entourer de quelques bons éducateurs pour le seconder dans sa tâche pédagogique. Au professeur d'origine allemande Aepinus, qui apprend les mathématiques à l'héritier du trône, il adjoint les écrivains Henri Nicolaï, François Laferrière et Levêque pour l'étude des littératures allemande et française, tandis que le meilleur théologien de l'époque, l'archimandrite Platon, futur archevêque, éveille l'enfant aux sublimes vérités de la religion. Enfin, un certain Tiéplov, spécialiste des questions politiques, devra initier le tsarévitch au fonctionnement des principales institutions de l'empire. Tout cet enseignement est supervisé par Panine, qui veille à ce qu'il soit dispensé dans un esprit aussi russe que français et qu'il prépare l'élève à devenir, le moment venu, un autocrate éclairé, soucieux du bonheur de ses sujets et ennemi de la fraude, de l'injustice et du favoritisme.

Mais, de cette éducation raisonnable, le petit Paul retient d'abord ce qui flatte son caractère orgueilleux. Les sentiments de sa supériorité et de son impunité lui viennent de sa naissance. La vie même du palais l'oblige à se considérer comme un être à part, qui échappe à la loi commune et a barre sur tous ses semblables. Un de ses fidèles instituteurs, l'obscur Siméon Porochine, note quotidiennement les propos et les gestes de son pupille. Le 22 septembre 1764, ce témoin déférent est frappé de l'aisance du petit Paul, âgé de dix ans, qui, assis à côté de son auguste mère, lors de la fête du trône, se fait servir par le comte Nikita Panine, lequel, debout derrière sa chaise, lui présente chaque plat avec une courbette. Deux jours plus tard, le même mémorialiste constate que « Son Altesse [le jeune Paul] a un caractère vif et un cœur tendre » et que nul ne sait au juste comment tournera son humeur. Le 7 octobre, l'enfant assiste à une représentation de *L'Ecole des femmes* et s'indigne parce que le public applaudit les acteurs sans attendre qu'il ait donné le signal en battant des mains lui-même. Il en est si contrarié qu'en rentrant au palais il déclare : « A l'avenir, je demanderai la permission de renvoyer ceux qui applaudissent en ma présence quand je ne le fais pas. C'est de l'inconvenance ! » Il s'irrite également parce qu'on lui apporte une tasse de café avant que Panine ne l'ait goûté pour approuver la saveur et la température du breuvage. L'année suivante, comme Porochine annonce à son élève que le poète et savant Lomonossov vient de mourir, il ricane : « A quoi bon pleurer un imbécile ? Il gaspillait l'argent de l'Etat sans rien faire ! » Nul n'ose contester devant Son Altesse ce jugement catégorique. Ayant dit, l'enfant retourne à ses jeux habituels. Qu'il s'amuse avec ses soldats de bois, ou avec un volant, ou avec un fusil en miniature, ses instructeurs n'ont garde de l'interrompre dans ses activités. Quelques mois plus tard, comme Porochine se hasarde à réciter devant lui la cinquième ode de Lomonossov, le jeune Paul s'écrie : « C'est terriblement beau ! Il est notre Voltaire ! » Cette volte-face caractéristique du tempérament instable de Paul alarme son entourage. Mais, comme toujours à la cour de Russie, le respect de la hiérarchie étouffe l'expression de la vérité. On se tait, par crainte de déplaire en parlant.

En août 1765, bien que ne sachant pas danser, Paul s'élance et ouvre le bal avec la jeune et jolie Anne Vorontzov. Puis, s'échauffant et s'égayant, il esquisse les pas d'un menuet avec Anne Cheremetiev et continue en invitant, à tour de rôle, toutes les demoiselles d'honneur de l'impératrice. Aucune ne s'avise de lui refuser la faveur d'une promenade en musique. Peu après, il avoue à Porochine qu'il est tombé amoureux d'une de ces « beautés », mais il ne veut pas la nommer pour ne pas la compromettre et se contente de tracer, avec un doigt, les initiales de l'élue sur une vitre embuée par son haleine. Payant d'audace, il s'enhardit même, lors d'un dîner, à prendre une bergamote sur un plat et à l'offrir, avec un regard appuyé, à sa voisine de table. Les jours suivants, ce ne sont que rencontres fortuites, jeux de société et concours de masques. Le tsarévitch se plaît tellement dans la compagnie des jeunes filles qu'il devient coquet et Porochine remarque gravement que le prince héritier réclame, au moment de sa toilette matinale, qu'on lui fasse « sept boucles de cheveux de chaque côté de la tête, alors qu'auparavant il se contentait d'une seule ». Le même Porochine indique également que « l'amour fait des prodiges » chez son pupille, car, « maintenant, deux ou trois fois par jour, le grand-duc demande qu'on lui renoue ses jarretelles, afin que ses bas soient bien lisses ». De confidence en confidence, Paul affirme à son mentor qu'il est amoureux « à jamais ». Il indique même qu'il s'agit de Véra Tchoglokov et qu'au cours d'une polonaise il lui a murmuré : « Si ce n'était pas inconvenant, je baiserais maintenant votre main ! » Mais la petite personne a « le cœur pris ailleurs » ! Elle le dit à Paul, et il s'en irrite. Se pourrait-il que, lui, l'héritier du trône, ait un rival ? Il exige de savoir à qui elle pense. Comme elle ne livre pas son secret, il se vexe et c'est la brouille.

Après cette légère déconvenue, sa susceptibilité, sa vanité, sa méfiance s'accentuent au détriment de sa raison. La « marotte militaire », héritée de la famille des Holstein, achève de lui tourner la tête. Les sons martiaux du tambour couvrent pour lui le doux chuchotement des voix féminines. Il rêve de batailles sans merci, aux quatre coins de l'univers civilisé, avec musiques, canonnades et étendards déployés. Rien ne lui plaît davantage que d'assister aux grandes parades à côté de sa mère, l'impératrice. Il revêt pour l'occasion l'uniforme de colonel honoraire des cuirassiers auquel il a droit malgré son jeune âge. Cambrant la taille et fronçant les sourcils, il regarde défiler ces hommes aux tenues impeccables et aux mouvements d'automates. Les soldats de bois qu'il fait évoluer à sa guise sur une table ou sur un billard se sont transformés en soldats de chair et de sang, aussi dociles que les autres. Ce passage du jouet à la vie est si grisant qu'il n'imagine pas pouvoir s'en passer un jour. Le timide Porochine est affolé de l'engouement de son élève pour tout ce qui touche à l'armée, à la guerre, à l'usage de la poudre et aux délices du despotisme. Lui qui, selon les directives de Nikita Panine, n'a cessé de prêcher au tsarévitch la tolérance, l'équité et l'amour du prochain, découvre, dans son vis-à-vis, un être imprévisible, irresponsable, capable, tour à tour, d'affection et de brutalité, de perspicacité et d'aveuglement, un farfadet livré à tous les caprices. Une fois, découragé par tant d'inconséquence et tant d'outrecuidance, il s'écrie devant Paul : « Avec les meilleures intentions du monde, un beau jour, vous vous ferez haïr, monseigneur ! » Est-ce à la suite de cette remarque désobligeante ou à cause de l'insuffisance de ses leçons que Porochine est congédié, en décembre 1766, par Nikita Panine, et réintégré dans l'armée, d'où il avait été tiré pour être affecté au service du grand-duc ?

A cette même époque, Catherine, qui, entre-temps, a pris solidement en main la direction de l'empire, charge une « Commission des sages » d'élaborer le texte d'un nouveau code législatif assurant à la fois la liberté des citoyens et l'autorité du monarque. Pendant les longs mois que dure la rédaction de ce document capital, elle doit encore déjouer les complots de ceux qui voudraient contester son accession au trône, assurer l'hégémonie de la Russie sur la Pologne en faisant élire à la tête de l'Etat polonais un homme à sa dévotion, en l'espèce son ancien amant Stanislas Poniatowski, enfin guerroyer avec opiniâtreté contre la Turquie. Ces graves problèmes ne l'empêchent pas de s'intéresser à l'évolution intellectuelle et sentimentale de son fils. Elle connaît ses défauts et, tout en souriant au récit des idylles innocentes du garçon, elle songe qu'il aurait besoin, pour trouver son équilibre, d'une femme capable à la fois de le retenir par les sens et de lui mettre du plomb dans la cervelle. Pour l'éveiller à la volupté, qui l'a inspirée elle-même tout au long de sa vie, elle lui délègue de charmantes spécialistes en caresses, telles la sémillante comédienne Kaditch ou la jolie Sophie Ouchakov, veuve de Michel Czartoryski, ancien aide de camp de Pierre III, ou l'habile comtesse Prascovie Bruce, dont elle a utilisé les services, à plusieurs reprises, pour évaluer les capacités viriles de ses éventuels favoris. Dans son souci de conserver le tsarévitch en bonne santé, elle le fait vacciner, en même temps qu'elle, contre la petite vérole, par le docteur anglais Thomas Dimsdale, alors que cette inoculation passe encore pour une nouveauté intéressante certes, mais dangereuse.

Tandis que les années s'écoulent et qu'elle accumule les réussites en triomphant des Turcs, en conquérant la Crimée, ou en signant une convention avec l'Autriche et la Prusse pour le partage de la Pologne, elle ne perd pas de vue l'idée du mariage de son fils, enfin déniaisé, et qui va sur ses dix-huit ans. C'est un jeune homme de taille moyenne, aux traits réguliers, à l'abord sympathique, mais au regard changeant, tantôt caressant et tantôt agressif. Les diplomates étrangers qui l'ont approché en parlent comme d'un personnage aimable, certes, bien que mal dégrossi. « L'éducation du tsarévitch est complètement négligée, mande, le 27 août 1773, M. Durand, chargé d'affaires de France ; il n'y a aucun moyen d'y porter remède, à moins que la nature ne fasse un miracle... La santé et la moralité du grand-duc sont définitivement ébranlées [1]. » Peu importe ! Aux yeux de Catherine, son « garçon », avec toutes ses singularités de caractère, est un parti de rêve pour une jeune fille bien née.

Tout en attendant avec anxiété le choix de sa mère, Paul trompe son impatience en s'épanchant devant son nouvel ami, un jeune noble de son âge, l'élégant et brillant comte André Razoumovski. Jamais il n'a connu, auprès d'un autre confident,

---

1. Cité par Constantin de Grunwald : *L'Assassinat de Paul Ier*.

cette impression de communion virile et de sécurité absolue. « Vous avez déjà opéré un miracle d'amitié en moi, lui écrit-il, puisque je commence à renoncer à mes anciennes défiances ; mais, mon ami, il faut que vous persévériez avec moi, car vous allez contre une habitude de dix années et vous combattez ce que la crainte et la gêne ont enraciné en moi[1]. » Deux mois plus tard, il insiste : « J'ai passé mon temps dans l'accord parfait avec tout ce qui m'environne [...]. Je me suis conduit avec égalité et modération [...]. J'ai fait des réflexions sur moi-même et je suis parvenu à chasser ces inquiétudes et ces soupçons qui me rendaient la vie bien dure[2]. » Depuis qu'il a l'âge de raison, il n'a cessé de critiquer, en silence, la conduite honteuse de sa mère qui collectionne les amants et les couvre d'or pour leurs exploits au lit. Le dernier en date, Grégoire Orlov, a droit, de la part de Paul, à une haine qui ressemble à de la jalousie. Il le traite en secret d'imbécile infatué et de parvenu. Comment sa mère, qui choisit si mal ses favoris, pourrait-elle lui choisir une épouse selon son cœur ?

Devinant la hâte de son benêt de fils, Catherine entreprend de sonder toutes les cours d'Europe pour dénicher la fiancée idéale. D'après les instructions qu'elle donne à ses enquêteurs, celle-ci n'a pas besoin d'être une beauté. Elle doit avoir assez d'instruction pour faire illusion dans une conversation mondaine, sans toutefois faire étalage de son savoir

1. *Ibid.*
2. *Ibid.*

afin de ménager la susceptibilité de ses interlocuteurs. En général, plus elle sera soumise plus elle aura de chances d'être agréée. Muni de ces recommandations, le baron d'Ausselbourg, expert en tractations matrimoniales, se met en campagne dans la haute société germanique. Après des consultations approfondies, il estime que le tsarévitch peut compter sur les bonnes dispositions de trois princesses de Hesse, d'une princesse de Saxe-Gotha et de la princesse de Wurtemberg, toutes de confession protestante et de réputation irréprochable. A l'appui de ses rapports, il envoie à Saint-Pétersbourg les portraits des candidates. Tenu au courant de ces enchères politico-sentimentales, le grand-duc s'enflamme. Mais Catherine prend son temps. Enfin, après avoir sollicité le conseil de Frédéric II, le grand pourvoyeur en fiancées de la Russie, elle se décide pour l'une des trois plus jeunes filles du landgrave de Hesse-Darmstadt. Ce sera soit Wilhelmine, soit Amalie, soit Louise. Elles n'ont qu'à venir ensemble, avec leur mère, et on verra sur place laquelle des trois convient le mieux. En attendant le verdict, les postulantes perfectionnent chez elles leur connaissance du français, langue de l'élite en Europe, apprennent les danses à la mode et se familiarisent avec les usages de la cour. Comme les préparatifs du voyage traînent en longueur, le grand-duc piaffe. « Vous vous souvenez avec quelle espèce de peur j'envisageais l'arrivée des princesses, écrit-il à son ami André Razoumovski. Eh bien, c'est avec la plus grande impatience que je les attends présentement. Je me suis fait un plan de conduite que j'ai exposé hier au comte Panine et qu'il a approuvé. »

Or c'est précisément André Razoumovski que la tsarine a chargé d'aller au-devant des invitées, à la tête d'une flottille de quatre bateaux. Il les accueillera et les transportera avec leurs bagages et leur suite. André Razoumovski commande la frégate *Saint Marco*, à bord de laquelle s'installent les demoiselles et leur mère. Le charme de ses manières et de sa conversation conquiert les voyageuses. Après une traversée paisible et presque joyeuse, elles se rendent au château de Gatchina pour être présentées à l'impératrice. Chacune des trois candidates fait la révérence devant Catherine II et lui baise la main. Admis enfin à voir le triple objet de sa convoitise, Paul, ébloui, n'hésite pas : c'est la blonde et espiègle Wilhelmine qu'il veut pour femme. Et, conclusion inespérée, Catherine lui dit qu'elle l'approuve. Aussitôt, il songe avec angoisse à ce qui se serait passé si elle avait fait un autre choix. Aurait-il eu l'audace de lui tenir tête ? Ou aurait-il accepté d'épouser une jeune fille qui ne le séduisait pas pour la seule raison qu'elle plaisait à sa mère ? Dans son for intérieur, il admet que, dans un cas pareil, toute révolte eût été vaine et il se félicite que, pour une fois, son opinion rejoigne celle de Sa Majesté.

Le 18 juin 1773, l'impératrice demande officiellement à la landgrave de Hesse-Darmstadt la main de sa fille, Wilhelmine, pour son fils, le grand-duc Paul. Mais, avant de procéder au mariage, il est nécessaire que la future grande-duchesse se convertisse à l'orthodoxie, et son père, le landgrave de Hesse, qui est resté dans son pays, s'insurge de loin contre cette abjuration de la foi protestante. Arguant de sa propre expérience, Catherine affirme que le passage d'une religion à l'autre ne constitue en rien un reniement, puisque, dans toutes les Eglises chrétiennes, les fidèles prient le même Dieu et que, quand deux êtres s'aiment, le Ciel est toujours prêt à éclairer leur union. Cette dernière objection étant levée, le 15 août, la princesse Wilhelmine est reçue dans le giron de l'Eglise orthodoxe et prend le nom de Nathalie. Le jour suivant, on annonce solennellement ses fiançailles avec le grand-duc Paul. Cette proclamation donne le signal des réjouissances. De bals en banquets et en spectacles, on célèbre à la fois le bonheur des fiancés et les nouvelles victoires remportées sur les Turcs, qui ont eu l'absurde idée de repartir en guerre contre la Russie. Le 29 septembre 1773, le mariage du grand-duc Paul et de la grande-duchesse Nathalie est béni, en grande pompe, en la cathédrale Notre-Dame-de-Kazan. Des salves d'artillerie et des carillons d'allégresse saluent l'événement. Le philosophe Diderot, qui vient de débarquer à Saint-Pétersbourg, sur l'invitation de l'impératrice, s'imagine naïvement que c'est pour honorer son arrivée que la ville pavoise et tire le canon. Une fois détrompé, il sourit de sa méprise et se joint à ceux qui souhaitent joie, prospérité et nombreuse progéniture au couple princier.

Le lendemain, l'impératrice offre un souper suivi d'un bal, au cours duquel Nathalie danse jusqu'à épuisement avec Paul, qui semble au mieux de sa forme. Engoncée dans une lourde robe de brocart et le cou, le corsage, les mains chargés de pierreries, la jeune mariée étouffe sous ce harnachement d'apparat et doit même refuser un dernier menuet. La voyant si vite fatiguée, Catherine se demande si sa bru n'est pas de constitution trop fragile pour le rôle de première grandeur qui lui incombe. Paul, en revanche, juge que cette lassitude n'a rien d'alarmant et qu'elle ajoute au charme de son épouse. Ayant découvert le plaisir d'avoir à ses côtés une créature gracieuse et désirable, avec qui on peut non seulement causer, mais se caresser, il décide qu'il n'aura désormais d'autre but dans la vie que le bonheur de leur ménage. Pour cela, il faut qu'il oublie, pense-t-il, certaines de ses obsessions, comme le mystère de sa naissance, la mort étrange de son père, la tyrannie de sa mère, qui change d'amant aussi facilement que de ministres, ou la servilité vindicative des courtisans qui sourient en dissimulant un poignard derrière leur dos. Il lui semble qu'en se mariant il a découvert non seulement la volupté mais aussi la pureté. Tout ce qui n'est pas sa femme le rebute. Déjà la landgrave de Hesse et les deux filles à marier qui lui restent s'apprêtent à quitter la Russie pour retourner dans leur pays. Tandis que Nathalie s'attriste du départ de sa mère, Paul songe avec rage qu'il serait soulagé si la sienne s'en allait aussi.

III

Un veuf vite consolé

Jeune marié comblé, le grand-duc Paul n'en revient pas de sa chance. Sa femme lui plaît à toute heure du jour et de la nuit. Elle a, pour lui, les plus grandes qualités : la beauté, l'esprit, la gaieté et juste ce qu'il faut de coquetterie pour pimenter l'ordinaire conjugal. Avec elle, il oublie les soucis ennuyeux de la politique et de l'étiquette. Il s'émerveille du goût de Nathalie pour les jolies robes, les bals, les chevauchées à travers la campagne et les pique-niques sur l'herbe, entre amis. Elle pousse la recherche du divertissement jusqu'à se costumer pour jouer la comédie, sur une petite scène, dans un groupe d'amateurs. Cette fantaisie insouciante met l'eau à la bouche de Paul, qui se sent davantage l'amant que le mari de son épouse. Au début, Catherine se déclare ravie de la bonne entente qui règne dans le couple. Parlant de son fils, elle écrit à sa confidente, Mme de Bielke : « Le voilà donc en ménage ; il prétend vivre bourgeoisement, il ne quitte pas d'un pas son épouse, et cela fait la plus belle amitié du monde. » Elle mande aussi au landgrave de Hesse : « Votre fille se porte bien : elle est toujours douce et aimable ; son mari l'adore ; il ne fait que la louer et la recommander. Je l'écoute et étouffe de rire parfois, parce qu'elle n'a pas besoin de recommandation : sa recommandation est dans mon cœur[1]. » Mais, bientôt, l'impératrice s'aperçoit que sa ravissante bru est une tête de linotte et que, toujours pressée de prendre du bon temps, elle est incapable de s'astreindre à l'étude du russe. On commence à trouver, en ville et à la cour, que la jeune Nathalie marque vraiment trop peu d'intérêt pour la langue et les mœurs de ses futurs sujets. Serait-elle restée allemande dans l'âme, alors qu'elle est devenue une grande-duchesse russe et qu'elle a été baptisée dans la religion orthodoxe ? Paul s'en moque, mais Catherine en est irritée. Reprochant à Nikita Panine de n'avoir pas su apprendre à son fils et à sa belle-fille les devoirs de déférence et de patriotisme qui leur incombent, elle décide que cet homme bienveillant a terminé sa tâche et, l'ayant renvoyé du palais, le remplace par le général Nicolas Saltykov, qui a maintenant toute sa confiance. Furieux d'être privé de son ancien gouverneur, qui était devenu son ami, Paul accueille le nouveau venu avec une défiance haineuse. Ce dernier, obéissant aux ordres de Catherine, lui conseille d'éloigner André Razoumovski dont on estime « en haut lieu » que l'influence pourrait être néfaste à l'avenir du couple princier. Aussitôt, le grand-duc éclate de colère et, entraînant Nathalie, court exiger des explications de sa mère. Celle-ci, croyant que cette révolte a été inspirée par sa belle-fille, les remet tous deux, vertement, à leur

1. Constantin de Grunwald : *L'Assassinat de Paul Ier*.

place. Ils quittent l'appartement de Sa Majesté, tête basse, tels des enfants punis après une incartade. Cependant, comme Paul, au cours de l'entretien, a demandé à Catherine la faveur d'assister, de temps en temps, aux réunions des ministres, afin d'être tenu au courant, même superficiellement, des affaires de l'Etat, elle accède à cette revendication qui lui semble raisonnable. Puis elle se reprend et soupçonne Nathalie de nourrir une ambition criminelle. Ne dit-on pas, à voix basse, dans les antichambres du palais, que la jeune femme, sous des dehors évaporés, souhaiterait porter son mari sur le trône après en avoir écarté l'actuelle impératrice ? Passant de l'indulgence à l'indignation, Catherine écrit, en français comme toujours, à son correspondant habituel le baron Grimm : « La grande-duchesse aime en toute chose les extrêmes. Tout est à l'excès chez cette dame-là : si l'on se promène à pied, c'est vingt verstes ; si l'on danse, c'est vingt contredanses, autant de menuets, sans compter les allemandes ; pour éviter le chaud dans les appartements, l'on ne fait point de feu ; si les autres se frottent le visage de glace, d'abord tout le corps devient visage [*sic*] ; enfin le milieu est fort loin de chez nous. Crainte des méchants, on se défie de la terre entière et l'on n'écoute ni bons ni mauvais conseils [...] ; on n'écoute personne [...] et on a tête décidée à soi. Imaginez-vous que, depuis un an et demi et plus on ne parle pas un mot encore de la langue [russe] : nous voulons qu'on nous apprenne, mais nous ne donnons pas un moment d'application par journée à la chose ; tout est toupillage [*sic*]. » Et encore : « Je ne vois en elle ni séduction, ni esprit, ni raison[1]. » On est loin des éloges hyperboliques adressés au landgrave de Hesse peu après le mariage de sa fille !

Mais voilà qu'une liste de conjurés, qui rêvent de couronner Paul après avoir destitué sa mère, tombe entre les mains de l'impératrice. Elle en prend connaissance avec stupéfaction, convoque son fils et Nathalie, et leur reproche, sur un ton glacial, de soutenir des intrigues dirigées contre elle. Epouvanté, Paul se répand en excuses, en dénégations, en serments de fidélité, supplie sa mère d'oublier cet incident regrettable et d'être sûre qu'il n'y est pour rien. Ayant écouté cette palinodie, Catherine, magnanime, jette au feu, devant le grand-duc et la grande-duchesse, le papier portant les noms des « meneurs ».

Elle a d'autant plus de mérite à se montrer tolérante devant cette menace de coup d'Etat que, de 1762 à 1770, quatre faux Pierre III sont déjà apparus dans le sud de la Russie en affirmant avoir échappé par miracle aux assassins stipendiés par la tsarine. Ces usurpateurs ont certes été rapidement confondus et neutralisés, mais un cinquième prétendant, nommé Pougatchev, a surgi, dès 1773, au-delà de l'Oural, dans la région du Jaïk et, remarquable chef de bande, rassemble autour de lui de nombreux partisans. Ce simple cosaque du Don, ayant déserté de l'armée et s'étant évadé à plusieurs reprises des geôles impériales, harangue les foules avec élo-

1. Lettre du 21 décembre 1774.

quence, jure qu'il est le vrai tsar et lance des manifestes par lesquels il promet la liberté aux serfs et la prospérité à tout le monde. Il a l'intention, dit-il, de chasser du palais « l'Allemande criminelle », « la fille du Malin », afin de rétablir en Russie le bonheur qui est dû à toute la nation par la volonté de Dieu. Les moujiks illettrés et superstitieux voient en lui le futur sauveur du peuple, et les cosaques, plus circonspects, se persuadent que, avec son aide, ils pourront conquérir assez de terre pour fonder un Etat autonome, administré par leurs soins. A la tête de ces hordes fanatisées, Pougatchev affronte avec succès les troupes régulières envoyées pour lui barrer la route. Soumettant ville après ville sur son passage, il assiège Orenbourg, menace Kazan, s'apprête à marcher sur Moscou et Saint-Pétersbourg. Empêtrée dans la reprise de la guerre avec la Turquie, Catherine attend avec impatience que ce conflit interminable soit réglé pour jeter ses meilleurs régiments contre les insurgés. Le péril est d'autant plus grand que Pougatchev a déjà pris, dans le peuple, les dimensions d'un personnage de légende. Enfin, en juillet 1774, après deux ans d'affrontement, les victoires remportées contre les Turcs par les généraux Souvorov et Roumiantsev permettent la signature d'une paix avantageuse. Ayant obtenu l'accès à la mer Noire et à la mer Egée, les armées de Sa Majesté peuvent se reporter sur le Nord, afin de disperser les partisans de l'imposteur. Effrayés par l'ampleur de la répression qui les menace, nombre d'entre eux trahissent la cause de leur maître et l'abandonnent. Le 24 août 1774, Pougatchev est fait prisonnier. Désarmé et chargé de chaînes, il est enfermé dans une cage, tel un animal malfaisant, puis emmené en chariot, à travers villes et villages, vers le châtiment qui l'attend à Moscou.

Lorsqu'il arrive à destination, au tout début de janvier 1775, l'impératrice, son fils et sa belle-fille se trouvent en visite officielle dans la vieille cité des tsars. Sur ordre de Catherine, Pougatchev est condamné à la décollation par la hache du bourreau, après avoir été écartelé en public. Parlant de ce révolté sacrilège, Catherine écrit à son cher Voltaire, dont l'opinion compte beaucoup pour elle : « Il ne sait ni lire ni écrire, mais c'est un homme hardi et déterminé. Jusqu'ici, il n'y a pas la moindre trace qu'il ait été l'instrument de quelque puissance [...]. Il est à supposer que M. Pougatchev est maître brigand et non valet d'âme qui vive. Personne n'a été plus nocif que lui depuis Tamerlan. Il espère la grâce à cause de son courage. S'il n'avait offensé que moi, je lui pardonnerais, mais cette cause est celle de l'empire qui a ses lois. » Par faveur spéciale, Sa Majesté consent à ce que le coupable ait la tête tranchée avant que son corps ne subisse l'écartèlement. Le supplice a lieu le 10 janvier 1775 devant un grand concours de curieux. Paul n'assiste pas à l'exécution, par horreur du sang, peut-être, mais aussi par une secrète compassion envers ce demi-fou, qui a eu l'audace de braver l'impératrice. Cette punition exemplaire n'est-elle pas un avertissement destiné à tous ceux qui tenteraient de s'opposer aux volontés de Sa Majesté ? En décapitant Pougatchev, c'est son fils que Catherine a décapité. Obligé de rentrer dans le rang, il sait que, pour survivre, il devra obéir sans murmurer. A vingt ans, il est passé des mains de ses gouverneurs aux mains d'une gouvernante autrement redoutable : sa mère.

Pourtant, lors des fêtes que Moscou réserve à la famille impériale, il peut entendre, sur son passage, des acclamations plus nourries encore que celles qui saluent habituellement sa mère. Comme si le peuple, en révérant Sa Majesté, mettait son espoir dans l'héritier de la couronne. L'engouement de la foule envers le jeune grand-duc est si évident qu'André Razoumovski lui dit, après une de ces sorties en ville : « Vous voyez, prince, combien vous êtes aimé ! Ah ! si vous vouliez seulement !... » Comme choqué par cette remarque intempestive, Paul jette un regard sévère sur son ami et ne dit mot. Son souci de ménager la susceptibilité de sa mère le contraint même à se montrer aimable envers le dernier favori de celle-ci, le général Grégoire Potemkine. Ce géant, athlétique et borgne, ne manque pas de séduction dans sa rudesse de soldat. Il s'est couvert de gloire dans de nombreux combats avant de triompher dans le lit de Catherine. Il y remplace le favori Vassiltchikov, qui vient d'être congédié. Instruite des influences occultes qui entourent l'impératrice, Nathalie elle-même encourage Paul à la prudence dans ses relations avec les proches de sa mère. Elle se sent prise dans un réseau de sourdes inimitiés, de méfiances recuites. Sans que Catherine le lui ait dit ouvertement, elle sait que la tsarine lui reproche sa légèreté, la sympathie équivoque qu'elle témoigne à André Razoumovski, son dédain pour la langue russe et, par-dessus tout, le fait qu'après deux ans de mariage elle ne soit pas encore enceinte.

Pour hâter l'intervention de la nature, Catherine s'impose, le 18 mai 1775, un pèlerinage à pied au monastère de la Trinité-Saint-Serge. Cette pieuse démarche se révèle bénéfique. Le 10 juillet de la même année, Son Altesse impériale la grande-duchesse Nathalie annonce qu'elle attend un enfant. Tandis que Catherine, enchantée de l'événement, reçoit les congratulations d'usage, certains informateurs bénévoles lui signalent que sa bru n'a peut-être pas une conduite irréprochable. A en croire ces colporteurs de ragots, elle fait absorber chaque soir, pendant le repas, un peu d'opium à son mari, afin qu'il s'assoupisse dans un coin et la laisse s'amuser, en tête à tête, avec André Razoumovski. Ces rumeurs insistantes amènent Catherine à se demander si sa belle-fille est enceinte de son fils ou du meilleur ami de celui-ci. Mais peu importe, après tout ! Elle-même a connu jadis ce lancinant problème et cela ne l'a pas empêchée de conduire sa barque comme elle l'entendait. L'essentiel est que, pour la Russie entière, l'enfant que porte Nathalie soit l'authentique héritier du trône. Etant grosse – de qui ? –, la jeune femme est sacrée aux yeux de l'impératrice Catherine, comme Catherine l'a été aux yeux de l'impératrice Elisabeth. La fierté de Paul, à l'idée de cette paternité, est incommensurable. Son amour pour sa femme tourne à la dévotion, à l'adoration mystique. Au moindre signe de fatigue chez Nathalie, il est pris de panique et appelle un médecin. Elle ne voudrait pas accoucher à Moscou, où elle ne se sent pas « chez elle ». Mais elle est si lasse que le couple doit attendre le mois de décembre 1775 pour regagner Saint-Pétersbourg par petites étapes.

Enfin, en avril, la grande-duchesse ressent les premières douleurs. La tsarine, impavide, surgit à son chevet et se charge de veiller sur le travail de sa bru. Nouant un grand tablier sur sa robe, elle assiste la sage-femme et mêle ses exhortations et ses conseils à ceux des matrones de service. Mais la naissance est laborieuse. Le fœtus se présente mal. Le visage convulsé et inondé de sueur, la parturiente hurle à s'en écorcher la gorge. Les médecins, accourus en renfort, sont de plus en plus inquiets. Enfin, l'enfant est arraché au ventre de sa mère. C'est un fils. Un corps énorme et bleui par endroits. Mort-né. On a hésité à tenter in extremis « l'opération césarienne ». Délivrée du petit cadavre, Nathalie agonise. Une puanteur envahit la chambre. On empêche Paul d'entrer pour lui éviter un surcroît d'émotion. Le 15 avril 1776, à cinq heures de l'après-midi, Nathalie rend le dernier soupir.

Devant le corps inerte, aux yeux clos et aux traits pacifiés, de sa femme, Paul, d'abord hébété de chagrin, est pris soudain d'un accès de rage. Il donne des coups de poing aux meubles, il rugit, il sanglote. Avec sang-froid, Catherine demande aux médecins présents de certifier par écrit que la mort de la grande-duchesse est due à une cause naturelle. Elle craint que la perfidie publique ne l'accuse d'avoir empoisonné sa bru, ou, du moins, de l'avoir mal soignée. Le soir même, apprenant que Paul, fou de désespoir, a voulu se jeter par la fenêtre, elle décide de l'emmener à Tsarskoie Selo. Mais ce changement de décor ne suffit pas à calmer les affres du malheureux. Tout en compatissant au chagrin de son fils, Catherine juge nécessaire, pour dégager sa propre responsabilité dans cette affaire, de s'expliquer par lettre devant ses correspondants habituels. « Aucun secours humain ne pouvait sauver cette princesse, écrit-elle à Mme de Bielke. Elle était barrée [...]. Après l'ouverture du corps, on a trouvé qu'il n'y avait que quatre doigts d'espace et que les épaules en avaient huit. » Le chargé d'affaires français, le chevalier de Corberon, n'est, lui, qu'à demi convaincu. Ayant discrètement interrogé le chirurgien Moreau, son voisin de table, à un dîner, il notera dans ses *Souvenirs* : « Il a dit qu'il regardait les chirurgiens et les médecins de la cour comme des ânes. La mort de la grande-duchesse ne devait pas arriver. Au vrai, il est bien étonnant qu'on ne prenne pas plus de soin d'une grande-duchesse. Le peuple est très fâché. On entendait, hier et aujourd'hui, aux boutiques, dire : "Les jeunes dames meurent, les vieilles *babas*[1] ne meurent pas." » Malgré ces rumeurs désobligeantes, l'impératrice ne démord pas de son idée : le décès de Nathalie n'est imputable ni à l'incurie des accoucheurs ni à la négligence ou à la malveillance de ses proches. C'est une manifestation de la fatalité et, plus précisément, de la volonté de Dieu. Après avoir déploré, comme il se doit, cette fin prématurée, Catherine conclut sa lettre à Mme de Bielke par une phrase qui résume sereinement son

1. Mot russe désignant une vieille femme.

point de vue : « Comme il est démontré qu'elle ne pouvait avoir d'enfant en vie, ou plutôt qu'elle n'en pouvait mettre au monde, il faut bien n'y plus penser[1]. »

Sur l'ordre de Sa Majesté, le cercueil de la défunte est déposé au couvent Saint-Alexandre-Nevski. Il n'y a pas de deuil officiel. Le grand-duc n'assiste pas aux obsèques. Quant à l'impératrice, dès l'enlèvement du corps, elle s'emploie à faire place nette dans les appartements de feu la grande-duchesse, afin qu'aucun souvenir de la disparue ne vienne aviver les regrets de Paul. Elle devine que, sans l'accuser ouvertement, il la tient pour responsable de son malheur. Privé d'amour, il se livre à la haine. Il a besoin de se venger pour moins souffrir. Pleurant, hurlant et injuriant son entourage, il voudrait entraîner le monde entier dans sa démence. Or, plus il s'abandonne à ses obsessions funèbres, et plus l'impératrice se raidit dans une lucide volonté de sauvetage. Sans le dire à son fils déboussolé, elle estime que son devoir de mère est de lui trouver d'urgence une autre femme. Elle écrit à Potemkine, dont la discrétion lui est acquise, pour lui faire part de son plan : expédier le grand-duc à Berlin, lui choisir une princesse allemande disponible en remplacement de la précédente, obliger la jeune fille à se convertir et marier dare-dare les deux tourtereaux, à Saint-Pétersbourg. Ayant précisé la marche à suivre, elle conclut le billet par cette recommandation à son amant : « *Motus* jusqu'à ce que tout soit en train. »

1. Cf. Henri Troyat : *Catherine la Grande.*

En attendant de lancer cette nouvelle chasse à la fiancée idéale, Catherine inspecte, à tout hasard, les papiers personnels laissés par Nathalie. Profitant d'une absence de Paul, elle force les tiroirs d'un secrétaire et y découvre, comme elle l'espérait, la correspondance amoureuse de la jeune morte avec André Razoumovski. Par charité envers son fils, qu'une révélation aussi humiliante risque de pousser à la folie, elle devrait brûler ces lettres et laisser le malheureux dans ses illusions. Mais elle ne saurait se satisfaire de ce pis-aller. Quand la gangrène atteint un membre, il faut se résoudre à l'amputation. Dans les sentiments aussi, l'acte chirurgical s'impose lorsque les remèdes habituels ont échoué. Avec une froideur calculée et un rien sadique, Catherine va trouver son fils au milieu de ses divagations éplorées et lui fourre sous le nez les preuves de son infortune. Muet d'horreur, il lit et relit ces phrases qui condamnent l'infidèle, alors qu'il était sur le point d'en faire une sainte. Puis, tout à coup, sa fureur éclate. Le couvercle de la marmite a sauté. Il vocifère à en ameuter le palais. Catherine, en face de lui, attend que la crise soit passée. Enfin, les nerfs rompus, il s'effondre et se déclare résigné à suivre les conseils de sa mère. Elle triomphe. Une fois de plus, son fils a plié le genou devant elle. Avec un peu de diplomatie et beaucoup d'autorité, elle en fera ce qu'elle voudra. Au baron Grimm, qui vient de lui envoyer une lettre de condoléances, elle écrit d'une plume guillerette : « Je ne réponds jamais aux jérémiades [...]. Tout de suite, j'ai mis les fers au feu pour réparer la perte et par là j'ai réussi à dissiper les profondes douleurs qui nous accablaient [...]. Et puis, j'ai dit : "Les morts étant les morts, il faut penser aux vivants. Puisqu'on a cru être heureux, qu'on a perdu cette croyance, faut-il désespérer de la reprendre ? Allons, en deux mots, cherchons-en une autre ! — Mais qui ? — Oh ! j'en ai déjà une en poche ! — Comment, déjà ? — Oui, oui, et même un bijou ! Et ne voilà-t-il pas la curiosité en mouvement : "Qui est-ce ? Comment est-elle ? brune, blonde, petite, grande ? — Douce, jolie, charmante, un bijou, un bijou [...]" Et voilà que les cœurs serrés commencent à se dilater[1]. »

La première mesure concrète décidée par l'impératrice est l'éloignement d'André Razoumovski, expédié en mission diplomatique à Reval ; la seconde est la confidence faite au prince Henri de Prusse, qui séjourne à Tsarskoie Selo, des intentions matrimoniales de la cour de Russie. Henri de Prusse se fait fort de mettre la main sur l'oiseau rare dans la volière à fiancées de son frère, le roi Frédéric II. Il songe notamment à la princesse Sophie-Dorothée de Wurtemberg, dont la candidature n'avait pas été retenue lors de la première prospection, en 1772, à cause de son jeune âge. Certes, elle vient d'être promise au prince Louis de Hesse-Darmstadt, mais Henri de Prusse ne doute pas de pouvoir éliminer ce fragile obstacle. Quand il s'agit du bonheur d'une demoiselle aussi intéressante, un petit prince de Hesse-Darmstadt ne pèse pas lourd en comparaison d'un grand-duc de Russie, celui-ci fût-il veuf et inconsolable.

1. Lettre du 29 juin 1776.

Une correspondance secrète s'échange entre les chancelleries. On prépare dans la fièvre le départ de Paul pour Berlin. Le grand-duc, encore hébété de chagrin et de honte, fait de louables efforts pour se dominer. Encouragé par son entourage, il finit par se découvrir, lui aussi, impatient de rencontrer Sophie-Dorothée, dont on lui chante, de tous côtés, les louanges. Il prend la route, en grand équipage, avec une suite digne d'un monarque. Le prince Henri de Prusse l'accompagne. A Riga, première halte du voyage, le prince Henri reçoit une lettre de Catherine : « Je ne crois pas qu'il y ait d'exemple d'une affaire de cette nature, traitée comme celle-ci. Aussi est-ce la production de l'amitié et de la confiance la plus intime. Cette princesse [Sophie-Dorothée] en sera le gage. Je ne pourrai la voir sans me ressouvenir comment cette affaire a été commencée, menée et finie par la maison royale de Prusse et de Russie[1]. »

Au cours du trajet, la curiosité de Paul s'aiguise au point qu'il se demande s'il n'est pas tombé amoureux de Sophie-Dorothée avant de l'avoir vue. La rencontre a lieu, comme prévu, à Berlin, sous les auspices de Frédéric II. En découvrant la fraîche et délectable fiancée qu'on lui destine, Paul oublie instantanément son deuil et songe, sans scrupules, à un nouveau bonheur. La jeune fille, âgée de dix-sept ans, le dépasse d'une demi-tête. Elle a le cheveu d'un blond filasse et un regard bleu délavé. Nièce

1. Cité par J. Castera : *Vie de Catherine II.*

du prince de Wurtemberg, elle a grandi dans la résidence provinciale d'Etupes, comté de Montbéliard, sur la route de Bâle, loin des fastes et des intrigues de la cour de Prusse. Fervente lectrice de Jean-Jacques Rousseau, elle est à la fois sentimentale, innocente et simplette. D'emblée, Paul est conquis par son air de pureté et de soumission. Le 11 juillet 1776, au lendemain de son arrivée, il écrit à Catherine : « J'ai trouvé la fiancée de mes rêves : grande, svelte, jolie, point trop timide, ses réponses sont promptes et intelligentes, et si l'effet qu'elle a produit sur mon cœur est déjà connu, le sien non plus n'est pas resté insensible [...]. Mon choix est arrêté [1]. »

Ce qui, à ses yeux, rend Sophie-Dorothée doublement désirable, c'est le fait qu'elle lui soit recommandée par Frédéric II. A l'instar de son père putatif, il a, pour ce roi guerrier, l'attirance d'un disciple envers son maître. Cette vénération ancestrale enveloppe, chez Paul, l'ensemble de la Prusse, avec ses habitants, ses mœurs et son histoire. En épousant Sophie-Dorothée, ce sera, pense-t-il, comme s'il épousait Frédéric II. Un hommage rendu à tout un pays à travers une femme. De son côté, Sophie-Dorothée annonce à sa confidente, la baronne d'Oberkirch : « J'ose me flatter d'être très aimée de mon cher promis, ce qui me rend bien heureuse [2]. » Les feux d'artifice, les bals et les salves d'artillerie se succèdent pendant quelques jours pour saluer

1. Cité par Alexeï Peskov : *Paul Ier, empereur de Russie.*
2. *Ibid.*

l'heureuse alliance de Sophie-Dorothée avec Paul, et, par conséquent, de la Prusse avec la Russie. Cependant, Frédéric II, plus perspicace que la majorité de ses contemporains, juge le caractère du grand-duc fort inquiétant pour un futur chef d'Etat. « Le jeune prince parut altier et violent, lit-on dans ses *Mémoires,* ce qui faisait appréhender à ceux qui connaissent la Russie qu'il n'eût de la peine à se soutenir sur le trône, où, devant gouverner une nation dure et féroce, gâtée par le gouvernement mou de quelques impératrices, il aurait à craindre un sort pareil à celui de son malheureux père [1]. »

En arrivant à Saint-Pétersbourg, Sophie-Dorothée est accueillie par l'impératrice avec une sollicitude toute maternelle. Cette fois, Catherine est sûre d'avoir fait le bon choix. Dans son euphorie, elle écrit à Mme de Bielke : « Je vous avoue que je me suis engouée de cette charmante princesse, mais engouée à la lettre. Elle est précisément telle qu'on la voudrait : taille de nymphe, teint de lys et de rose, la plus belle peau du monde, grande et avec de la carrure ; elle est légère ; la douceur, la bonté de son cœur, la candeur sont répandues sur sa physionomie ; tout le monde en est enchanté et quiconque ne l'aimera pas aura tort. »

Convertie en un tournemain à la religion orthodoxe, la jeune fille reçoit le titre de grande-duchesse et troque son prénom original de Sophie-Dorothée contre celui de Marie Fedorovna. Au lendemain des

1. *Ibid.*

fiançailles, elle signe spontanément, à l'intention de Paul, la déclaration suivante : « Je jure par ce papier de vous aimer, de vous adorer toute ma vie et de vous être toujours attachée, et rien au monde ne me fera changer à votre égard. Ce sont là les sentiments de votre à jamais tendre et fidèle promise. »

Le 26 septembre 1776, l'archevêque Platon célèbre le mariage des deux jeunes gens. Au comble de la félicité, Paul écrit à Henri de Prusse : « Partout où ma femme vient, elle a le don de répandre la gaieté et l'aisance, et elle a l'art, non seulement de chasser les papillons noirs, mais même de me rendre la bonne humeur que j'avais entièrement perdue pendant ces trois malheureuses années. » Par ailleurs, il mande au baron Osten Sacken : « Vous voyez que je ne suis pas de marbre et que je n'ai point le cœur aussi dur que bien des gens le pensent ; ma vie le justifiera[1]. »

Alors même qu'elle écrit à sa confidente, la baronne d'Oberkirch, « ce cher mari est un ange, je l'aime à la folie », la nouvelle grande-duchesse Marie s'offusque de la liberté de mœurs qui règne à la cour. Autour d'elle, à tous les étages, ce ne sont qu'intrigues, cancans et coucheries. L'impératrice donne l'exemple du dévergondage. Les favoris défilent dans son alcôve. Zavadovski, puis Zoritch succèdent au superbe Potemkine, lequel reste cependant très proche du trône, sinon du lit de Sa Majesté. A tout moment, la morale est bafouée et Catherine II

1. *Ibid.*

règle selon son caprice le sort de chacun. Même Paul, après s'être rebellé contre sa mère, la laisse diriger d'une main d'acier les affaires de sa famille comme celles de l'Etat. Négligeant la politique qui l'ennuie et sur laquelle il ne peut exercer aucune pression, il se passionne, de plus en plus, pour les menus détails de la vie militaire. En relayant Pierre III dans son ancienne manie, il a l'impression de prouver, au regard des sceptiques, qu'il est bien le fils du tsar défunt. Il met une obstination congénitale à se montrer, comme lui, adepte des théories et des modes prussiennes. Féru d'uniformes et de parades, il avoue préférer les roulements du tambour aux musiques les plus suaves et l'odeur des casernes à celle des salons. Pourtant, entre deux accès d'aberration guerrière, il subit l'influence apaisante de Marie, qui lui prêche la tolérance et l'amour du prochain. Tiraillé entre son goût inné de l'armée et son respect des valeurs morales chères à son épouse, entre son admiration pour l'autorité de sa mère et sa répugnance envers les écarts de conduite dont elle se rend quotidiennement coupable, il écrit, le 4 février 1777, au baron Osten Sacken : « Il est dur de voir, avec mon caractère, que les choses vont de travers et surtout que la négligence des vues personnelles en est la cause : j'aime mieux être trahi en faisant le bien qu'aimé en faisant le mal. »

Cette sentence lapidaire est manifestement l'écho de ce que Marie lui serine, à longueur de journée. Le Ciel veut-il les récompenser l'un et l'autre pour cette pensée édifiante ? Quelques mois plus tard, vers la fin de mai, Paul apprend que sa femme attend un enfant. Sa joie et son orgueil éclatent avec d'autant plus de force que sa première expérience de la paternité s'est soldée par un échec. Le 3 juin 1777, il écrit au père Platon : « Le Seigneur m'a entendu dans mon chagrin et m'est venu en aide : j'ai grand espoir que ma femme est enceinte. » Catherine aussi exulte. Et toute la Russie avec elle. A cette occasion, Sa Majesté offre à Leurs Altesses trois cent soixante déciatines de terre, peuplées de nombreux serfs, près de Tsarskoie Selo, à Pavlovsk.

La grossesse de Marie se déroule sans incidents. A voir l'impératrice s'agiter autour de sa bru, on pourrait croire, selon certains témoins, que c'est elle qui va bientôt accoucher. Et, de fait, déçue par son fils au caractère par trop fantasque, elle met déjà tout son espoir dans son futur petit-fils. Avant même que celui-ci ne soit né, elle le considère comme son véritable successeur et songe à le former, dès son plus jeune âge, à l'exercice du pouvoir. Malgré la somme de travaux qui la sollicitent, elle se prépare à son rôle d'éducatrice en lisant l'*Emile* de Jean-Jacques Rousseau et les œuvres de Locke, de Basedow, de Lavater. A quarante-huit ans, elle a l'impression d'en avoir vingt-cinq. Elle note dans un carnet les principes de puériculture qu'elle entend appliquer au nouveau-né. Leur rigueur spartiate heurte les usages de l'époque : Sa Majesté estime que, pour former un enfant vigoureux de corps et d'esprit, il faut bannir les bonnets de nuit et les couvertures fourrées, imposer des bains d'eau froide, privilégier les jeux de plein air par tous les temps... Ni le père ni la mère n'osent élever la moindre réserve au sujet de ce programme. L'autorité de Sa Majesté embrasse tous les domaines. Est-ce sa faute si elle ne sait pas aimer sans écraser ?

Enfin, le 12 décembre 1777, à onze heures du matin, Marie accouche, sans complication, d'un superbe bébé qui recevra le prénom d'Alexandre. Cent un coups de canon annoncent la nouvelle aux quatre coins de la ville. Les cloches sonnent. Les courtisans s'embrassent dans les couloirs. La reine de la fête, ce n'est pas la mère, c'est la grand-mère. Tout au long du travail, Catherine s'est tenue aux côtés de sa bru, entre les sages-femmes. Dès que le nouveau-né est apparu et a été nettoyé, emmailloté, ondoyé, elle se saisit de lui et l'emporte chez elle. Marie et Paul ont à peine vu leur fils qu'il a disparu dans les profondeurs du palais. Cet enlèvement du nourrisson de sang impérial est devenu la règle à la cour de Russie. Nul ne songe à y redire. Il reste aux parents, frustrés dans leur affection, l'amère satisfaction d'avoir rempli la besogne dynastique pour laquelle ils ont été accouplés.

IV

Découverte de l'Europe

Chaque jour apporte à l'impératrice un motif supplémentaire de s'extasier devant son petit-fils Alexandre, encore au berceau, et de détester son fils Paul et sa bru, qu'elle soupçonne d'attendre avec impatience le moment de faire valoir leurs droits sur leur bébé et – pourquoi pas ? – de soulever contre elle leurs rares partisans. Plus elle aime le nouveau-né, plus elle exècre ceux à qui il doit la vie. Dans son for intérieur, elle souhaiterait presque qu'Alexandre fût orphelin. Animée par un appétit vorace de possession, elle écrit à Grimm en évoquant les mérites du rejeton providentiel : « Cela deviendra un excellent personnage, pourvu que la *secondaterie* ne me retarde pas dans ses progrès. » *Secondat, secondaterie,* ce sont là deux des termes dont elle qualifie le couple grand-ducal. Elle s'étonne parfois de ce changement radical dans son attitude envers sa belle-fille. Après l'avoir couverte de louanges, elle lui découvre tous les défauts de la femme enfant : légèreté, égoïsme, rouerie, affèterie, ambition et radieuse sottise. Les seules choses dont elle puisse lui savoir gré, ce sont sa santé et sa fécondité. Cela suffit-il pour mériter le titre de grande-duchesse de Russie ? Et dire que cette pécore prend des airs offusqués en parlant des mœurs dissolues de la cour ! Vite excédée, Catherine ne dissimule même plus son animosité contre Paul et Marie, lesquels s'en rendent compte chaque jour davantage. Pourtant, malgré l'hostilité manifeste de la tsarine, ils continuent à vivre au palais, dans son ombre, en hôtes à la fois inexpugnables et indésirables. La jeune femme, élevée selon les règles du puritanisme germanique, s'indigne, en silence, du libertinage éhonté de Sa Majesté, et son mari, excédé par les rebuffades systématiques de sa mère, cherche une revanche à son état de père déchu et de minable héritier du trône en organisant des parades et en élaborant des projets politiques dont il sait qu'ils n'aboutiront jamais. C'est ainsi que, sans renoncer à son admiration pour la discipline prussienne, il voue un vif intérêt aux grands philosophes français, dont l'ambition est de régénérer le monde. Certes, il n'égale pas l'impératrice dans le culte d'un Voltaire ou d'un Diderot, mais, ayant mis le nez dans leurs œuvres, il rêve à la meilleure façon d'établir, en Russie, l'égalité sociale, la tolérance religieuse et la réconciliation entre la justice et la charité. Dans le même élan – mais avec une arrière-pensée évidente ! – il préconise d'exclure les femmes de la succession dynastique. Sa rancune personnelle envers sa mère, jointe à tout ce qu'il sait des tsarines qui l'ont précédée à la tête du pays, le rend doublement hostile à un retour du pouvoir entre les mains d'une créature du sexe. Autant il est séduit par la grâce des femmes dans un lit, autant il redoute leur présence sur un trône. Peu après, emporté par son imagination galopante, il affirme, dans une lettre à Nikita Panine du 14 septembre 1778, qu'il a l'intention de lever une armée de mercenaires sur le sol allemand. Pour justifier cette ingérence en territoire étranger, il invoque le fait que, tout en étant le grand-duc héritier de Russie, il est resté le chef de la maison de Holstein. Puis, changeant d'avis, il oublie cette prétention et se passionne pour les bruits de guerre qui agitent les chancelleries. On parle d'un possible conflit entre l'Autriche et la Prusse. Si les hostilités éclatent, Paul sait déjà de quel côté sera son cœur. Il exigera, dit-il, de se battre à la tête d'un régiment de cuirassiers prussiens. Mais personne ne prête attention à ses rodomontades. Les événements qui se préparent au sein de sa famille le détournent d'ailleurs bientôt de ses préoccupations européennes : l'infatigable Marie est de nouveau enceinte. La cour, émerveillée, n'a d'yeux que pour la taille épaissie de la grande-duchesse. Tout en critiquant sa belle-fille parce qu'elle ne sait ni diriger son mari, ni faire la part entre les vrais problèmes et les broutilles de l'existence, l'impératrice rend hommage à sa fécondité. Avec une poulinière de cette race, les grossesses sont sans histoire. On peut bâtir des projets d'avenir sans risquer d'être démenti par les faits.

Le 27 avril 1779, Marie accouche, le plus naturellement du monde : encore un fils ! Hosanna ! A nouveau grand-mère, Catherine regrette d'avoir à remercier d'un si grand cadeau une femme dont elle n'apprécie ni le charme ni l'esprit. Quand il s'agit de choisir le prénom du bébé, l'impératrice n'hésite pas ; ce n'est plus la tradition familiale qui l'inspire, mais la politique ; comme cette naissance intervient au moment où, une fois encore, elle rêve d'envahir la Turquie et d'en faire un Etat satellite, avec Constantinople comme capitale, une appellation symbolique s'impose : le grand-duc ne peut s'appeler que Constantin.

Tour à tour aïeule despotique et stratège aux vues planétaires, la tsarine étend son hégémonie des chambres à coucher aux champs de bataille. Résolue à renverser les alliances historiques de la Russie, elle envisage un rapprochement avec Vienne au détriment de Berlin. Le voyage de l'empereur Joseph II à Saint-Pétersbourg lui offre l'occasion de resserrer ostensiblement ses liens avec l'Autriche. Des fêtes triomphales célèbrent la rencontre de Leurs Majestés. Une telle alliance ne peut qu'irriter Paul, qui se considère comme un sujet virtuel de Frédéric II. Il lui semble qu'en se détachant de ce souverain qui a beaucoup fait, en tant que conseiller matrimonial, pour la Russie, Catherine II trahit à la fois les idées de feu son mari et celles de son fils, dont d'ailleurs elle se soucie comme d'une guigne. Pour se consoler de cette nouvelle déception, Paul recueille avec avidité les propos malveillants qui circulent sur le compte de sa mère, lit en cachette les pamphlets qu'on lui apporte et qui, tous, dénoncent la tyrannie de la tsarine et les influences néfastes qui déterminent sa politique étrangère. Le véritable inspirateur de l'impératrice est incontestablement « l'aventurier » Potemkine, lequel n'a que mépris pour le jeune couple. Subjuguée par cet homme énergique et ambitieux, elle est de plus en plus résolue à suivre ses avis. Epaulée par lui, elle serait même prête, dit-on, à proclamer, le moment venu, que son successeur sur le trône devrait être le charmant Alexandre et non Paul, le maniaque au cerveau détraqué. Quant à son autre petit-fils, Constantin, elle l'a, bien entendu, ravi à ses parents, mais il est encore trop petit pour qu'elle puisse déceler le fond de son caractère. Ce qu'elle tient pour acquis, c'est le fait qu'un jour ou l'autre il régnera sur Constantinople. Pour l'y préparer, elle fait venir des nourrices grecques, exige qu'il soit nourri de lait grec et qu'on lui fasse entendre, dès les premiers mois, les accents de la langue grecque. A force de supplications, Marie obtient, de loin en loin, la garde de ses enfants pendant quarante-huit heures. Quand, à l'issue de cette visite, ils reviennent chez leur grand-mère, cette dernière s'irrite des mauvaises habitudes qu'ils ont, selon elle, contractées auprès de leurs parents. Ce n'est pas ainsi, estime-t-elle, qu'on leur apprendra à gouverner l'un l'empire de Russie, l'autre l'Empire ottoman.

En vérité, elle a hâte d'éloigner ce couple, dont la présence au palais représente un continuel obstacle à ses projets. Au cours d'une conversation à cœur ouvert qu'elle a eue avec Joseph II pendant sa visite, celui-ci lui a suggéré de proposer à son fils et à sa bru un voyage initiatique à travers l'Europe. Ce programme, d'abord écarté, revient à l'esprit de Catherine et elle se résout à y donner suite. Mais elle sait par expérience que, si elle en parle la première à Paul, il refusera de l'écouter, car, désormais, toute proposition venant d'elle le hérisse. Ce qu'il aime d'instinct, c'est la contrarier. Consciente de cette inimitié originelle, elle a recours à une ruse et charge le prince Nicolas Repnine, un familier du jeune ménage, de souffler à l'oreille de Paul que, pour mieux affirmer son indépendance, il devrait exiger de Sa Majesté la permission de partir, avec sa femme, pour une longue expédition hors des frontières. Ravi de cette occasion de braver sa mère, Paul tombe dans le piège et se présente devant l'impératrice avec des revendications dont il ne se doute pas qu'elle est la véritable inspiratrice. Amusée par tant de naïveté, elle feint la surprise, la contrariété, l'hésitation. Le refus est déjà sur ses lèvres. Paul se prosterne à ses pieds ; Marie pleure ; alors Catherine fait mine de céder à l'émotion et autorise, comme à regret, ce voyage imaginé par elle. Toutefois, connaissant la passion ridicule de son fils pour la Prusse de Frédéric II, elle lui interdit de passer par Berlin. Malgré cette restriction, les deux époux remercient avec effusion Sa Majesté qui vient de leur ouvrir les portes de la cage.

Tout serait pour le mieux si le vieux Nikita Panine, qui garde une dent contre Catherine depuis qu'elle l'a relevé de ses hautes fonctions à la cour, ne s'avisait d'éveiller l'attention de son ancien pupille sur les dangers que lui et son épouse courraient en quittant le pays. Ne profiterait-on pas de leur absence pour leur interdire de revenir en Russie ? La tsarine ne prendrait-elle pas prétexte de leur départ pour s'approprier définitivement leur progéniture et publier un manifeste destituant son fils et proclamant son petit-fils héritier du trône ? Anéantis par la possibilité d'une manœuvre aussi machiavélique, Paul et Marie se repentent déjà d'avoir tant insisté pour s'expatrier. Après avoir supplié Catherine de les laisser s'en aller, ils courent la supplier de les garder auprès d'elle. Mais la tsarine tient bon. Ce qui est dit est dit ! Ce tour d'Europe qu'elle réprouvait, elle exige à présent qu'ils le fassent. Leurs deux fils resteront ici. Elle s'en occupera. Et elle écrira régulièrement pour donner aux parents des nouvelles de leurs enfants. Malgré les gémissements et les larmes du grand-duc et de la grande-duchesse, les préparatifs de leur expédition sont accélérés. Le 19 septembre 1781, jour fixé pour la séparation, l'impératrice doit traîner son fils par le bras et le hisser, malade de chagrin et d'angoisse, dans le carrosse, pendant que le prince Repnine soutient la grande-duchesse à demi évanouie. Quand la portière de la voiture se rabat sur Paul et que les chevaux s'ébranlent, il a l'impression qu'on le conduit à l'échafaud alors qu'il n'a commis aucun crime. A moins que ce n'en soit un d'être issu de sang impérial !

La tsarine n'a pas lésiné sur les frais du voyage et la composition de la suite. Derrière l'équipage princier, s'allonge une rangée de berlines pleines de courtisans aux noms illustres. En queue du cortège, viennent les serviteurs, les médecins, les scribes, les cuisiniers. Il y a même, parmi eux, un astrologue chargé de consulter le ciel avant chaque rencontre importante pour Leurs Altesses. Quant aux bagages, ils sont assez nombreux et assez divers pour assurer le bien-être du couple pendant des mois. Par ordre de Sa Majesté, le grand-duc et la grande-duchesse se déplacent incognito, sous le nom de « comte et comtesse du Nord ». Innocent subterfuge, car déjà toutes les cours d'Europe sont au courant de la véritable identité des voyageurs.

Après s'être révolté, Paul découvre, d'étape en étape, le plaisir du dépaysement. Est-ce parce qu'il ne sent pas la présence de sa mère derrière son dos qu'il respire mieux ? Il a même l'illusion d'aimer davantage sa femme depuis qu'ils ne sont plus, tous deux, sous la surveillance d'une duègne couronnée. A croire que leur vrai destin n'est pas de végéter sous des lambris dorés, en Russie, mais de courir les routes, en toute liberté, sous un ciel étranger. Paul se demande, par instants, si, tout compte fait, sa patrie n'est pas l'Europe. Certes, il devra, pour obéir à Sa Majesté, renoncer à la joie de saluer Frédéric II à Berlin, mais il y a tant d'autres raisons de se réjouir et de s'émerveiller en sortant de chez soi !

Pour commencer, on s'arrête à Varsovie, où le roi, Stanislas Poniatowski, ancien amant de Catherine, reçoit le comte et la comtesse du Nord avec une amitié débordante. Marie, qui est d'un naturel réservé, voire bégueule, est gênée par les effusions de cet homme dont le principal mérite est, pense-t-elle, d'avoir couché avec sa belle-mère. Mais Paul le trouve éminemment sympathique et déplore qu'il ait été écarté des milieux politiques de Saint-Pétersbourg et confiné dans les limites étroites de la Pologne. Leurs adieux sont ceux de deux amis, alors qu'hier ils se connaissaient à peine.

Pour Paul, la conviction d'être aimé davantage à l'étranger que dans sa patrie se renforce à mesure qu'on se rapproche de l'Autriche. Toutes les grandes villes qui jalonnent son parcours l'accueillent avec une chaleur qui dépasse les convenances protocolaires. A Vienne, l'empereur Joseph II gratifie les voyageurs d'un banquet monstre, d'un bal masqué et d'une superbe parade, dont Paul est invité à diriger les mouvements. Partout, on acclame l'héritier du trône de Russie en omettant (est-ce par inadvertance ou par calcul ?) de faire l'éloge de l'impératrice. Du plus haut dignitaire au plus humble serviteur, les Autrichiens sont aux petits soins avec le prince itinérant. Afin de lui assurer un séjour agréable dans tous les pays d'Europe, Joseph II écrit à sa nombreuse parentèle dispersée entre les différentes capitales et recommande à ses correspondants d'avoir des égards spéciaux envers leurs futurs visiteurs. Dans sa sollicitude, il va même jusqu'à indiquer à ses proches les préférences culinaires du comte et de la comtesse du Nord. « Ils ne sont pas du tout difficiles pour le manger et généralement aiment en ce genre le simple, mais bon, et les compotes de fruits leur sont particulièrement agréables, mande-t-il à l'un d'eux. Ils ne boivent que de l'eau et Madame la grande-duchesse est accoutumée aux eaux de Seltz, s'il n'y en avait point dans vos environs, une autre eau minérale, légèrement ferrugineuse et qui ne purge point, leur pourra peut-être convenir également [1]. » Tant de prévenance ne manque pas d'émouvoir Paul, qui commence à se dire

1. Cité par Paul Mourousy : *Le Tsar Paul Ier*.

que la Prusse n'est pas le seul paradis sur terre, et que la gentillesse de Joseph II est aussi remarquable que le génie militaire de Frédéric II. En outre, le grand-duc est fier de constater que, contrairement à sa mère qui lui dénie toute compétence en politique et ne le consulte jamais sur les affaires de l'Etat, ce souverain étranger recherche son avis sur les grandes questions de l'heure. Charmé par cette preuve de confiance et d'estime, il songe brusquement que l'empereur d'Autriche est peut-être sur le point de devenir pour lui un ami aussi sûr que le roi de Prusse. Marie, elle-même, trouve l'hospitalité de ce pays si exceptionnelle qu'elle incite Paul à y prolonger leur séjour. Son contentement se transforme en gratitude, lorsque Joseph II fait venir ses parents de Montbéliard à Vienne. D'autre part, le grand-duc et la grande-duchesse reçoivent régulièrement des lettres très aimables de Catherine qui leur donne des nouvelles d'Alexandre et de Constantin. Tout va bien, là-bas. Les chérubins sont en excellente santé et ne manquent de rien. Que ce soit au palais ou dans les chambres d'enfants, on s'aperçoit à peine de l'absence du couple princier. Bref, les parents peuvent continuer leur voyage sans le moindre souci.

Ces informations rassurent Paul, et cependant il ne cesse de craindre l'avenir qui les attend sous la férule de Sa Majesté. Sans doute se serait-il volontiers attardé en Autriche, mais une maladie encore mal connue vient d'y faire son apparition : fièvre, frissons, maux de tête. On dit que cette « grippe » est fort contagieuse et que le meilleur moyen d'y échapper est de se réfugier au soleil, dans quelque pays méditerranéen. Marie ayant été touchée par l'épidémie, il décide brusquement de reprendre la route. Destination : l'Italie, contrée bénie dont le climat guérira sûrement la jeune femme de la toux qui lui déchire la poitrine. Et, de fait, avant même qu'on ait atteint Trieste, la santé de la grande-duchesse se rétablit. La découverte de Venise est, pour elle et pour son mari, une fête. La splendeur de cette ville mi-aquatique, mi-historique, avec ses canaux, ses palais, ses musées, ses mascarades, ses sérénades et ses gondoles, leur donne l'impression de participer à un spectacle permanent. Tout, ici, n'est que façades, pirouettes, confetti et musiques de scène. Après cette cité de la légèreté, ils abordent, à Rome, la capitale de la pesanteur sacrée, des monuments antiques et du catholicisme triomphant. Reçus par le pape, qui daigne souhaiter la bienvenue à ces aimables hérétiques du Nord, et par toute la haute société locale, qui les accable de discours et de compliments, ils se divertissent en parcourant les rues de la vieille ville et se ruinent dans les boutiques des brocanteurs. Cette quête du passé les conduit naturellement à Pompéi, dont les fouilles ont déjà commencé, et à Naples où ils sont happés par le carrousel épuisant des cérémonies en leur honneur. Là, Paul a la mauvaise surprise de se retrouver face à face avec le comte André Razoumovski, cet ami félon qui, jadis, a bassement trahi sa confiance en séduisant sa première femme, feu la grande-duchesse Nathalie. Entre-temps, Catherine a nommé Razoumovski ambassadeur de Russie auprès du roi de Naples. Il est donc normal qu'il soit présent à une réception officielle. Mais Paul, outré par ce rappel de son infortune conjugale, soupçonne une insolente moquerie de son rival d'autrefois, ou une manœuvre de sa mère destinée à le ridiculiser. Du jour au lendemain, Naples lui est insupportable. Renonçant aux derniers rendez-vous prévus par le protocole, il précipite le départ.

Cet incident a tellement aigri son humeur qu'à Florence, reçu par Léopold, duc de Toscane, il se livre devant lui à des discours dont la spontanéité et la véhémence étonnent son interlocuteur. Oubliant son récent engouement pour Joseph II, il retourne à ses vieilles sympathies prussiennes et formule, en public, les plus sérieuses réserves au sujet de l'alliance qui vient d'être signée par sa mère entre la Russie et l'Autriche. Léopold l'écoute avec attention, le remercie pour sa franchise et semble abonder dans son sens. Néanmoins, après son départ, il écrira : « Dans ses discours, il ne m'a jamais parlé de sa situation ni de l'impératrice ; mais ce qu'il ne m'a pas caché, c'est qu'il n'approuve pas tous les grands projets et les innovations qu'on fait en Russie et qui, effectivement, ont plus d'apparence que de vraie solidité [...]. Un jour, en me parlant des affaires, il me dit que la cour de Vienne était bien servie à Saint-Pétersbourg [...]. En s'échauffant, il m'affirma qu'il savait les noms des gens achetés par la cour de Vienne : le prince Potemkine, Bezborodko, Bakounine, les deux comtes Simon et Alexandre Vorontzov, et Markov, qui est à présent ministre en Hollande. "Je vous les nomme, poursuivit-il, et je suis bien aisé qu'on sache que je les connais et, dès que j'aurai quelque pouvoir, je les ferai fouetter [*ausrutschen*], je les casserai, je les chasserai[1].” » Le même Léopold mande à son frère, à Vienne : « Le “comte du Nord” a beaucoup d'esprit et de réflexion, le talent de saisir juste les idées et les choses et d'en voir avec promptitude l'importance en toute circonstance [...]. Il m'a paru ferme, il a beaucoup de nerf dans sa façon de penser. Il sera très actif et ne se laissera, je pense, dominer par personne[2]. »

Le voyage continue selon l'itinéraire prévu. On se dirige vers la France. Louis XVI y est monté sur le trône, huit ans auparavant ; Voltaire est mort, il y a quatre ans ; Diderot et d'Alembert sont vieux mais encore lucides. Etrange pays où l'on cultive mieux les esprits que la terre. Au cours de son voyage, Paul est attristé par le mauvais état des routes, la désolation des campagnes, la médiocrité des auberges et l'humeur sombre des habitants. Après une visite rapide aux hôpitaux de Lyon et à la manufacture d'armes de Saint-Etienne, le comte et la comtesse du Nord font, le 7 mai 1782[3], leur entrée solennelle à Paris. Ils descendent à l'hôtel du prince Bariatinski, ambassadeur de Russie. Les badauds se pressent dans la rue pour les apercevoir et des commentaires élogieux fleurissent sur leur passage. Cependant, certains s'étonnent naïvement qu'un vrai grand-duc, incarnant un pays si vaste et si puissant, ne soit « ni

1. Cité par Constantin de Grunwald : *L'Assassinat de Paul Ier*.

2. Cité par Paul Mourousy : *Le Tsar Paul Ier*.

3. Le 18 mai 1782, d'après le calendrier grégorien en usage en France.

un Hercule ni un Atlas ». Ceux qui ont eu l'occasion de l'approcher racontent qu'il est de taille très moyenne, que les traits de son visage ne sont guère harmonieux, et qu'il a la parole plutôt embarrassée, mais ils corrigent cette peinture défavorable en admettant qu'il a de la vivacité dans les idées et une grâce altière dans le sourire. Le *Mercure de France* observe à son sujet : « Il parle peu, mais très à propos, sans affectation, sans gêne, sans paraître chercher ce qu'il dit de flatteur. » Quant à la grande-duchesse, on la juge un peu plantureuse, mais d'un abord fort agréable. Le fait que tous deux personnifient la « mystérieuse Russie » renforce leur séduction auprès des Parisiens friands d'exotisme slave. Du reste, à cette époque, les Français connaissent une vogue de russophilie aussi soudaine que flatteuse. La mode exige qu'on mette la Russie à toutes les sauces. Les magasins portent des enseignes telles que : « A l'impératrice de Russie », « A la dame russe », « Au Russe galant ». Excité par cette bienveillance unanime, Paul brûle d'être invité par le roi, à Versailles.

Enfin, c'est chose faite : Louis XVI et Marie-Antoinette reçoivent le comte et la comtesse du Nord au château, avec une pompe sans précédent. Les fêtes durent plusieurs jours. Ce ne sont que soupers intimes, dîners de gala, bals costumés et spectacles en musique. Les chroniqueurs habituels de ce genre de manifestations notent que, le soir de la représentation au théâtre du Petit Trianon de *Zaïre et Azor* de Grétry, la comtesse du Nord arborait une coiffure fort originale, agrémentée d'un minuscule oiseau de pierres précieuses aux ailes articulées, mues par un ressort. A cette même occasion, une autre élégante portait dans ses cheveux, selon la baronne Oberkirch, une « chose fort à la mode [...] de petites bouteilles plates courbées dans la forme de la tête, contenant un peu d'eau, pour y tremper la queue des fleurs naturelles et les entretenir fraîches dans la coiffure[1] ». Au dire de ce témoin, « le printemps sur la tête, au milieu de la neige poudrée, produisait un effet sans pareil ». Un autre soir, à un bal donné au château de Versailles dans la galerie des Glaces, la somptuosité des robes est telle que les femmes en oublient presque de danser pour étudier et comparer leurs toilettes. Et comment ne pas mentionner le jour où la comtesse du Nord s'est montrée « vêtue d'un grand habit de brocart bordé de perles sur un panier de six aunes ». Lors d'une réception offerte aux illustres visiteurs russes, à Bagatelle, par le comte d'Artois, un couplet, récité de façon impromptue au milieu du concert, fut applaudi avec frénésie par l'assistance :

Il suffit de vous approcher,
Couple auguste, pour vous connaître.
Si vous voulez tout à fait vous cacher,
Voilez donc les vertus que vous faites paraître.

Puis, ce sont des visites à Sèvres, à Marly. Au château de Chantilly, le prince de Condé traite ses hôtes avec une largesse royale. Le souper est servi dans une vaisselle d'or et de vermeil, que les valets ont l'ordre de jeter par les fenêtres aussitôt après

1. *Mémoires de la baronne Oberkirch.*

usage ; on apprendra, le lendemain, que les plats et les couverts ainsi sacrifiés sont tombés dans un fossé plein d'eau et ont été repêchés, un à un, dans des filets. Un autre repas mémorable, organisé par le même prince, est suivi d'une chasse au cerf, à la lueur des flambeaux. Ce déferlement d'hommages achève de persuader Paul qu'il est plus apprécié en France qu'en Russie. Il ne peut se résigner à l'idée que le seul chef d'Etat qui ne le prenne pas au sérieux soit sa mère. Assistant à cet accueil triomphal d'un jeune prince habitué, chez lui, à une réserve outrageante, Grimm écrira dans sa *Correspondance littéraire* : « A Versailles, il avait l'air de connaître la cour de France aussi bien que la sienne. Dans les ateliers de nos artistes (il a vu surtout, avec le plus grand intérêt, ceux de MM. Greuze et Houdon) il décelait toutes les connaissances de l'art qui pouvaient leur rendre l'honneur de son suffrage plus précieux. Dans nos lycées, nos académies, il a prouvé, par ses éloges et ses questions, qu'il n'y avait aucun genre de talents et de travaux qui n'eût quelque droit à l'intéresser. » Et, à Catherine, le même Grimm, en habile courtisan, affirme qu'à Paris son fils et sa belle-fille ont remporté un succès « sans un si ni un mais [1] ». A l'opposé, le ministre d'Etat Edelsheim, qui a rencontré le grand-duc lors de sa visite au duché de Bade, écrira : « Le prince héritier réunit en lui la folie et l'arrogance, la faiblesse et l'égoïsme. Sa tête semble faite pour porter la couronne en terre. » Et le prince de Ligne confirmera cette description sévère du personnage : « Son

1. Lettre du 7 juin 1782.

esprit est faux, son cœur droit, son jugement est un coup du hasard. Il est méfiant, susceptible [...]. Faisant le frondeur, jouant le persécuté [...]. Malheur à ses amis, ses ennemis, ses alliés et ses sujets ! [...] Il déteste sa nation et m'en a dit autrefois, à Gatchina, des choses que je ne puis répéter[1]. » Lors du passage du grand-duc à Vienne, l'acteur Brockman qui doit jouer devant lui, au théâtre, le rôle de Hamlet dans la pièce de Shakespeare, refuse de paraître sur scène par crainte que Son Altesse ne voie, dans les désordres du prince du Danemark, une allusion à ses propres démêlés avec sa mère, instigatrice toujours impunie du meurtre de son père.

Ainsi, malgré ses efforts vers l'équilibre, Paul déroute son entourage par ses changements de cap et ses sautes d'humeur. Ceux qui l'aiment et qui croient le connaître ne savent jamais si l'homme auquel ils sont en train de parler sera encore le même quelques minutes plus tard. Il n'y a pas un seul Paul qui continue sa route d'un pas égal, mais quatre ou cinq Paul différents sous un visage identique. Il ne trompe pas son monde : il est sincère chaque fois. Simplement, il n'y a aucune suite ni dans ses idées, ni dans son comportement, ni dans son identité. Oscillant entre lui-même et son double, il est autant l'esclave des circonstances extérieures que de la pulsation de ses artères. Divisé et imprévisible, il corrige par une générosité foncière les extravagances d'un caractère abrupt.

1. Cf. Henri Troyat : *Catherine la Grande.*

Après une première entrevue avec le couple grand-ducal, Louis XVI dit au prince Bariatinski : « Ils sont très aimables. Je suis charmé d'avoir fait leur connaissance et je les aime beaucoup. » Marie-Antoinette elle-même reconnaît qu'elle a été séduite par la simplicité et l'aisance du comte et de la comtesse du Nord. Cependant, de jour en jour, elle devine qu'une profonde angoisse se cache derrière cette apparente harmonie conjugale. Et, de fait, alors que Paul souhaiterait s'abandonner au bonheur d'être traité par la France comme le personnage le plus important de Russie, des nouvelles alarmantes lui parviennent de Saint-Pétersbourg. La police a intercepté une lettre adressée à Alexandre Kourakine, ami du grand-duc et membre de sa suite, par un certain colonel Bibikov. Ce dernier y commentait les affaires qui agitaient la cour impériale et se livrait à de graves accusations contre le favori Potemkine. Furieuse de cette atteinte à son prestige, Catherine a fait arrêter l'infâme calomniateur et, après l'avoir dégradé, l'a condamné à l'exil. En annonçant par écrit cette sentence à son fils, la tsarine s'indigne contre le coupable, « comblé de bienfaits » par elle, et qui, à cause de son ingratitude et de son insolence, « mériterait d'être passé par les verges ». Elle ajoute que « cette affaire pourrait servir de traité de morale pour la jeunesse ». Autrement dit : « A bon entendeur, salut ! »

Bien que totalement étranger à l'initiative de Bibikov, Paul est atterré par la sévérité de sa mère. De nouveau, il sent la main de marbre de la tsarine s'appesantir sur son épaule. N'y a-t-il pas un endroit où il puisse la fuir ou, du moins, l'oublier ? Elle le trouvera au bout du monde, s'il le faut, pour lui tirer les oreilles. Si encore elle se contentait de cela ! Mais elle doit nourrir en secret des projets autrement redoutables. Rendue plus méfiante encore après la lettre calomnieuse de Bibikov, ne va-t-elle pas exiger le retour du couple grand-ducal en Russie ? Et ce sera le début d'une cascade de représailles. Jusqu'où ira-t-elle dans sa rancune haineuse ? Une femme qui a fait assassiner son mari est capable d'agir de même avec son fils. La frayeur de Paul prend de telles proportions qu'au cours d'une réception, à Versailles, il ne peut se contenir et se plaint à Marie-Antoinette de la sujétion et du mépris qu'il endure en Russie malgré les marques de respect qu'on lui prodigue officiellement. Dans une explosion de franchise, il s'écrie, face au roi et à la reine, gênés par une confession si peu protocolaire : « Je serais bien fâché qu'il y eût auprès de moi, dans ma suite, le moindre caniche fidèle à ma personne : ma mère l'aurait fait jeter à l'eau avant que nous ayons quitté Paris [1]. »

Laissant la cour de France étonnée par cette sortie intempestive, Paul se remet en route avec sa femme et son cortège seigneurial. Il croit avoir soulagé son cœur à Versailles, mais, à chaque tour de roue, son malaise s'épaissit. Il est visité par des prémonitions macabres. A Bruxelles, dans un salon, il raconte une vision qui le hante depuis peu. Une nuit, dit-il, en

1. Lettre de Marie-Antoinette à son frère l'empereur d'Autriche Joseph II, en date du 16 juin 1782.

quittant la table après une joyeuse réunion entre amis, il est sorti dans la rue et a discerné, dans la lumière diffuse du clair de lune, la silhouette d'un individu, grand et maigre, enveloppé dans un manteau de coupe espagnole. S'avançant vers lui, le quidam l'a apostrophé d'une voix d'outre-tombe : « Pauvre Paul ! Je suis celui qui s'intéresse à toi. Ce que je veux ? Je veux que tu ne t'attaches pas trop à ce monde, car tu n'y resteras pas longtemps ! » Au moment où l'homme s'écartait de lui, Paul l'a reconnu avec stupéfaction. Continuant son récit, il affirme à ses auditeurs, qui l'écoutent bouche bée : « Je distinguai alors très facilement son visage : c'était l'œil d'aigle, c'était le front basané, le sourire sévère de mon aïeul Pierre le Grand. Avant que je fusse revenu de ma surprise, de ma terreur, il avait disparu. Je me souviens du moindre détail de cette vision, car c'en était une, je persiste à le soutenir... Il me semble que j'y suis encore. » Pour conclure, Paul indique que ce face-à-face fantomatique s'est déroulé sur la place du Sénat, où l'impératrice a décidé d'ériger une statue équestre de Pierre le Grand, due au talent du sculpteur Falconet. « J'ai peur d'avoir peur », dit-il enfin. Ces derniers mots tombent dans un grand silence. Dominant la confusion muette de l'assemblée, le prince de Ligne interroge le grand-duc : « Savez-vous ce qu'elle prouve [cette vision], Monseigneur ? » Paul se redresse et répond calmement : « Elle prouve que je mourrai jeune, Monsieur[1]. »

---

1. *Mémoires de la baronne Oberkirch.*

Cette apparition prophétique poursuit le grand-duc aux Pays-Bas, où, après lui avoir fait visiter l'université de Leyde, on lui montre le modeste chalet de Saardam où Pierre le Grand a vécu quelque temps en s'imposant d'apprendre le métier de charpentier. On dirait que le tsar l'accompagne maintenant pas à pas. Mais que signifie au juste cette manifestation de l'au-delà ? Est-ce pour le préparer à une mort prochaine que son illustre ancêtre est sorti du tombeau ou pour lui signifier qu'il le considère comme son digne successeur sur le trône ? Doit-il trembler ou se réjouir d'avoir désormais cette ombre sur ses talons ?

A Francfort, lorsque Kourakine lui propose de l'introduire dans une loge maçonnique, il accepte avec enthousiasme cette invitation à partager le mystère des « initiés ». Les rites auxquels on le soumet au cours de sa visite lui procurent l'éblouissement de la découverte. Tout phénomène inexplicable annonce à ses yeux l'imminence de « la grande révélation ». Il retrouve les délices de cet enseignement ésotérique en se rendant en Suisse à des leçons du fameux philosophe et phrénologue Lavater. Il sait que sa mère, émule des philosophes français, déteste les idéalistes, les rêveurs, les collectionneurs de superstitions, les décortiqueurs de présages, les chevaucheurs de nuées, et cela le pousse à affirmer, par défi, son attirance pour les théories de l'irrationnel. Féru de discipline militaire, attentif à ce qu'aucun bouton ne manque à l'uniforme de ses soldats, et qu'ils défilent avec une régularité d'automates, il n'en éprouve pas moins un violent plaisir à s'évader de l'univers de deux et deux font quatre. Cette séduction antinomique de l'ordre et du désordre n'est d'ailleurs pas la moindre singularité de sa nature. Ainsi admire-t-il la Suisse pour ses contrastes. Il voit en elle le pays le plus calme et le plus hospitalier, gardé par les sommets les plus inaccessibles et les plus menaçants du monde. Dépeignant cette contrée à l'évêque Platon, il lui écrit : « Même les terribles montagnes offrent ici un spectacle plaisant. »

Quand son mari oublie la politique pour s'intéresser aux paysages, aux religions, aux mœurs des pays traversés, Marie a l'impression de goûter les meilleurs moments de son voyage. En récompense de sa docilité, il l'accompagne, pour un bref séjour, auprès de ses parents, sur les lieux de son enfance campagnarde, à Etupes-Montbéliard. Mais, à peine les jeunes époux ont-ils repris leur souffle dans cette retraite familiale, qu'ils doivent se remettre en route. Leurs loisirs sont minutés. Arrêté de longue date, leur itinéraire repasse par Vienne. En revoyant le grand-duc, l'empereur Joseph II réitère devant lui ses appels à la fraternité entre le peuple russe et le peuple autrichien. Tout en l'approuvant du bout des lèvres, Paul se sent incapable de renier sa dévotion à la Prusse et, par-delà, à son père Pierre III, adorateur obstiné du « grand Frédéric ». Faisant un rapide examen de conscience, il écrit au baron Osten Sacken : « Il faut que nous nous estimions assez pour planer constamment [...]. Le reste n'est que chimères [1]. »

1. Lettre du 12 mai 1783.

En traçant ces lignes, il ne se rend pas compte que les « chimères » qu'il condamne ont été précisément nourries et renforcées par les ovations qu'il a recueillies, de ville en ville, à l'étranger. Grisé par son succès personnel hors des frontières, il s'est figuré avec candeur qu'il allait retrouver le même enthousiasme en Russie. Or, dès les premiers tours de roues sur le sol natal, il sent que la partie est loin d'être jouée et que, peut-être, il l'a perdue dans son pays en croyant la gagner ailleurs. Derrière chaque isba, chaque bouquet d'arbres, chaque église, il décèle un refus silencieux ! Un refus inspiré par Catherine. Ce qui l'attend au bout de la route, ce ne sont pas des foules viennoises, italiennes, françaises aux exclamations joyeuses, mais une mère qui le hait, des courtisans fourbes et ambitieux, des prêtres acharnés à lui reprocher ses sympathies hérétiques et un peuple plus préoccupé de manger à sa faim que d'épiloguer sur les obscures intrigues du palais. Tandis qu'il approche de Saint-Pétersbourg, le frisson glacé qui le saisit de la tête aux pieds n'est pas simplement dû au refroidissement de l'air septentrional.

V

Gatchina la Prussienne

Après le second séjour de Paul et de Marie Fedorovna à Vienne, Joseph II, ayant fait ses adieux au couple, écrit à Catherine pour l'assurer qu'en retrouvant ses « enfants » elle verra à quel point ils se sont assagis, assouplis et policés au contact de leurs amis de France et surtout d'Autriche. Mais, dans une lettre à son frère Léopold de Toscane, le même Joseph II exprime la crainte qu'à son retour en Russie « le grand-duc ne trouve plus de désagréments qu'il n'en avait eu autrefois, avant son voyage ». Et, certes, la fréquentation des cercles aristocratiques et intellectuels d'Europe n'a guère préparé le tsarévitch à réendosser l'uniforme de parfait héritier de la couronne, rompu à toutes les compromissions en attendant son heure. S'il a gagné de l'assurance en dix-huit mois de vagabondage d'une capitale occidentale à l'autre, Catherine, elle, n'a pas changé. Tenue au courant par ses ambassadeurs et ses espions des moindres gestes et des moindres propos du ménage grand-ducal, elle sait, avant même d'avoir reçu les voyageurs, que son premier devoir sera de les reprendre en main. Aussi ne prévoit-elle aucune illumination, aucun feu d'artifice, aucune fête populaire pour saluer leur arrivée au bercail. Les retrouvailles sont dignes, modestes et familiales. Après avoir embrassé Paul et Marie Fedorovna, et leur avoir présenté leurs enfants qui, grâce à Dieu, semblent avoir parfaitement supporté la séparation, l'impératrice passe brusquement à l'attaque. Pour commencer, elle reproche à sa bru de s'être ruinée en vaines dépenses vestimentaires. La jeune femme a rapporté plus de cent caisses de colifichets, de gazes, de rubans, de dentelles. De quoi renouveler la garde-robe de trente-six princesses. Les factures de Mlle Bertin, fournisseuse préférée de Marie Fedorovna, sur recommandation de la reine Marie-Antoinette, atteignent un chiffre fabuleux. Même une grande-duchesse de Russie n'a pas le droit de jeter l'argent par les fenêtres, décrète Sa Majesté. Sur son ordre, les caisses pleines de robes et de parures sont renvoyées en France sans avoir été ni ouvertes ni payées. En outre, les marchandes de mode de Saint-Pétersbourg sont invitées, sous peine de sanction, à éviter un luxe ostentatoire et coûteux dans la confection des toilettes de leurs clientes.

Après s'être ainsi fait taper sur les doigts pour son inconséquence, le couple princier connaît encore des heures sombres par suite des mesures disciplinaires prises à l'encontre d'un de ses compagnons de voyage, l'excellent Kourakine. Accusé d'avoir approuvé les insolences de la fameuse lettre de Bibikov, le malheureux est exilé à son tour, dans ses terres, avec interdiction d'en sortir. Si encore Paul pouvait s'épancher dans le cœur d'un ami fidèle et expérimenté comme l'était son ancien instructeur

Nikita Panine ! Mais celui-ci n'est plus qu'un fantôme qui hante les antichambres du palais. Usé par le grand âge et l'excès de travaux, il est sur le point de mourir. Le 31 mars 1783, le vieil homme, qui a su autrefois comprendre et diriger son pupille à travers colères et caprices, expire entre ses bras. Le lendemain de cette disparition, Paul a l'impression qu'un bouclier vivant, qui le protégeait contre ses ennemis et peut-être contre lui-même, vient de lui être retiré. Ce vide soudain l'incite à se rapprocher de sa femme pour chercher auprès d'elle un remède contre l'adversité et la solitude. Elle est toute prête à le secourir, car, sans avoir son tempérament ombrageux, elle se méfie, elle aussi, des manigances et des clabauderies de l'entourage de l'impératrice. Pour échapper aux obligations protocolaires de la « grande Cour » de Sa Majesté, ils se réfugient, avec leur « petite Cour » personnelle, dans leur cher château de Pavlovsk. De loin en loin, Catherine les autorise à y recevoir leurs enfants. Le reste du temps, Marie Fedorovna s'occupe de jardinage, flâne dans les allées du parc, herborise et fait de la peinture, tandis que Paul, désœuvré, ne décolère pas, se plaint de tout et critique, devant témoins, l'ascension de l'ancien amant de sa mère.

Depuis qu'il a quitté la chambre à coucher impériale, la renommée de Potemkine a pris un nouvel essor. Ses succès diplomatiques et militaires viennent de permettre le rattachement de la Crimée à la Russie. Pour l'en remercier, Catherine lui a décerné le titre d'Altesse Sérénissime et l'a fait prince de Tauride. Tout en pestant contre les honneurs dont on comble ce roturier, Paul reconnaît que, grâce aux dernières victoires du favori, l'accès à la mer Noire est enfin assuré et Constantinople à portée de la main. Déjà la diplomatie turque proteste contre cette annexion forcée. On est au bord d'un conflit généralisé et le grand-duc se réjouit de pouvoir, à cette occasion, en découdre avec les infidèles. Mais l'impératrice lui refuse la chance de s'illustrer sur un champ de bataille et de devenir ainsi un second Potemkine. Pour l'instant, elle pleure la mort d'un de ses anciens amants, Grégoire Orlov, celui-là même qui l'a aidée, vingt ans auparavant, à supprimer son mari et à usurper le trône. Le « coupable » a succombé, le 12 avril, à une crise de folie noire. Il était hanté, dit-on, par le souvenir de son crime. « Quoique très préparée à ce douloureux événement, je vous avoue que j'en ressens l'affliction la plus vive, écrit Catherine à Grimm. On a beau me dire et je me dis à moi-même tout ce qu'on peut dire en pareilles occasions : des bouffées de sanglots sont ma réponse et je souffre terriblement. » Son nouvel amant, le jeune Alexandre Lanskoï, l'aide à oublier son chagrin. Autre motif de réconfort : le 29 juillet 1783, Marie Fedorovna, inépuisable génitrice, met au monde une fille, la grande-duchesse Alexandra. Pour la remercier de cette contribution à l'accroissement de la famille impériale, Catherine consent à laisser l'enfant à la garde de sa mère et offre à « son fils bien-aimé, le grand-duc Paul, afin qu'il en fasse son apanage », le domaine de Gatchina, récemment racheté par elle aux héritiers de feu Grégoire Orlov.

Ce vaste domaine, situé aux environs de la capitale, compte cinq mille habitants. Si le palais de Pavlovsk est charmant d'élégance et de simplicité, celui de Gatchina, avec son architecture massive, inspire un sentiment de malaise, et même d'inquiétude. Une longue façade sombre et uniforme lui donne l'apparence d'une caserne. A l'intérieur, les colonnades en marbre de Carrare, les sculptures imitées de l'antique, les fresques des murs dans le style de Raphaël et les peintures allégoriques des plafonds ne font qu'accentuer cette impression glaciale de splendeur, d'ennui et de discipline. Un musée enfermé dans une forteresse. Marie Fedorovna s'accommode tant bien que mal de cette demeure princière où même les meubles ont l'air de se tenir sur la défensive. Elle continue à cultiver des fleurs et des plantes rares et s'adonne consciencieusement à la peinture. C'est ainsi qu'elle brosse les portraits de quelques personnages historiques, dont son mari voudrait imiter la sagesse lors de son règne futur : Pierre le Grand, Frédéric II, Henri IV... Paul apprécie les modestes talents et les grandes vertus de Marie Fedorovna. D'ailleurs, contrairement à sa femme qui n'est guère sensible aux avantages de leur nouvelle résidence, il en est, lui, tellement satisfait qu'il voit en Gatchina le lieu idéal pour le développement de ses conceptions politiques. Maître d'une petite communauté et d'un petit territoire, il fait ici son apprentissage de monarque absolu, s'exerçant au pouvoir sur un monde à échelle réduite. Soucieux avant tout de marquer cette humble patrie du sceau de ses convictions philosophiques, sociales et militaires, il y installe, à côté de l'église orthodoxe, une chapelle catholique et un temple protestant. Ainsi, les deux religions chrétiennes feront bon ménage avec la religion officielle de la Russie. Pour se distraire et animer la vie de la « seconde Cour », Marie Fedorovna organise des bals, chaque semaine, le lundi et le samedi. Parfois, on joue la comédie, entre amateurs de beau langage, sur le théâtre privé de Gatchina, à moins qu'on ne consacre la soirée à des discussions littéraires avec des écrivains de passage. La bibliothèque du château compte quarante mille volumes. Le conservateur en est M. Lafermière, français d'origine, auteur de poèmes et d'opéras fort agréables. Entre deux représentations ou deux séances de lecture à haute voix, on joue au volant ou à colin-maillard. Il arrive que des personnalités du monde politique ou littéraire de France et d'ailleurs rendent visite à Leurs Altesses. Le critique d'origine suisse La Harpe, ou le fin diplomate Louis-Philippe comte de Ségur, familier de l'impératrice, viennent enquêter, avec une curiosité amusée, sur les mœurs de ce monde clos qui, situé à quelques heures à peine de Saint-Pétersbourg, paraît entièrement étranger au reste de la Russie.

Obéissant aux consignes de Paul, Gatchina est vite devenu une sorte d'empiècement prussien dans l'épaisseur du tissu national. On y parle plus souvent le français et l'allemand que le russe ; on y respire l'air de Potsdam. Ce dépaysement artificiel permet au grand-duc de supporter l'exil que l'impératrice lui impose en faisant de lui un potentat au petit pied. Conscient de cette punition déguisée en promotion, Paul écrit, le 8 juin 1783, au baron Osten Sacken :

« Je ne fais point de politique, je la laisse aux gazetiers, la mienne est de me taire. » L'année suivante, il précisera ainsi sa pensée, dans une lettre à Roumiantsev : « Me voilà, à trente ans, sans avoir rien à faire. Je ne m'en plains pourtant pas. Je me soumets à la volonté de Dieu et je me console [...]. Ma tranquillité [...] n'est pas fondée sur le plus ou moins de calme qui m'environne, mais sur la conscience et la conviction qu'il existe des biens inaltérables par aucune puissance temporelle auxquels on peut aspirer. Cela me met au-dessus, et c'est ce qui me remplit de patience, que bien des gens prennent pour quelque chose de morne dans mon caractère. »

Toujours empressé auprès de sa femme, Paul n'est cependant pas insensible au charme d'une demoiselle d'honneur de la grande-duchesse, une certaine Catherine Nelidov, qui a la trentaine comme lui et dont l'adolescence s'est écoulée dans le célèbre Institut Smolny, pépinière de jeunes filles bien nées et bien élevées. Alors que Marie Fedorovna est grande, plantureuse et blonde, Catherine Nelidov se présente comme une petite femme brune, menue, au regard ardent et à la conversation pétillante. La comtesse Barbara Golovine, dame d'honneur également, la décrit ainsi dans ses *Mémoires* : « De petits yeux imperceptibles, une bouche fendue jusqu'aux oreilles et une longue taille sur de petites jambes de basset ne forment pas une figure fort attrayante. Mais elle a beaucoup d'esprit et de talent. » Marie Fedorovna apprécie la compagnie de cette jeune personne, dont les mines et les reparties la reposent de l'ennui pesant de l'étiquette. Et Paul est aussi engoué qu'elle de la nouvelle venue. La présence de Catherine Nelidov, loin de compromettre l'harmonie qui règne entre les époux, leur apporte le piment dont ils ont besoin pour agrémenter le train-train conjugal. Sans être un ménage à trois, le groupe de Leurs Altesses et de la demoiselle d'honneur forme une coalition d'inséparables, à l'abri de toute jalousie et de toute tentation perverse. Mais des témoins malveillants dénoncent cette trop bonne entente à la tsarine. Avertie des bruits qui courent à son sujet, Catherine Nelidov écrira, quelques années plus tard, au grand-duc : « Est-ce que vous êtes un homme pour moi ? Je vous jure que je ne m'en suis jamais aperçue depuis que je vous suis attachée, il me semble que vous êtes ma sœur[1]. » En vérité, cette atmosphère équivoque, dont aucun des trois acteurs n'analyse franchement la nature, agit sur les sens de Paul et de sa femme. Il existe ainsi des infidélités virtuelles, qui aident à conserver la fidélité réelle mieux que ne le ferait un serment prononcé à l'église. La preuve en est que, le 13 décembre 1784, moins d'un an et demi après la naissance d'Alexandra, Marie Fedorovna accouche d'une petite Hélène, c'est le quatrième enfant du couple : tandis qu'Alexandra vagit dans son berceau, Constantin et Alexandre continuent de pousser comme des chênes sous les yeux émerveillés de leur grand-mère. L'impératrice espère que sa bru, qui a les flancs si généreux, ne s'arrêtera pas là. Et, en effet, dès le 4 février 1786, les habituelles salves d'artillerie et sonneries

1. Lettre de Catherine Nelidov à Paul, vers 1800, citée par Alexeï Peskov : *Paul Ier, empereur de Russie.*

de cloches annoncent la naissance de la troisième fille de Leurs Altesses : la grande-duchesse Marie.

Comblé dans ses vœux de paternité, Paul voudrait l'être aussi dans ses ambitions guerrières. Puisqu'il possède en toute propriété une principauté autonome au cœur de la Russie, pourquoi n'y entretiendrait-il pas un embryon d'armée qui préfigurera celle, immense, dont il assumera le commandement après son accession au trône ? En étudiant le comportement de la garde impériale, il a relevé tant de négligence, de maladresse, de favoritisme et de gabegie qu'il en est outré. Les officiers de ces unités d'élite sont plus assidus aux bals et aux spectacles qu'aux revues ; ils comptent plus sur leurs relations à la cour que sur leur valeur au combat pour obtenir un avancement. Afin de réagir, dans son domaine réservé de Gatchina, contre un laisser-aller qui menace de corrompre les plus fiers régiments de Russie, Paul fait appel à des instructeurs prussiens et les charge de rétablir l'ordre et la ponctualité parmi les soldats et les gradés cantonnés sur ses terres. Ce renouveau de l'esprit de discipline et de dévouement servira d'exemple, pense-t-il, à toutes les autres formations militaires de l'empire. En 1788, il dispose déjà de cinq bataillons. Bientôt, il aura deux mille cinq cents hommes à faire manœuvrer pour son plaisir. Ils seront dotés d'un équipement et d'une instruction radicalement différents de ceux des troupes régulières. Mois après mois, des escadrons de cavalerie et des éléments d'artillerie compléteront l'armée nouvelle.

Dans cette entreprise de retour aux « vraies valeurs », Paul est résolu à contrecarrer les dernières initiatives de son ennemi juré, le tout-puissant Potemkine. Celui-ci s'étant mis en tête de « moderniser » l'habillement des soldats, lequel datait de la guerre de Sept Ans, avait coupé les nattes, interdit la poudre dans les cheveux et imposé un uniforme commode (simple tunique et pantalon bouffant, comme on en voit chez les gens du peuple). Révolté par cet outrage à la tradition, Paul exige que ses hommes à lui aient la tête pommadée, nattée et poudrée, qu'ils portent un énorme chapeau et une courte canne, que des bottes leur enserrent les jambes jusqu'aux genoux et que des gants leur montent jusqu'aux coudes. A son avis, une certaine gêne dans la tenue des soldats ne peut que les inciter à se raidir devant le danger et à mettre plus d'ardeur dans la riposte. D'ailleurs, plus leur comportement à la parade sera sévèrement sanctionné et plus ils gagneront en efficacité sur le champ de bataille. Les officiers ont ordre de se montrer impitoyables dans le dressage de leurs subordonnés. C'est la Prusse transplantée aux abords de Saint-Pétersbourg. En passant ses troupes en revue, Paul peut se croire à Berlin, dans la peau de Frédéric II. Peu importe que les volontaires recrutés pour servir aux amusements martiaux du maître de Gatchina soient, pour la plupart, des rebuts des régiments de l'impératrice. Avec ces rustres, dont certains sont des déserteurs, des illettrés, des épaves, Paul est persuadé qu'à force de persévérance et de dureté il formera une armée invulnérable. Mordu par la tarentule du caporalisme, il veut que ces centaines de gaillards, habillés par lui de la même manière et accomplissant, en même temps, les mêmes mouvements, oublient toute identité, toute humanité, et se fondent dans un mécanisme collectif dont il serait l'âme. Pour le seconder dans son effort de mise au pas des individus au profit de la masse, il s'entoure d'officiers au gosier sonore et au cerveau étroit, qui s'appliquent à exécuter sans murmurer ses fantasmes de dompteur. Le plus exigeant, le plus obtus de ces gradés est un certain capitaine Alexis Araktcheïev, surnommé « le caporal de Gatchina ». Avec sa face desséchée, son menton osseux et ses minuscules yeux gris acier profondément enfoncés dans les orbites, il semble toujours méditer un méchant tour ou fignoler une punition machiavélique. A la fois grotesque et inquiétant, il a, selon certains, « l'air d'un singe en uniforme ». Paul apprécie sa servilité et son zèle. Il songe à en faire l'ordonnateur de toutes les activités, aussi bien civiles que militaires, après sa prise de pouvoir. Sans le dire publiquement, il est persuadé que la Russie serait à jamais sauvée si tous les citoyens étaient des soldats et toutes les maisons des casernes.

En attendant l'avènement de ce paradis de l'uniformité, il fait aménager, à Gatchina, des baraquements, des corps de garde, des écuries, des terrains de manœuvre. Sur la place réservée aux parades, les régiments répètent, durant des heures, des exercices d'alignement, de défilé par colonne, de changement de pas, de présentation d'armes et de regroupement accéléré, le tout avec la précision d'un mouvement d'horlogerie. Pendant ces exhibitions interminables,

Paul, la nuque raide et la canne de commandement à la main, goûte l'ivresse de peser à lui seul plus lourd que ces milliers d'homoncules interchangeables qui passent devant lui, frappant le sol de leurs talons en cadence. Cette manifestation d'un despotisme tatillon étonne, certes, la grande-duchesse, mais ne l'inquiète pas outre mesure. Elle a souvent constaté qu'après avoir procédé à l'inspection des troupes, Paul, en retrouvant sa famille, paraît plus détendu et plus tendre qu'auparavant. Comme si cette occupation de contrôle l'avait purgé de son humiliation et de sa rancœur. Même l'impératrice, qui pourrait se formaliser du développement de quelques régiments par trop originaux en marge de son armée, ne s'en alarme nullement. Elle voit là un enfantillage, une manie de plus, que Paul aurait héritée de son père. Elle estime que cette inoffensive passion détourne le grand-duc d'idées autrement dangereuses. Il suffit parfois d'un simulacre d'autorité pour rompre, chez l'ambitieux, la soif de l'autorité véritable. Grâce à cet « amuse-gueule », Sa Majesté est sûre qu'elle n'aura pas de soucis à se faire jusqu'à la fin de ses jours.

Cependant, autour de l'impératrice, certains n'apprécient pas la lubie du tsarévitch qui, pensent-ils, constitue une trahison de la tradition nationale et un acte d'allégeance envers la Prusse.

Lors d'une visite à Gatchina, la princesse de Saxe, qu'on ne peut soupçonner d'antigermanisme, est consternée par le spectacle des régiments de Paul défilant devant leur maître. « Le pire, écrira-t-elle, ce sont ces beaux soldats russes défigurés par des uniformes prussiens de coupe antédiluvienne, datant de l'époque de Frédéric-Guillaume Ier. Le Russe doit être russe, il le sent ; chacun d'eux considère que, en tunique courte et les cheveux coupés au bol, il est infiniment plus beau qu'avec une natte et dans cet uniforme étriqué qui le rend malheureux, à Gatchina. Les officiers ont l'air de sortir d'un vieil album. Si ce n'était la langue qu'ils parlent, on ne les prendrait pas pour des Russes. On ne saurait dire que cette métamorphose est le produit de l'intelligence. J'étais peinée de voir ce changement parce que j'aime ce peuple au plus haut point. » Cette appréciation d'une princesse saxonne ne trouble guère l'impératrice. Plus son fils s'adonne à la soldatomanie, plus elle est rassurée sur les conséquences de cette mascarade militaire.

Un autre dévoiement du grand-duc trouble les observateurs tant russes qu'étrangers : son intérêt croissant pour les religions rivales de l'orthodoxie, et même pour les doctrines des sectes ou les enseignements ésotériques des charlatans. Par opposition à sa mère, dont la froide lucidité refuse les superstitions et les subversions intellectuelles à la mode, il lit avec avidité des livres d'une spiritualité douteuse. Au lieu de critiquer cette quête de l'absolu, Marie Fedorovna, qui, elle aussi, ne conçoit Dieu que dans l'extase, encourage Paul à se lancer dans les méditations les plus aventureuses. Il tâte du mysticisme de Saint-Martin et, après s'être intéressé à d'autres médecins de l'âme, revient secrètement à la révélation qu'il a connue, au cours de son voyage, dans les milieux de la franc-maçonnerie. Fasciné par les rites étranges de cette confrérie, il renonce pourtant à s'y engager. Ce qui le retient, c'est la crainte d'être espionné et dénoncé. L'impératrice, bien que voltairienne convaincue, ne lui pardonnerait pas une démarche aussi insolite de la part d'un héritier du trône, destiné, par sa fonction, à la défense de la religion officielle.

Au vrai, alors qu'il s'amuse à faire parader ses soldats et ses idées sans le moindre résultat pratique, Catherine est aux prises, chaque jour, avec une réalité contraignante. Entre deux conseils des ministres, elle doit gérer ses affaires sentimentales qui, à nouveau, lui causent du souci. Le délicieux Alexandre Lanskoï, dont elle raffole au point de le traiter en « fils spirituel », a une santé fragile. Pour faire face aux exigences de son impériale maîtresse, il a recours à des aphrodisiaques à base de poudre de cantharide. Mais ce régime achève de l'épuiser. Une maladie étrange le cloue au lit, grelottant de fièvre. Il étouffe. Les médecins parlent de diphtérie. Le 25 juin 1784, il meurt, âgé de vingt-six ans, au grand désespoir de Catherine, qui en a cinquante-cinq. Elle sombre dans l'hypocondrie et s'imagine qu'elle n'aimera plus jamais. Une fois de plus, c'est Potemkine qui la remet en selle et lui procure un favori tout à fait acceptable, Alexandre Ermolov, trente-trois ans. Mais cette doublure ne vaut pas le défunt. L'impératrice lui préfère un certain Alexandre Mamonov, vingt-six ans, superbe dans son uniforme d'officier de la garde. Elle « l'essaie », l'adopte, le surnomme « Monsieur l'habit rouge », à cause de la couleur de sa tunique d'apparat et repart dans l'illusion d'un bonheur durable.

Paul est consterné par cet appétit de chair fraîche chez sa mère, alors qu'à son âge elle devrait, par décence, se contenter de souvenirs. Certains osent chuchoter qu'il s'agit là, de la part de l'impératrice, de véritables « fureurs utérines ». Catherine se doute-t-elle de la réprobation que sa conduite provoque dans la « petite cour » grand-ducale ? Peut-être, mais elle juge que son rang la met au-dessus de toute critique sur sa vie privée. Elle n'a de comptes à rendre à personne, et surtout pas à son fils. La seule chose qui importe, c'est la gloire de l'Etat. Or, dans le domaine politique, elle n'a rien à se reprocher. Son principal souci, maintenant, est de convaincre les historiens présents et futurs de la grandeur de l'œuvre qu'elle a entreprise. Il faut que la Russie entière serve de vitrine à la réussite de Sa Majesté et que même les émissaires étrangers puissent contempler l'envol de l'aigle à deux têtes. Une idée mirifique germe dans le cerveau de Catherine : organiser, grâce à l'aide de Potemkine, un somptueux voyage de « réclame » à travers l'empire jusqu'à la Crimée, qui vient d'être conquise. Toutes les chancelleries sont prévenues de cette expédition extraordinaire, qui sera l'illustration du bonheur de la Russie sous le règne de Catherine la Grande. Son fils et sa bru seraient tentés de l'accompagner dans sa tournée triomphale. Mais elle ne tient guère à partager avec eux l'hommage du pays. Sans tenir compte de la vexation qu'elle leur inflige, elle les raye froidement de sa nombreuse suite. En revanche, afin de conférer une signification tout ensemble dynastique et familiale à l'opération, elle décide d'emmener dans sa randonnée Alexandre, dix ans, et Constantin, huit ans. Etonnés de cette prétention extravagante, Paul et Marie Fedorovna interviennent auprès de l'impératrice pour qu'elle renonce à son projet. Mais Sa Majesté est intraitable. Elle affirme qu'il ne s'agit nullement du simple désir d'une grand-mère accapareuse, mais d'une véritable affaire diplomatique, dans laquelle les intérêts de l'Etat sont en jeu. Pour se justifier, sur un plan moins officiel, elle écrit à son fils et à sa bru : « Vos enfants sont à vous, ils sont à moi, ils sont à l'Etat. Dès leur plus tendre enfance, je me suis fait un devoir d'en prendre le soin le plus tendre [...]. Voici comment j'ai raisonné : ce sera une consolation, éloignée de vous, de les avoir auprès de moi. Des cinq, trois resteront avec vous. N'y aura-t-il que moi seule qui serai privée sur mes vieux jours, pour six mois, du plaisir d'avoir quelqu'un de ma famille avec moi [1] ? » A bout d'arguments, Paul sollicite l'appui de l'homme qu'il déteste le plus, Potemkine, pour fléchir l'obstination de Catherine. Celui-ci, magnanime, promet d'essayer, mais se heurte à un mur. Par chance, ou par malchance, quelques jours avant la date fixée pour le départ, le fils cadet, Constantin, est atteint de la varicelle. Il la passe à son frère Alexandre. Les deux enfants sont cloués au lit. Malgré sa toute-puissance, Catherine ne peut rien contre la maladie. Et il ne saurait être question de retarder le voyage dont la nouvelle a déjà été claironnée au-delà des frontières.

1. Cf. Henri Troyat : *Catherine la Grande.* Lettre en français.

Le 7 janvier 1787, par un froid polaire, un interminable cortège de traîneaux, attelés de chevaux aux harnachements de fête, quitte Tsarskoïe Selo. Derrière l'équipage de l'impératrice s'allonge la théorie des dignitaires, des courtisans, des diplomates, qui constituent le « faire-valoir » de cette apothéose. Ayant assisté aux derniers préparatifs de l'expédition, le nouveau favori de Catherine, Pierre Zavadovski, écrira à S. R. Vorontzov, à Londres : « Tout s'est passé si bien et si discrètement que nul ne saurait dire s'il restait, oui ou non, des autorités dans la capitale. La bassesse, l'ignominie, l'hypocrisie, la flatterie, le mensonge et la ruse, ces éternels personnages de la cour, ont quitté les bords de la Néva pour ceux du Dniepr [1]. » Demeurés à Gatchina avec leur progéniture, Paul et Marie Fedorovna doivent se contenter des lettres et des rapports, plus ou moins officiels, pour suivre les péripéties de la conquête par le cœur d'une région qui n'a été conquise encore que par les armes. Les échos de cette démonstration spectaculaire agacent le grand-duc, qui craint de voir sa popularité baisser dans la mesure où augmente celle de sa mère.

Le 11 juillet, après six mois de fastes, de discours et d'acclamations, Sa Majesté regagne la capitale. Elle rapporte, dans son sillage, les rumeurs d'une probable campagne contre la Turquie, laquelle exige, à présent, le retrait russe des troupes de Géor-

1. Lettre du 8 mars 1787, citée par Alexeï Peskov : *Paul Ier, empereur de Russie.*

gie, ainsi que le droit d'inspecter les navires russes à leur sortie de la mer Noire. En réponse, l'impératrice signe, le 7 septembre, un manifeste de guerre avec la Sublime Porte. Aussitôt, Paul est repris par ses rêves belliqueux et demande l'autorisation de s'engager dans l'armée. Catherine refuse. Mais Paul insiste. Il est tellement sûr qu'elle finira par lui céder que, le 4 janvier 1788, il rédige une lettre testamentaire à l'intention de Marie Fedorovna : « Ma chère épouse, Dieu m'a créé pour occuper la place que je n'ai jamais occupée, mais dont, toute ma vie durant, j'ai tâché d'être digne [...]. Oh ! combien grands sont nos devoirs ! [...] Tu vois toi-même combien je t'ai aimée [...]. Tu as été ma joie et ma meilleure conseillère [...]. Tâche de faire le bien de tout le monde [...]. Elève nos enfants dans la crainte de Dieu [...]. Qu'ils soient instruits dans les sciences comme il convient à leur rang [...]. Pardonne-moi, mon amie, ne m'oublie pas, mais ne me pleure pas. Ton époux et ton ami toujours fidèle. — Paul » Une autre lettre testamentaire, datée du même jour, est destinée à ses enfants : « L'heure est venue. Le Tout-Puissant a décidé de mettre fin à mes jours. Je m'en vais répondre de tous mes actes devant un Juge sévère, mais juste et miséricordieux. Dorénavant, vous devez, devant le trône du Seigneur, consacrer votre vie au service de la patrie, pour moi et pour vous-mêmes [...]. N'oubliez pas que vous êtes les envoyés de Dieu auprès du peuple [...], que vous devez veiller sur lui [...]. Réjouissez-vous du bonheur de votre pays et de la paix de votre âme [...]. Toujours affectueusement. — Paul » Il rédige également un projet de réforme, précédé de la formule : « Au cas où... »

Dans ce document confidentiel, il recommande, pour le bien de la Russie, la concentration de tous les pouvoirs entre les mains du tsar, l'adaptation de certaines lois aux circonstances nouvelles, la répartition de la population en trois classes : noblesse, clergé et tiers état, l'assistance aux plus démunis et le développement de l'armée et de la marine, garantes de la grandeur et de la solidité de l'empire. Rien de nouveau là-dedans, si ce n'est le souhait, exprimé avec force par le grand-duc, de faire connaître sa pensée politique aux générations futures. C'est parce qu'il persiste dans son idée d'aller affronter les Turcs, au risque de laisser sa peau dans les combats, qu'il estime nécessaire de préciser, noir sur blanc, ses dernières volontés. Or, pour le dissuader de cette folie, Catherine dispose, depuis peu, d'un nouvel argument : la grande-duchesse est, une fois de plus, enceinte. Il serait pour le moins indélicat que le père s'absente avant qu'elle ait accouché. Irrité par cette observation, Paul réplique qu'on trouvera toujours « quelque prétexte pour le retenir ». Sur quoi, l'impératrice, se fâchant pour de bon, déclare que la discussion est close et que ses conseils sont « des ordres ne souffrant aucune dérogation ». Mouché d'importance, Paul rentre la tête dans les épaules.

Le 10 mai 1788, Marie Fedorovna donne naissance à une quatrième fille, qu'on nommera Catherine en hommage à son illustre grand-mère. Si la parturiente est enfin délivrée, son mari l'est aussi : rien ne s'oppose plus à ce qu'il rejoigne l'armée. Cependant, voilà que le roi de Suède renforce ses dispositifs militaires. De ce côté également monte une odeur de poudre. Du coup, le grand-duc change son fusil d'épaule. Plutôt que de se battre contre les Turcs, il préfère se battre contre les Suédois. Le 30 juin, Catherine déclare la guerre au pays de Gustave III, dont les régiments viennent de franchir la frontière. Par faveur spéciale, Paul est autorisé à rejoindre le comte Valentin Moussine-Pouchkine, qui a pris le commandement des troupes dans ce secteur. A peine arrivé, il l'accompagne dans une mission de reconnaissance à proximité des lignes ennemies. Les avant-postes ouvrent le feu. Deux chevaux sont tués sous les cosaques de l'escorte. L'action s'achève sans autre effusion de sang et Paul, tout fier d'avoir frôlé la mort, s'écrie : « Me voici baptisé ! » Du reste, les Suédois ne paraissent guère disposés à poursuivre leur incursion en Russie. Estimant que l'offensive de l'adversaire a été définitivement repoussée, Paul regagne Gatchina, où l'attend sa nombreuse famille. Commentant ce bref intermède militaire, l'impératrice écrit à Potemkine : « Les Suédois ont évacué Hekfors ; il n'en reste plus un seul dans notre partie de la Finlande. Leur flotte est bloquée par la nôtre à Sveaborg. Le grand-duc est rentré aujourd'hui. » Certains esprits malintentionnés se gaussent, dans leur coin, en prédisant que, pour récompenser le prince héritier de sa bravoure, la tsarine le fera décorer de la croix de Saint-Georges. Mais ils en sont pour leurs frais de méchanceté. Catherine n'accorde aucune distinction honorifique à son fils. Elle en est même si loin que, dit-on, c'est pour se moquer des prétentions guerrières du grand-duc qu'elle a composé une pièce intitulée *Ratetout ou le Preux malheureux.* Le héros de cet imbroglio comique, écrit en français par Catherine, est un benêt qui voudrait jouer au pourfendeur de géants et qui se couvre de ridicule, malgré les efforts de deux autres imbéciles attachés à son service, « le Taré » et « le Demeuré ». L'œuvrette est représentée le 31 janvier 1789, à l'Ermitage, en présence d'un nombreux public entourant le grand-duc et la grande-duchesse. On aurait pu craindre un incident familial au cours du spectacle, mais Paul ne s'aperçoit pas de la similitude entre sa propre aventure et celle de Ratetout. La farce le divertit sans qu'il y voie malice et le secrétaire de Catherine, Alexandre Khrapovitski, peut écrire dans ses *Souvenirs* [1] : « Vers sept heures, on donna, en présence du tsarévitch, *Le Preux malheureux,* récit des préparatifs de la guerre contre le roi de Suède [...]. Tout le monde s'amusait, riait et battait des mains [...]. Le succès fut grand. Le grand-duc aurait beaucoup ri et demandé à revoir la pièce. La nouvelle représentation est fixée au 5 de ce mois (février). » Chacun sait que cette farce est due au talent de l'impératrice. Mais le programme ne porte pas de nom d'auteur.

Dans le public qui assiste, le soir du 31 janvier 1789, au spectacle du *Preux malheureux,* figure le nouveau favori de l'impératrice : Platon Zoubov, qui succède à Mamonov dans les grâces de Sa Majesté. Il est âgé de vingt-deux ans, il a le teint frais, l'esprit souple, et s'est tiré avec succès de l'épreuve d'ap-

---

1. A. Khrapovitski : *Notes et Souvenirs*, cité par Alexeï Peskov : *Paul Ier, empereur de Russie.*

titude sexuelle. Catherine ne se contente pas de le trouver beau. Séduite jusqu'à la moelle des os, elle est prête à lui trouver autant de culture que de capacités viriles. Cette dernière toquade de sa mère vieillissante provoque chez Paul un sursaut de pitié et de mépris. Il la plaint d'en être réduite à chercher son plaisir auprès de quelques étalons juvéniles grassement rétribués. Pourtant, il ravale son indignation afin de ménager l'avenir. Il ne proteste pas davantage lorsque Catherine fait arrêter Alexandre Radichtchev, coupable d'avoir évoqué dans son livre, *Voyage de Saint-Pétersbourg à Moscou,* la misère du peuple et les méfaits du servage. Cet ouvrage, selon Khrapovitski, « propage le mal français, la haine des autorités ». Jugé le 13 juillet, Radichtchev est condamné à mort, mais l'impératrice le gracie et se contente de le faire déporter à perpétuité en Sibérie.

Au fait, songe Paul, comment donner raison à ceux qui prêchent le libéralisme, l'indulgence et l'amour des humbles, alors qu'en France le peuple révolté, non content d'avoir pris la Bastille, a contraint le roi et sa famille à quitter Versailles et à se laisser emmener à Paris ? Pour une fois, Catherine et son fils sont d'accord en politique : il faut un Etat fort et un peuple soumis si la Russie veut éviter l'anarchie à la française. L'année suivante, le roi Louis XVI et Marie-Antoinette, excédés d'être retenus prisonniers de la plèbe, s'enfuient, déguisés, et tentent de passer la frontière sous une fausse identité. Ils sont arrêtés, capturés à Varennes ; on découvre sur la reine un faux passeport au nom d'une certaine Mme Korff, fille d'un négociant de Saint-Pétersbourg ; l'ambassadeur de Russie est soupçonné d'avoir prêté la main à cette triste désertion de la famille royale. Catherine déplore non pas que le représentant officiel de la Russie soit mêlé à la manœuvre, mais que l'évasion, mal préparée, ait raté. Effrayés par les désordres de leur pays, les émigrés français affluent à Saint-Pétersbourg et à Moscou. Alors que Catherine, prudente, évite de s'engager à fond dans le camp de ceux qui voudraient prendre les armes pour rétablir la monarchie en France, le grand-duc souhaite ouvertement la destruction de l'hydre révolutionnaire. Son hostilité contre la « canaille rouge » est si violente que, lors d'une réception du corps diplomatique par sa mère, il n'hésite pas à provoquer avec insolence le nouveau représentant de Paris, M. Genêt. Au milieu d'un cercle de courtisans éberlués, il proclame, sans la moindre précaution oratoire : « Ce moment est décisif pour les souverains. S'ils ne s'entendent pas sérieusement entre eux pour expulser de leurs Etats tous les Français qui seraient soumis aux nouvelles lois dictées par l'Assemblée nationale, je ne répondrai pas qu'avant deux ans l'Europe entière ne soit bouleversée. » Bien qu'elle soit d'habitude irritée par les interventions de son fils dans les affaires de la Couronne, Catherine doit convenir qu'il vient de dire tout haut ce qu'elle pense tout bas. En attendant le renvoi de Genêt dans sa patrie, on se contente, à Saint-Pétersbourg, de lui battre froid et de commenter, avec une colère croissante, les agissements d'une poignée d'hurluberlus qui, à Paris, ont osé priver Louis XVI d'une partie de ses droits régaliens.

C'est au milieu de ces perspectives angoissantes pour l'avenir de la monarchie en Europe que Catherine apprend la mort, le 5 octobre 1791, au bord d'une route, en Moldavie, de celui qui, toujours et partout, lui a apporté conseil, dévouement, amour et victoire. Potemkine, qu'elle avait chargé de mener les pourparlers de paix avec la Turquie, à Jassy, n'est plus. Le choc est d'une violence telle qu'elle s'évanouit et qu'on doit la saigner pour qu'elle reprenne conscience. Privée de cet homme providentiel, elle croit vaciller au bord d'un gouffre et confie à son secrétaire Khrapovitski : « Je n'ai plus personne sur qui m'appuyer ! Rien ne sera plus comme avant [...] ! Tous vont vouloir sortir de leur coquille comme des escargots [...]. C'était un vrai gentilhomme, un homme d'esprit, fidèle et incorruptible. » Puis, saisissant sa plume, elle écrit à son « souffre-douleur », le cher Grimm, qui comprend tout à demi-mot : « Un terrible coup de massue a frappé de nouveau ma tête [...]. Je suis dans une affliction dont vous n'avez pas idée [...]. C'était un homme d'Etat pour le conseil et l'exécution. Il m'était attaché avec passion et zèle, grondant et se fâchant quand il croyait qu'on pouvait mieux faire. »

Autour d'elle, on feint de partager son immense chagrin, mais son favori, Platon Zoubov, jubile sous des airs de deuil. Et Paul en fait autant. Le « grand gêneur » a disparu du devant de la scène. L'empire continue sur sa lancée. La paix avec la Turquie est signée, les troupes russes mettent à la raison les insolents rebelles polonais et l'impératrice, fatiguée, n'ayant plus comme soutien moral que le sournois, l'intrigant Platon Zoubov, fléchit les épaules sous le poids des soucis et des années. Elle songe de plus en plus sérieusement à préparer sa succession. Or les variations d'humeur de son fils s'aggravent depuis peu, par suite de perturbations dans le ménage. Les informateurs habituels de Sa Majesté lui signalent que la grande-duchesse, d'abord très bien disposée à l'égard de Catherine Nelidov, supporte mal maintenant la présence de cette jeune personne dans l'intimité du couple. Des rumeurs de mésentente conjugale traversent les frontières et, à Paris, *Le Moniteur universel* publie, dans son numéro du 24 avril 1792, un article venimeux au sujet de ce petit drame, au palais. Parlant du grand-duc Paul, tenu en lisière par une mère despotique, le journaliste se permet d'écrire : « Ce prince suit en tous points les traces de son malheureux père ; et, à moins que la cour de la grande-duchesse ne soit le temple de toutes les vertus, il éprouvera un jour le même sort que Pierre III [...]. J'ai déjà remarqué plusieurs levains de révolution [en Russie], ils existent dans le cœur du grand-duc. Ce prince ne cache pas son mécontentement ; il s'indigne de sa nullité ; souvent, il se brouille avec l'impératrice, sa mère ; il ose même se porter à des menaces contre elle [...]. Vous savez qu'il a pour maîtresse une Mlle Nelidov... » D'un jour à l'autre, en Russie comme à l'étranger, on évoque la personnalité de cette mystérieuse créature, qui, disent les témoins, n'est certes pas une beauté, mais plaît par la promptitude de son esprit et la hardiesse de son regard. Fâchée de ces ragots qui déconsidèrent le trône de Russie, Catherine interroge son fils sur ses sentiments véritables envers Catherine Nelidov. Il lui répond par lettre : « En ce qui concerne ma liaison avec Mlle Nelidov, je vous jure, par le tribunal suprême devant lequel nous devons paraître tous, que nous nous présenterons devant lui, tous les deux, avec une conscience libre de reproches. Ce qui nous unit, c'cst une amitié sacrée et tendre, mais innocente et pure. » Aussi outrée que Paul par ces racontars qui la présentent comme une intrigante de bas étage et dressent contre elle la grande-duchesse qu'elle aime sincèrement, Catherine Nelidov supplie Sa Majesté de la croire sur parole et de lui permettre de quitter la cour pour se retirer dans un couvent. Paul est désespéré à la perspective de cette séparation qui consacrerait la victoire de quelques mauvaises langues sur une personne qui n'est en rien coupable. Mais les clabauderies redoublent et les allusions aux malheurs du couple grand-ducal deviennent si précises que, le 8 juillet 1792, Fedor Rostoptchine, proche du grand-duc, peut écrire à S. R. Vorontzov, à Londres : « On croit qu'elle [Mlle Catherine Nelidov] veut aigrir la passion du grand-duc et l'enflammer davantage. » Quoi qu'il en soit, alors que Mlle Nelidov sollicite l'autorisation de s'éloigner de la cour, « aussi pauvre et aussi pure qu'elle y est entrée », l'impératrice lui refuse son congé. Selon Sa Majesté, qui est experte dans les affaires de cœur et de lit, il faut que la jeune femme demeure auprès du grand-duc, puisque tous deux affirment leur innocence foncière, et que, à l'évidence, il a besoin d'elle pour être heureux. La meilleure réponse à ces vils cancans, c'est Marie Fedorovna qui la donne en accouchant, le dimanche 11 juillet 1792, d'une cinquième fille, la grande-duchesse Olga. Pour une épouse trompée, elle administre ainsi la preuve que son mari n'a pas tout à fait déserté la couche conjugale. Bien entendu, contrairement aux garçons qui ont l'honneur d'être élevés par l'impératrice, Olga, comme les autres filles, reste à la garde de sa mère.

Du reste, les derniers échos de cette histoire d'alcôve sont déjà balayés par les terribles nouvelles qui arrivent de France. Coup sur coup, on apprend, à Saint-Pétersbourg, que Louis XVI et Marie-Antoinette ont été arrêtés, que le sang coule dans les rues de Paris, que les prisons regorgent de ci-devant aristocrates, qu'on renverse les statues des anciens rois et que le peuple ne se contentera sans doute pas de démolir des monarques en effigie. On chuchote aussi que les deux fils de Paul, tout en réprouvant la violence des révolutionnaires français, ne sont pas hostiles aux idées nouvelles. Devant la menace de ce libéralisme sauvage, l'impératrice regrette presque d'avoir confié l'éducation de son petit-fils préféré, Alexandre, au consciencieux La Harpe, lequel n'a pas su mettre son élève en garde contre les dangers d'un excès de générosité dans l'application des grands principes. Or Alexandre va avoir quinze ans dans quelques mois. Le moment est venu, estime Catherine, de le marier à une jeune fille – d'origine germanique, bien sûr ! – et de le préparer en douceur à un destin impérial. Mais comment le persuader qu'un jour ou l'autre il devra dérober la couronne à son père ? Dans ces sortes de complots, où l'intérêt prime le droit, la tendresse et la rouerie d'une femme peuvent aider à fléchir l'entêtement d'un homme qui ne voit pas plus loin que le bout de son nez. Prenant le taureau par les cornes, l'impératrice invite à Saint-Pétersbourg la princesse de Bade, Louise-Augusta, âgée de treize ans, mais dont on lui a certifié qu'elle est déjà formée. Pour ne pas braquer son petit-fils, Catherine lui laisse ignorer le véritable motif de cette visite. Ravie d'avoir monté ce piège sentimental, elle écrit à Grimm : « C'est un tour diabolique que je lui joue, car je l'induis en tentation. » Elle a vu juste. Mis en présence de la jeune personne qu'on lui destine, Alexandre est séduit par sa candeur radieuse et ses bonnes manières. Penchée sur les premiers symptômes de cet amour de convenance, l'impératrice déclare à Grimm, dès le 14 août 1792, que, pour elle, l'affaire est dans le sac : « Mon Alexandre sera marié et, avec le temps, couronné avec toutes les cérémonies, toutes les solennités et toutes les fêtes publiques possibles : il en passera par là avec splendeur, magnificence et grandeur. »

Bien que n'ayant guère été consultés, ni Paul ni Marie Fedorovna ne trouvent quoi que ce soit à redire aux préparatifs de ce mariage précoce. Cependant, Paul, toujours méfiant, se rend compte à cent détails, à cent propos indiscrets, qu'une manœuvre se trame derrière son dos pour l'écarter du trône au profit de son fils aîné ! Pris dans un dilemme tragique, il ne sait s'il doit, en tant qu'héritier légitime, s'opposer à ce scandaleux passe-droit, ou, en tant que père, souhaiter la réussite d'un projet de spoliation concocté par sa propre mère. Faut-il qu'il « se préfère » ou qu'il « se sacrifie » ? Et quel est l'intérêt de la Russie dans cette rivalité familiale ? N'est-ce pas Dieu qui a prévu la dévolution naturelle de la couronne d'une génération à l'autre ? Ne serait-ce pas aller contre l'autorité du Très-Haut que de modifier l'ordre de succession établi par une tradition séculaire ? Pour s'aider à voir clair en lui-même, Paul se plonge dans la lecture de la Bible, des exégètes pieux et des philosophes. Mais, plus il s'efforce de résoudre ce cas de conscience, plus il aggrave son indécision. Il a beau affirmer à son correspondant habituel, le baron Osten Sacken, qu'il se désintéresse de la politique et qu'il ne pense qu'au malheur de son pays et à celui de sa famille, accentués par l'égoïsme de sa mère, tout ce qu'elle décide, tout ce qu'elle entreprend le révolte. A présent, il lui reproche de tarder encore à jeter le poids de son armée dans le conflit, pour écraser la Révolution française et rendre à Louis XVI le trône dont des forbans l'ont chassé. Ses protestations, ses gesticulations sont pour la galerie. Catherine écrit à Grimm : « Je soutiens qu'il ne faut s'emparer que de deux ou trois bicoques en France et que le reste tombera de soi-même ; vingt mille cosaques seraient de trop pour faire un tapis vert depuis Strasbourg jusqu'à Paris. » Mais elle se garde bien d'envoyer lesdits cosaques combattre les hordes de sans-culottes. Le 4 décembre 1792, un décret proclame la République sur tout l'espace français. Le 15 décembre, Montbéliard, berceau de la famille de Marie Fedorovna, est annexé par le nouveau régime. Tous les proches de la grande-duchesse émigrent pour échapper à la marée rouge. Devant cette malédiction qui gagne chaque jour du terrain, Paul en vient à croire que sa propriété de Gatchina demeure le plus sûr refuge contre la désagrégation européenne et que, si sa mère le laissait agir, il saurait mener à bien la croisade contre les ennemis de la monarchie, de l'ordre et de la religion. Mais elle lui a lié les mains, une fois pour toutes. Avec des cordons de soie, il est vrai. Il n'en est pas moins un otage, alors qu'il se sent l'âme d'un chef.

Soudain, au début de janvier 1793, les deux cours, « la grande », de Saint-Pétersbourg, et « la petite », de Gatchina, sont ébranlées par une affreuse nouvelle venue de France : Louis XVI a été guillotiné à Paris, après un simulacre de procès. En apprenant cette fin abominable, Paul ne peut s'empêcher d'en imputer la responsabilité à sa mère. Si elle était intervenue militairement comme il le préconisait, Louis XVI serait encore en vie et aurait retrouvé sa couronne. Elle a manqué à son devoir de solidarité monarchique. Bien sûr, elle se dit très éprouvée par cette catastrophe de portée internationale ; elle tombe malade, s'isole dans sa chambre pour ruminer son chagrin et ordonne au palais un deuil de six semaines. Mais le mal est fait. Pour se racheter, elle offre son aide morale et pécuniaire au comte d'Artois, petit-fils de Louis XV, venu se réfugier en Russie, le traite en « lieutenant général du royaume » et recommande à son ambassadeur à Londres d'ouvrir à cet émigré prestigieux un crédit destiné à financer la contre-révolution. Néanmoins, elle paraît soulagée lorsque, le 26 avril 1793, le comte d'Artois s'embarque pour l'Angleterre.

Désormais, Catherine ne veut plus penser qu'au mariage de son cher Alexandre et à la meilleure façon d'assurer l'accession au trône du petit-fils à la place du fils. La princesse Louise-Augusta de Bade vient de se convertir à l'orthodoxie sous le nom d'Elisabeth Alexeïevna et doit épouser le grand-duc Alexandre le 28 septembre 1793, dans l'église du palais d'Hiver. Ces fiancés, à peine sortis de l'adolescence, sont si charmants qu'on les surnomme Amour et Psyché. Catherine voit dans cette union, dont elle a été l'instigatrice, une revanche sur la déception qu'elle a ressentie en apprenant la chute de la monarchie en France. Mais un incident inattendu risque de gâcher la cérémonie nuptiale. Au dernier moment, Paul, dont la susceptibilité devient maladive, s'est disputé avec son fils et refuse d'assister à la bénédiction. Il faut toute la diplomatie de Marie Fedorovna pour qu'il revienne in extremis sur sa décision. Encore garde-t-il un visage renfrogné durant l'interminable office religieux. Persuadé que sa mère a dressé contre lui tous les membres de sa famille, il décèle des ennemis jusque parmi ses enfants et ses proches. Ses révoltes sont celles d'un animal traqué.

La nuit, des cauchemars et des prémonitions le visitent. Au réveil, parfois, son air de tristesse et d'égarement est tel que sa femme se dit impuissante à le calmer et même à le comprendre. De tout son entourage, seul La Harpe lui paraît honnêtement disposé à son égard. Mais ce Suisse à la tête savante prend décidément trop à cœur l'éducation d'Alexandre. Idéaliste impénitent, il risque d'inculquer à son pupille les calembredaines qui ont conduit la France au désastre. L'impératrice, elle aussi, s'intéresse à l'influence pédagogique de La Harpe. Elle redoute certes, comme son fils, que, emporté par son zèle, le mentor du jeune grand-duc ne l'incite à cultiver un sentimentalisme philosophique incompatible avec l'exercice du pouvoir. Mais elle souhaiterait par-dessus tout que cet homme, qui jouit de la confiance de la famille, usât de son influence pour convaincre son ancien élève d'accepter, le cas échéant, la couronne impériale à la place de son père. Ayant convoqué La Harpe, elle lui expose son plan, à mots couverts. Hélas ! la conscience du penseur helvétique est d'une rigidité à laquelle Catherine n'est pas habituée. Après l'avoir écoutée avec déférence, il lui répond que la mission dont elle voudrait le charger lui paraît déloyale et qu'il ne se sent pas le droit de l'assumer. Aussitôt, le visage de l'impératrice se ferme, son regard se fige, et La Harpe est contraint de se retirer à reculons, avec la certitude de n'être plus persona grata à la cour. Les jours suivants, il aggrave son cas en essayant de rapprocher Alexandre de son père. Ces conseils de déférence et d'affection filiales, il les prodigue au cours des entretiens studieux qu'il continue d'avoir avec le jeune prince, bien que celui-ci soit déjà marié. A son instigation, Alexandre redouble de gentillesse envers Paul et s'arrange même pour l'appeler, de temps à autre, par anticipation, « Votre Majesté impériale ». Cette marque d'estime chatouille l'orgueil du « prétendant officiel au trône » et il se remet à espérer qu'il n'a pas que des adversaires parmi ses intimes.

Catherine est, comme de juste, très vite avertie des efforts qu'on déploie au sein de la « petite Cour » pour détourner Alexandre du projet successoral imaginé par sa grand-mère. La riposte est immédiate. Ayant mandé La Harpe dans son bureau, l'impératrice lui signifie, tout à trac, son renvoi. Congédié comme un domestique, La Harpe ne peut que rapporter cette sentence à son pupille. Alexandre s'effondre en larmes. Quant à Paul, il considère que cette disgrâce d'un homme irréprochable est une mesure vexatoire de Sa Majesté envers lui-même. D'ailleurs, il estime qu'il n'y a plus personne de sensé à la surface de la planète. Même en France, refuge habituel de la raison, l'épouvante règne dans les villes, on se dénonce entre voisins, la guillotine n'arrête pas de trancher des têtes, tandis que les armées de la République s'efforcent de contenir, à l'extérieur, les puissances ennemies liguées pour délivrer le pays de ses « démons ».

Depuis la rupture des relations diplomatiques avec la patrie exécrable des Marat et des Robespierre, les Français résidant en Russie ont reçu l'ordre, sous peine d'expulsion, de condamner solennellement la Révolution française et de jurer une stricte obéissance aux lois de leur terre d'accueil. Les frontières sont fermées aux marchandises françaises, qu'il s'agisse de colifichets ou de livres. Dans la haute société, on continue de parler français pour montrer qu'on a de la culture, mais on maudit la France pour montrer qu'on a du cœur. Catherine déclare que la France est « un repaire de brigands », que les révolutionnaires sont des « canailles », qu'il faut « exterminer jusqu'au nom des Français » et que la capitale de la France n'est plus Paris, la sanglante, mais Coblence, lieu de ralliement des émigrés et berceau de l'armée du prince de Condé.

Comme pour justifier cette fureur antirépublicaine et antifrançaise, on apprend, en octobre 1793, que Marie-Antoinette vient, à son tour, d'être traînée sur l'échafaud et décapitée. Pour comble de scandale, voici que Notre-Dame de Paris, haut lieu de la foi catholique, devient, par décret, le Temple de la Raison. Est-ce par une moquerie iconoclaste ou par un stupide athéisme qu'on l'a rebaptisée ainsi ? Cette nouvelle appellation de la vieille cathédrale a-t-elle été voulue par un apprenti philosophe ou par une crapule avinée ? Il est vrai, pense Paul, qu'à l'heure qu'il est, en France, philosophe et crapule ne font qu'un. Tous les échos qui lui arrivent de Paris le renforcent dans l'idée que, pour préserver de la contagion son domaine personnel de Gatchina, il doit redoubler de sévérité envers ceux qui ont la chance d'y habiter sous son égide.

Dans ce climat de veillée d'armes, l'autoritarisme tatillon du grand-duc prend les dimensions d'une folie de l'ordre et de la discipline. Obsédé par le souci du détail, il ne sait qu'imaginer pour améliorer la tenue de ses troupes. La vue d'un bouton mal cousu sur un uniforme l'irrite plus que ne le ferait une erreur dans l'exposé d'une théorie métaphysique. Accablés de réprimandes et de punitions, ses hommes vivent dans la crainte permanente de lui déplaire. « On dirait qu'il invente les moyens pour se faire haïr, note Fedor Rostoptchine. Le moindre retard, la moindre contradiction le mettent hors de ses gonds. Ce qui est singulier, c'est qu'il ne répare jamais ses fautes et continue à se fâcher contre celui auquel il a manqué. A Gatchina, on entend parler chaque jour d'actes de violence et de petitesse qui feraient rougir un particulier[1]. » Une fois, en présence de ses fils, Alexandre et Constantin, qui s'étonnent de son comportement atrabilaire devant un officier coupable d'une peccadille, Paul cite, pour justifier son intransigeance, une décision particulièrement cruelle du Comité de salut public, en France, et s'écrie en riant : « Vous voyez, mes enfants, vous voyez qu'il faut traiter les hommes comme des chiens ! » Ni Alexandre ni Constantin n'osent le contredire, mais tous deux pensent que leur grand-mère n'a pas tort en redoutant, pour l'avenir du pays, les débordements imprévisibles de leur père.

---

1. Rapporté par N.K. Schilder : *Portrait historico-biographique de Paul Ier*.

VI

A qui le tour ?

Le caractère de Paul est si méfiant, si rude, si versatile, que le souci quotidien de sa femme est de surveiller son humeur et d'intervenir à temps pour éviter la casse. Si elle tient à ce que l'existence de leur couple soit supportable, elle doit lutter tout ensemble contre les fantasmes de son mari qui la rabroue et lui demande pardon dix fois par jour, contre ses fils Alexandre et Constantin, qui sont subjugués par leur grand-mère au point de négliger leur mère, contre Catherine Nelidov qui joue de sa chasteté comme d'une arme et attise le désir du grand-duc en se refusant à lui, et contre l'influence d'un nouveau venu parmi les familiers de Son Altesse, un certain Ivan Koutaïssov, d'origine turque, « premier valet de chambre de Monseigneur ». Flatteur et retors, le bonhomme, employé d'abord comme barbier, devient vite le confident de son maître. En le rasant, le matin, il lui glisse à l'oreille des conseils sur la conduite à tenir avec sa femme et avec ses enfants. On dit même qu'il lui cherche une favorite, afin de le guérir de sa passion desséchante pour Catherine Nelidov. Cependant, malgré les intrigues de son factotum, Paul continue de remplir fidèlement ses devoirs conjugaux. Tandis que les troupes russes, commandées par le feld-maréchal Souvorov, infligent une raclée définitive à ces enragés de Polonais et qu'en France, avec une logique implacable, la Terreur se retourne contre ceux qui l'ont déclenchée, à Gatchina la Cour grand-ducale, repliée sur elle-même, vit dans l'attente d'un heureux événement.

Le 7 janvier 1795, Marie Fedorovna accouche d'une sixième fille, Anne. Hélas ! une semaine plus tard, la joie familiale s'achève en deuil : la cinquième fille du couple, la petite Olga, âgée de deux ans et demi, meurt inopinément. Ni gain, ni perte. Un enfant chassant l'autre, le chiffre de la progéniture de Leurs Altesses demeure stable : sept en tout. C'est plus qu'il n'en faut pour assurer l'avenir de la dynastie. Mais Paul n'ose même plus faire de projets, ni en ce qui le concerne, ni en ce qui concerne ses descendants. Tout dépend de Catherine, et elle paraît de plus en plus résolue à sauter une génération pour la dévolution de la couronne. Selon les dernières rumeurs, elle annoncerait bientôt, dans un manifeste, qu'elle désigne comme héritier, non point, ce qui serait normal, son fils Paul, mais son petit-fils Alexandre. Certes, ce ne sont peut-être là qu'élucubrations de courtisans cancaniers. Paul veut croire encore que le sentiment maternel sera plus fort, chez l'impératrice, que l'envie d'imposer sa loi, coûte que coûte, à un pays désorienté. Pour l'instant d'ailleurs, Catherine a d'autres chats à fouetter. Pendant que la Russie, la Prusse et l'Autriche procèdent, en toute impunité, au dépeçage de la Pologne, la France, enfin soûle de discours, de mensonges et de sang, salue la chute de Robespierre et de ses acolytes, se donne une nouvelle Constitution et délègue à un Directoire de cinq membres la charge de conduire sa politique. Au vrai, Catherine se méfie de ce ramassis de fantoches. Tant que la France n'aura pas été écrasée, envahie et rendue à un roi héréditaire, cette nation d'écervelés constituera une menace pour ses voisins. Paul, en revanche, augure de ce retour des Français à la raison une promesse de répit pour l'Europe. Mais ce n'est pas un motif suffisant, juge-t-il, pour qu'il relâche ses efforts en vue de la création, à Gatchina, d'une force armée capable de défendre la Russie contre toute agression.

Désormais, son amour de l'art militaire tourne à la démence. Le moindre manquement au service est sanctionné par lui comme un crime de lèse-majesté. Ayant obtenu de l'impératrice que ses fils, Alexandre et Constantin, viennent plus souvent respirer l'air de Gatchina, il les entraîne dans sa passion de la parade. Après avoir souri de la maniaquerie paternelle, Alexandre y prend goût. Son premier soin, en arrivant dans la principauté grand-ducale, est de se changer de pied en cap. Habillé, comme il se doit, d'un uniforme prussien, il s'initie aux subtilités du maniement d'armes, des sonneries de trompes et des roulements de tambour réglementaires, du pas cadencé et du pas accéléré, des marches et des contremarches. Paul exulte. Il croit avoir reconquis ses deux grands garçons au nez de l'impératrice. Dans sa jubilation, il ne s'aperçoit même pas que sa femme est moins heureuse que lui de les voir atteints, tous trois, de la même marotte et que sa « maîtresse platonique », Catherine Nelidov, est jalouse, parce que, depuis quelque temps, il s'intéresse à un autre parangon de grâce et d'innocence, Nathalie Veriguine. Blessée par cette trahison sentimentale, Mlle Nelidov revient à la charge auprès de Sa Majesté et obtient enfin l'autorisation de « démissionner » et de se retirer au couvent de Smolny. Son départ coïncide avec l'anniversaire de l'impératrice, Catherine la Grande, qui, le 21 avril 1796, fête ses soixante-sept ans. Deux mois après, le 25 juin, de nouvelles festivités saluent la performance de la grande-duchesse, pondeuse infatigable, qui vient de donner le jour à un neuvième enfant, son troisième fils, Nicolas. Les félicitations pleuvent de toutes parts sur ce couple exceptionnellement fécond. A travers les heureux parents, c'est la Russie entière qui a accouché.

Peut-être est-ce trop d'honneurs pour Paul et sa prolifique moitié, juge la tsarine. A peine Marie Fedorovna relève-t-elle de ses couches que Sa Majesté la convoque pour une communication de la plus haute importance. Toisant la jeune femme avec une autorité comminatoire, elle lui demande de signer un acte par lequel elle reconnaîtrait la nécessité d'écarter son mari du pouvoir, en faveur de son fils aîné, Alexandre. Justement indignée, Marie Fedorovna passe outre au respect que lui inspire son impériale belle-mère et refuse de prêter la main à cette spoliation. Catherine s'étonne d'une réaction qui, à son avis, va à la fois contre le bon sens et contre l'intérêt du pays. Néanmoins, elle laisse partir sa bru sans insister davantage. Rentrée à Gatchina, la grande-duchesse écrit à Alexandre pour lui recommander de l'imiter en évitant d'être complice du honteux dépouillement de son père. « Tenez-vous-en au nom de Dieu, lui recommande-t-elle. [Ayez] du courage et de la fermeté, mon enfant. Dieu n'abandonnera pas l'innocence et la vertu. » Après l'échec de la conversation entre l'impératrice et sa belle-fille, on ne parle plus ouvertement du manifeste, mais les bruits le concernant courent encore et même se précisent. On avance même, parmi les soi-disant initiés, que Sa Majesté fignole les termes du document avec Bezborodko et qu'elle voudrait le publier au début de l'année suivante. En attendant, elle met les bouchées doubles en politique. A peine en a-t-elle terminé avec l'affaire polonaise, qu'elle cède aux conseils de Platon Zoubov et charge le frère de celui-ci, le général Valentin Zoubov, de se lancer à la conquête de la Perse. Peu importe si des diplomates s'inquiètent, çà et là, en Europe, de cette expansion de la Russie en Asie Mineure. Les armées de Sa Majesté sont de taille à inspirer le respect à toutes les autres, proclame Platon Zoubov. Cependant, on s'intéresse aussi, depuis peu, à Gatchina comme à Saint-Pétersbourg, aux exploits d'un jeune général français, d'origine corse, un certain Bonaparte, qui collectionne les victoires partout où il fourre le nez. « Comme il va, ce jeune Bonaparte ! écrit le feld-maréchal Souvorov à son neveu Gortchakov. C'est un héros, un géant, un sorcier. Il triomphe de la nature et des hommes. Voici ma conclusion : tant que le général Bonaparte conservera sa présence d'esprit, il sera vainqueur [...]. Mais si, pour son malheur, il s'élance dans le tourbillon de la politique, s'il rompt l'unité de sa pensée, il se perdra[1]. »

Le 5 novembre 1796, Paul et Marie Fedorovna déjeunent, avec quelques amis intimes, au moulin de Gatchina, à cinq verstes du château. Le grand-duc est d'une humeur morose : il a appris que, dans quelques jours, exactement le 24 du même mois, pour la Sainte-Catherine, fête patronymique de Sa Majesté, celle-ci a l'intention de rendre public le manifeste qui le privera de la couronne au profit d'Alexandre. Est-ce vrai ? Est-ce faux ? Les pronostics se contredisent. On affirme que, pour l'heure, le document est enfermé dans la cassette impériale et que nul ne l'a encore lu. Le malaise que Paul éprouve dans cette atmosphère de fin de règne est accentué par un rêve que sa femme et lui ont fait simultanément, la nuit précédente, et dont, à leur réveil, ils ont confronté les étranges souvenirs. L'un et l'autre ont ressenti, dans leur sommeil, qu'une main puissante les soulevait de terre et les tirait irrésistiblement vers le ciel. Que signifie cette vision délirante ? N'est-ce pas le présage d'une mort ordonnée par Sa Majesté ? En racontant ce cauchemar à ses voisins de table, le grand-duc a le visage hagard d'un condamné sur les marches de l'échafaud. Dès la fin du repas, il exige de rentrer, vite, vite, à Gatchina. En chemin, le carrosse de Leurs Altesses croise un courrier parti à leur rencontre. Celui-ci leur annonce l'arrivée immi-

---

1. Lettre du 25 octobre 1796. Cf. Alexeï Peskov : *Paul Ier, empereur de Russie.*

nente d'un des frères Zoubov, « porteur de nouvelles importantes ». A ces mots, le grand-duc blêmit et demande combien de frères Zoubov l'attendront au château. En apprenant qu'il n'y en aura qu'un, il fait le signe de la croix et murmure : « S'il est seul, on en viendra à bout ! »

Quand il arrive chez lui, on l'avertit que Nicolas Zoubov est là et demande à être reçu. Pas moyen de tergiverser ! En un clin d'œil, Paul s'imagine arrêté, jeté dans une forteresse et froidement abattu par des assassins aux ordres de sa mère, comme son père l'a été trente-quatre ans auparavant. Néanmoins, il ordonne qu'on fasse entrer l'envoyé de la capitale. En pénétrant dans le bureau de Paul, Nicolas Zoubov a l'air plus navré que menaçant. D'une voix entrecoupée, il révèle à Paul que Sa Majesté Catherine II a été frappée d'apoplexie, qu'elle est au plus mal et qu'il est chargé de conduire Leurs Altesses au chevet de la mourante. Pris de court, Paul hésite entre une joie sacrilège et une terreur prémonitoire. Doit-il suivre Nicolas Zoubov à Saint-Pétersbourg ? Ne s'agit-il pas d'un guet-apens ? De toute façon, il ne peut reculer. L'angoisse au cœur, il fait atteler son carrosse et grimpe dedans avec sa femme. Nicolas Zoubov les précède à cheval pour préparer les relais. La journée est calme, glacée. Les clochettes de l'équipage tintent gaiement dans le silence hivernal. La neige s'étend à perte de vue, de chaque côté de la route. Ni Paul ni Marie Fedorovna n'osent parler, mais leurs pensées se rejoignent.

A la première halte, ils trouvent le chambellan Fedor Rostoptchine, venu tout droit de Saint-Pétersbourg. Celui-ci leur donne des détails sur la maladie de l'impératrice. C'est le valet de chambre et la cameriste de Sa Majesté qui l'ont découverte, ce matin, gisant, inerte, dans sa garde-robe. Une attaque foudroyante. Elle est paralysée. On craint qu'elle ne s'en remette pas. Au relais suivant, Paul descend pour se dégourdir les jambes. En s'approchant de lui, Rostoptchine croit discerner des larmes dans ses yeux. Prenant les mains du grand-duc, il murmure avec compassion : « Ah ! Monseigneur, quel moment pour vous ! » A ces mots, Paul cambre la taille, affermit son regard et dit simplement : « Attendez, mon cher, attendez ! J'ai vécu quarante-deux ans, Dieu m'a soutenu ; peut-être me donnera-t-il la force et la raison pour supporter l'état auquel il me destine ! »

Or, cet « état », Paul ne sait encore si ce sera celui d'empereur de Russie ou celui de premier prince de l'empire, sous le règne usurpatoire de son fils. On repart dans le crépuscule, et les pensées du grand-duc s'assombrissent en même temps que le ciel. De relais en relais, des estafettes apportent les ultimes bulletins de santé de Sa Majesté. Ainsi les voyageurs apprennent-ils que l'impératrice n'a toujours pas repris connaissance, qu'Alexandre et Constantin, qui s'étaient absentés de la capitale, ont pu être alertés à temps et qu'ils sont déjà auprès de leur grand-mère, que tous les médecins de la cour se relaient autour de l'illustre patiente et que, dans toutes les églises, on prie pour la guérison de la « petite mère » Catherine. Partagée, elle aussi, entre la peur, la piété et l'espoir, Marie Fedorovna encourage son mari, à voix basse, pour que, quelle que soit l'issue de cette compétition entre un père et son fils au chevet d'une moribonde, il ne perde pas confiance en son étoile.

A huit heures et demie du soir, le carrosse du grand-duc se range devant la façade du palais d'Hiver. L'immense bâtisse bourdonne comme une ruche. Les courtisans, qui se pressent dans les salles de réception et jusque dans les escaliers, sont accourus à la première alerte pour ne pas manquer un événement historique. Ils sont aussi impatients d'assister à la fin d'un long règne que de savoir le nom du successeur, autrement dit de celui à qui il faudra plaire et se soumettre pour continuer à faire sa pelote sous les lambris du palais. Sera-ce Paul ou Alexandre, le prochain tsar de toutes les Russies ? Les paris vont bon train. En abordant cette foule obséquieuse et avide, Paul a un mouvement de recul. Il reconnaît dans l'assistance Platon Zoubov, le dernier amant de sa mère, et s'étonne que cet homme, hier encore tout-puissant, s'avance vers lui avec un visage ravagé de quémandeur. Il est accompagné du vice-chancelier Bezborodko, qui doit sa carrière à Catherine. Tous deux, redoutant la disgrâce et la perte de leurs privilèges, tombent à genoux devant lui. Paul, superbe de clémence, les relève, les embrasse et salue aimablement les autres dignitaires présents qui se plient en deux et murmurent des paroles de bénédiction sur son passage. Cette satisfaction d'amour-propre n'est rien auprès du bonheur intense qu'il éprouve en voyant ses deux fils, Alexandre et

Constantin, lesquels, pour l'accueillir au palais, ont revêtu l'uniforme prussien dont il est le promoteur en Russie. Un regard sur eux lui a suffi pour deviner qu'Alexandre, par respect filial, ne fera pas valoir ses droits à la couronne. Néanmoins, il faut se méfier encore de ce maudit manifeste, tenu secret, et qui risque d'exploser, au plus mauvais moment, telle une bombe infernale. Dans un pays aussi traditionaliste et superstitieux que la Russie, la volonté d'une souveraine peut fort bien subjuguer le peuple par-delà le tombeau.

Personne ne dort, cette nuit-là, autour de Paul. Le palais d'Hiver est un vaste campement, dont tous les recoins sont occupés par des veilleurs à l'affût du moindre bruit, de la moindre porte qui s'ouvre. A l'aube du 6 novembre, l'impératrice est toujours en vie. Paul se décide à entrer dans la chambre où elle repose, entourée de médecins, de gardes-malades et de prêtres. Le visage de Catherine est livide, avec, par endroits, des taches violacées. Une bave rose perle à la commissure de ses lèvres. Elle semble inconsciente, absente, et sa respiration n'est plus qu'un râle douloureux. Ayant pris l'avis d'un docteur, Paul fait appeler le métropolite Gabriel et lui demande d'administrer les saints sacrements à Sa Majesté. Platon Zoubov sanglote, la face dans les mains. Mais sur quoi pleure-t-il ? Sur la perte de sa vieille maîtresse ou sur celle des privilèges qu'elle lui a jadis consentis ? Insensible aux lamentations de ce pantin, Paul ordonne de dresser la table du déjeuner à côté de la chambre de Catherine et se restaure là, en tête à tête avec son épouse, tandis que, derrière la porte, la respiration de la malade se ralentit et s'engorge. Plus tard, s'étant sustenté, il convoque Bezborodko et le procureur général Samoïlov et pénètre avec eux dans le cabinet de travail de l'impératrice. Une fois sur les lieux, il fouille dans les tiroirs du secrétaire, trie des lettres, compulse des rapports et tombe sur un pli fermé, entouré d'un ruban noir et portant l'inscription : « A ouvrir après ma mort, dans le Conseil ». Comme Paul hésite à décacheter le paquet, Bezborodko lui désigne du regard une cheminée où brûle un feu de bois. Encouragé par cette mimique, le grand-duc jette le document dans les flammes. La tsarine n'est pas encore morte que son ultime pensée n'existe plus. Penché sur le tas de cendres, Paul comprend que, cette fois, il n'a plus à craindre le déroulement du processus successoral. Cependant, pour être tout à fait apaisé, il lui manque l'approbation et le soutien de son homme de confiance, le fidèle, l'irremplaçable, le rugueux colonel Araktcheïev. Il l'a fait prévenir par courrier spécial et « le caporal de Gatchina », chevauchant à bride abattue, arrive enfin, les vêtements froissés, la face éclaboussée de boue et le regard émerveillé par la soudaine fortune de son maître. Paul le reçoit avec enthousiasme et le nomme aussitôt général et commandant d'armes de Saint-Pétersbourg. Puis, prenant la main d'Alexandre et la plaçant dans celle d'Araktcheïev, il prononce d'un ton prophétique : « Soyez amis pour toujours et aidez-moi ! » Tout semble pour le mieux, sauf que l'impératrice s'accroche encore à la vie. Paul s'impatiente. On dirait une mauvaise farce de Sa Majesté. Pourquoi joue-t-elle à retarder sa sortie ?

Enfin, à neuf heures du soir, le docteur Robertson annonce à Leurs Altesses que le dernier moment approche. Paul s'avance le premier. Sa femme, les grands-ducs Alexandre et Constantin, les grandes-duchesses Alexandra et Hélène, accompagnés de Platon Zoubov, de Bezborodko, de Samoïlov, de quelques gentilshommes et de quelques dames d'atour, sont introduits derrière lui au chevet de l'impératrice agonisante. « Cette minute restera à jamais présente dans ma mémoire, notera Rostoptchine. A droite du corps de l'impératrice, se tenaient l'héritier avec son épouse et leurs enfants ; à la tête du lit, Plechtcheïev et moi-même, appelés pour l'occasion ; à gauche, les docteurs et les domestiques. Sa respiration était devenue embarrassée ; le sang lui montait à la tête, changeait les traits de son visage, puis refluait de nouveau, et celui-ci se détendait. Le silence de tous les assistants, la fixité des regards dirigés vers le même objet, l'absence de toute pensée profane, la demi-obscurité qui régnait dans la pièce, tout inspirait l'effroi et annonçait que la mort était là. » A dix heures et quart, l'impératrice pousse un soupir à peine perceptible et sa figure blafarde se fige dans une expression de sérénité et de contentement. Paul s'agenouille, imité par toutes les personnes présentes. Après quelques instants de recueillement, il se relève et passe dans la pièce voisine, pleine de hauts dignitaires et de dames éplorées. La foule retient son souffle. Le comte Samoïlov paraît, à son tour, sur le seuil. La face pétrifiée de gravité, il déclare d'une voix sonore : « Messieurs, l'impératrice Catherine II est morte. Sa Majesté Paul Ier est désormais l'empereur de toutes les Russies. »

En entendant cette phrase qui coupe court aux interprétations malveillantes, Paul est saisi d'un tel vertige qu'il ne sait plus s'il peut laisser éclater sa joie ou s'il doit, par décence, continuer à feindre la tristesse. Déjà, le maître de cérémonie Valouev proclame, à travers les salles avoisinantes, que, dans la chapelle du palais d'Hiver, tout est organisé pour la prestation de serment. Au milieu de la cohue, subitement électrisée, on s'embrasse en sanglotant de chagrin, de bonheur, ou des deux ensemble. L'essentiel est de paraître ému. Les gens se bousculent autour du tsarévitch devenu tsar. Chacun veut le toucher, lui baiser la main. Et les plus empressés à lui témoigner leur fidélité sont, à coup sûr, ceux qui l'ont le plus souvent desservi auprès de la défunte. Des valets ont apporté, en hâte, un trône dans la chapelle. Encore abasourdi par une chance qu'il a si longtemps attendue en vain, Paul s'assied, de tout son poids, à la place laissée vacante par Catherine la Grande. Carré dans ce fauteuil magistral, il porte haut sa tête aux traits simiesques, aux yeux globuleux et à la lippe plissée dans une grimace d'arrogance. Après avoir souffert quarante-deux ans sous l'autorité despotique de sa mère, il a enfin jeté bas la statue. S'il doutait encore de sa victoire, il lui suffirait de promener ses regards sur le défilé docile des courtisans, qui marchent vers lui comme vers une icône. En tête du cortège, s'avance sa femme, devenue, du même coup, impératrice. Ayant baisé la croix et l'Evangile, elle voudrait, selon l'usage, poser les lèvres sur la main de son époux et se prosterner à ses pieds. Mais il l'en empêche. La même cérémonie d'allégeance se répète pour chacun des enfants, pour chacun des dignitaires, pour chacun des courtisans. Le métropolite Gabriel, et tout le clergé avec lui, s'inclinent à leur tour devant le nouveau maître de l'empire. Cet hommage interminable et fastidieux, loin de lasser la patience de Paul, l'exalte comme de l'alcool dégusté à petites gorgées.

Après l'office religieux, il éprouve le besoin d'assister à un autre office, militaire celui-là, et décide de passer en revue un régiment de la garde. Pendant l'exercice, mécontent de la tenue des hommes, il grogne et tape du pied pour exprimer sa réprobation. Il est temps, pense-t-il, de mettre de l'ordre dans cette pétaudière. Son ambition, aujourd'hui, plus encore qu'hier, est de transformer la Russie en un immense Gatchina, d'effacer jusqu'au souvenir du règne exécrable de sa mère et de renouer avec les idées politiques de son père, lâchement assassiné. Sans l'avouer à personne, il ne se considère pas comme le successeur de Catherine II, mais comme le vengeur de Pierre III.

Dès le lendemain de son accession au trône, Paul Ier entend faire le ménage au sein de la maison de Russie. Pour commencer, il exile dans leurs terres deux des complices du meurtre de son père, le prince Bariatinski et le général Passek, gouverneur de la Biélorussie. La princesse Dachkov, qui assista Catherine lors de sa prise de pouvoir, est également reléguée dans son domaine, afin d'y méditer sur son comportement délictueux de 1762. Un autre membre du complot, Alexis Orlov (frère de Grégoire, un des premiers amants de Catherine), ayant omis de se présenter à la chapelle lors de la cérémonie du serment, Paul lui envoie Rostoptchine, pour le rappeler à l'ordre. L'émissaire de l'empereur trouve le vieil homme malade, au lit, le réveille en sursaut et lui fait signer un acte de contrition et de soumission. En revanche, le tsar, qui a détesté Platon Zoubov du vivant de Catherine, le traite avec bienveillance après la mort de son impériale maîtresse. Comme celui-ci, tombé au plus bas, veut lui rendre, en tremblant, son bâton d'aide de camp général, il le prie de continuer son service et d'accepter une superbe maison sur le quai de la Néva en remplacement de son appartement de fonction au palais d'Hiver. Après quoi, il va le voir dans son nouveau logis, avec Marie Fedorovna, et échange avec lui des paroles d'amitié. Ebloui par tant de bienveillance, Platon Zoubov se demande s'il n'a pas affaire à un saint en uniforme. Mais sa joie est de courte durée. Quelques jours après ce miraculeux retour en grâce, il est avisé que, par ordre de Sa Majesté, il est relevé de toutes ses fonctions, privé de tous ses avantages, que tous ses avoirs sont placés sous séquestre et qu'il doit immédiatement quitter la Russie. Cette volte-face cruelle, qui stupéfie la victime, amuse Paul comme une moquerie posthume dédiée à sa mère.

Toujours soucieux de la contrarier dans l'au-delà puisqu'il a été empêché de le faire sur terre, il ordonne de libérer de la forteresse de Schlusselbourg le philosophe et éditeur franc-maçon Novikov qu'elle y a enfermé, rappelle d'exil l'écrivain Radichtchev qu'elle a condamné pour avoir publié un brillant *Voyage de Moscou à Saint-Pétersbourg,* relâche tous les Polonais prisonniers de guerre à la suite des dernières insurrections, ainsi que leur chef Kościuszko, dont il promet de faciliter le passage en Amérique. Lors d'une visite à ce patriote rebelle, il lui déclare, en présence du grand-duc Alexandre : « Je sais que vous avez beaucoup souffert, que vous avez été longtemps maltraité, mais, sous le précédent règne, tous les honnêtes gens ont été persécutés, moi le premier. » De même Stanislas Poniatowski, ex-amant de Catherine et ex-roi de Pologne, est tiré de sa captivité douillette de Grodno et installé sur un pied seigneurial, à Saint-Pétersbourg. Quant à ses amis des années noires, Paul tient par-dessus tout à leur prouver qu'il n'est pas un ingrat. Puisque sa « maîtresse platonique », Catherine Nelidov, s'obstine à s'enterrer dans le couvent de Smolny, il couvre de bienfaits le frère cadet de l'absente, qui, de simple page, devient successivement capitaine, colonel et aide de camp de Sa Majesté. Le barbier-factotum Koutaïssov reçoit en cadeau un hôtel particulier avec vue sur la Néva et le poste de directeur de la domesticité impériale. Rostoptchine est promu général, ainsi que Plechtcheïev, Repnine et quelques autres familiers de Gatchina. Quant à Alexandre Kourakine, si sévèrement traité par Catherine II à cause de son amitié avec Bibikov, l'auteur d'une lettre insolente, il est nommé vice-chancelier, et son frère Alexis, procureur général.

L'attitude ambiguë de Paul lors de son arrivée au pouvoir est à la fois l'expression d'une gratitude sincère envers ses compagnons de disgrâce et d'une vindicte irrépressible envers tous les autres. Pour démontrer à la Russie entière qu'il avait raison alors que sa mère s'obstinait à lui donner tort, il décide d'accorder aux troupes de Gatchina le statut réservé jusque-là à la garde impériale. Du jour au lendemain, la capitale est envahie par une armée de Prussiens qui sont des Russes déguisés. Tout à coup, le palais d'Hiver, qui accueillait naguère des personnages élégants et abritait des conversations légères et raffinées, se transforme en un corps de garde où règne la tradition germanique. « On n'entendait plus que des bruits d'éperons, de bottes fortes, de briquets et, comme dans une ville conquise, tous les logements furent envahis par une nuée d'hommes de guerre qui faisaient un vacarme assourdissant », écrit le poète Gabriel Derjavine, témoin de cette métamorphose. Un autre contemporain, Alexandre Chichkov, précise : « De petites gens, qu'on ignorait encore la veille, s'agitaient, bousculaient tout le monde et donnaient impérieusement des ordres. » Et le prince Golitzine conclut : « Le palais est changé en caserne [...]. Dès l'entrée, on s'aperçoit du goût exagéré qu'a l'empereur pour le militaire, principalement pour l'exactitude et la régularité dans les mouvements, à l'instar de Frédéric, roi de Prusse, dont l'empereur essaie de copier les attitudes[1]. »

Sur l'ordre du tsar, les grosses cravates, les cheveux flous, les airs évaporés et rieurs sont bannis de la cour. Dans l'enceinte du palais, la mode est aux visages compassés et aux gestes secs. Les guêtres,

1. Cf. Henri Troyat : *Catherine la Grande.*

les gants, les coiffures poudrées et les cannes à la prussienne sont de rigueur. Pour gagner la sympathie du peuple, Paul s'impose parfois de paraître dans les rues sur son cheval blanc, Pompon. Hiératique sous ses boucles enfarinées, il dévisage les passants pétrifiés de respect. Et, en vérité, derrière chaque homme il voit un soldat en puissance. Son rêve serait de leur passer à tous un uniforme et de les loger tous dans des casernements. Mais il devine, à mille indices, qu'ils ne sont pas encore prêts à se couler dans le moule qu'il a imaginé pour eux.

La consternation des petites gens est à son comble lorsque Sa Majesté se rend à une parade du fameux régiment de la garde Izmaïlovski. Les gaillards de cette unité portent encore l'ancien uniforme russe, et ils en sont fiers. Mais Paul ne cache pas son dépit devant cette persistance dans l'erreur. Autour de lui, les flatteurs abondent dans son sens. Araktcheïev critique même, à haute voix, le comportement des officiers. Lorsque apparaissent les étendards de cette troupe d'élite, il a l'habitude de s'écrier, goguenard : « Voici les vieilles jupes de Catherine ! » Paul ne le remet pas à sa place. Sans doute même sourit-il de cette moquerie. Tout ce qui insulte à la mémoire de sa mère le ravit. Or, en l'occurrence, ce n'est pas tant Catherine la Grande qui a été outragée, c'est la Russie. L'exclamation d'Araktcheïev a été entendue par quelques spectateurs à l'oreille fine. Elle sera répétée. Et, si Paul ne songe plus à cet incident mineur après la fin du défilé, les nostalgiques de la tradition russe, de la gloire russe, ne l'oublieront pas de sitôt !

VII

Un tsar qui a peur de son ombre

Parce qu'il a dû patienter longtemps avant d'imposer son droit légitime au trône de Russie, Paul décide de faire payer cette attente à sa mère en retardant autant que possible la date des obsèques. C'est presque un mois après qu'elle est morte et que son corps a été exposé à la vénération de ses sujets qu'il se résout à l'enterrer officiellement. Encore entend-il que cet ultime hommage soit rendu à la fois à Catherine II, qui vient de disparaître, et à Pierre III, décédé depuis trente-quatre ans. Ce dernier étant passé de vie à trépas avant d'avoir eu le temps de régner, elle avait invoqué le prétexte de la « non-validation » pour lui refuser la sépulture traditionnelle des tsars en la cathédrale Pierre-et-Paul de Saint-Pétersbourg, et s'était contentée de le faire transporter au couvent Saint-Alexandre-Nevski, où il reposait depuis, dans l'oubli de tous. Devenu empereur, Paul ne peut tolérer cette humiliation et exige que les restes de son père soient tirés de leur caveau et unis à ceux de sa mère, afin d'être inhumés ensemble dans la nécropole des souverains. En ouvrant la bière, très endommagée, du monarque, on constate qu'elle ne contient que quelques débris de squelette, le chapeau, les gants et les bottes du défunt. Ces reliques sont aussitôt recueillies, enfermées dans un cercueil neuf, transférées en grande pompe au palais d'Hiver et installées à côté du cercueil de sa criminelle épouse. Ainsi, le cadavre de la vieille femme, qui a glorieusement dirigé la Russie pendant des lustres, est-il couché tout contre celui de son jeune mari, victime du complot qu'elle avait monté. Grand organisateur de spectacles, leur fils jouit de cette tardive réconciliation conjugale, opérée à son initiative, et fait tendre, au-dessus du couple disparate, une banderole avec cette inscription : « Divisés dans la vie, unis dans le trépas ». Tout Saint-Pétersbourg défile devant le double catafalque, sous le regard scrutateur de Sa Majesté, dont l'ambition avouée est de corriger l'Histoire. Dignitaires du régime, courtisans, diplomates marchant l'un derrière l'autre à petits pas, témoignent, en silence, de leur approbation à la mise en scène funèbre imaginée par l'empereur. Relatant cette exhibition, le baron Stedingt, ministre de Suède, écrit à son gouvernement : « Que dire de cette femme orgueilleuse, qui dictait ses volontés aux souverains et qui se trouve maintenant exposée aux yeux et au jugement du public, à côté d'un mari qu'elle a fait mourir. Voilà une terrible leçon que la Providence donne aux pervers. »

A la cérémonie de la contrition publique, succède celle de l'acheminement des deux corps vers la cathédrale Pierre-et-Paul. Un froid de moins dix-huit degrés paralyse la ville. Les cloches sonnent le glas au-dessus d'un cortège grelottant. Là encore, Paul a voulu souligner le caractère expiatoire de cette lente marche dans les rues enneigées. Sur son ordre, ce sont les survivants de la conjuration de 1762 qui ouvrent la procession en costume d'apparat. Le principal coupable, le régicide Alexis Orlov, « le balafré », a beaucoup vieilli. Son uniforme, qu'il a tiré de la garde-robe pour l'occasion, lui est devenu trop étroit. Ses jambes le soutiennent à peine. Il s'avance, portant sur un coussin brodé d'or la couronne de sa victime. Ses complices, Bariatinski et Passek, tiennent les cordons du poêle. En les obligeant à cette palinodie, Paul a voulu les désigner à la vindicte de la foule. Mais qui, dans le peuple, se souvient de Pierre III, ce souverain virtuel, qu'on a déterré sans crier gare et qu'on va enterrer ailleurs ? Sur le parcours du défilé, les gens pleurent la « petite mère Catherine », qui a régné longtemps, s'inclinent devant Paul Ier, qui lui succède et qui, peut-être, se montrera aussi bénéfique qu'elle, mais nul ne s'attendrit sur un passé tellement lointain qu'on se demande ce qu'il y a de vrai là-dedans.

La nef de l'immense cathédrale est pleine à craquer. Des prêtres, aux chasubles noires lamées d'argent, célèbrent les doubles funérailles du père et de la mère de l'actuel souverain. Ce sont les noces de deux fantômes. Se haïssent-ils encore, malgré la putréfaction de leur chair ? Ou vont-ils faire la paix afin de libérer leur fils des tourments qui le rongent ? Tous deux étaient d'origine germanique. Tous deux avaient voulu gouverner un pays dont, au début, ils ignoraient la langue et ne professaient pas la religion. Mais, si Pierre a été fauché avant d'avoir pu donner sa mesure, Catherine a été injustement favorisée par le sort. Sa longévité, que tant de gens ont admirée, a, pour Paul, un caractère diabolique. Même si elle est bénie par l'Eglise en ce grand jour, il ne peut lui pardonner ses crimes. La sarabande de ses amants danse, la nuit, dans sa tête. Ne dit-on pas qu'elle a poussé l'incongruité jusqu'à épouser, en grand secret, Potemkine ? Debout devant le cercueil de sa mère, Paul se refuse à admettre cette dernière infamie. Les méfaits de la défunte ne doivent pas, estime-t-il, être enterrés avec elle. Après les obsèques grandioses, le règlement de comptes continue. Cherchant un châtiment exemplaire pour le fastueux « prince de Tauride », qui a contribué à la légende de Catherine la Grande, Paul fait ouvrir le mausolée de Potemkine, à Kherson, et disperser aux quatre vents les ossements maudits. Il aurait voulu être fossoyeur pour profaner, de ses mains, les tombes de tous ceux que Catherine a aimés.

Peu après, sa colère retombe, et, délaissant ses affaires personnelles, il retourne aux affaires du pays. Au vrai, il n'a jamais su distinguer les unes des autres. La même fougue l'anime, qu'il s'agisse d'un conflit familial ou d'un conflit politique. D'ailleurs, dans les deux cas, il se laisse guider par ses sentiments au mépris de toute stratégie internationale. C'est ainsi que, fervent admirateur de son père, et, à travers lui, du roi de Prusse, il préfère parfois sacrifier les intérêts de sa patrie à ceux de son cœur. Son principal défaut dans l'exercice du pouvoir vient de son incapacité à résister à l'admiration et à l'amitié que lui inspirent certains ennemis de la Russie.

Il est trop humain, trop spontané, trop impulsif dans ses engagements pour diriger avec sérénité les destinées de l'empire. La plupart du temps, avant d'arrêter une décision, il se demande ce que sa mère aurait fait à sa place ; puis, automatiquement, il prend la solution opposée. Souvent, d'ailleurs, ce refus de se plier aux idées de Catherine lui dicte une conduite salutaire. Par exemple, dès son avènement, pour déjouer les desseins de feu l'impératrice et du clan Zoubov, il ordonne de stopper net la désastreuse campagne contre la Perse et de ramener tous les régiments en Russie. En d'autres occasions, hélas ! son esprit de contradiction systématique le dessert auprès de ses sujets. Obsédé par l'idée que l'adoption de l'uniforme prussien relèvera le moral de l'armée russe, il reste sourd aux protestations, encore timides, qui s'élèvent, de toutes parts, contre son projet. Pour obéir à ses injonctions répétées, les tuniques réglementaires sont coupées dans un tissu vert bouteille bon marché, les troupes arborent des tricornes démesurés et anachroniques et les soldats arrangent leurs cheveux avec des boucles, des nattes graissées et des nuages de poudre. Ils se plaignent, souvent, d'être obligés, quand leur unité est de garde, de se lever à minuit et de s'aider, les uns les autres, à s'attifer et à se coiffer. Les officiers qui n'ont pas su obtenir de leurs hommes une présentation irréprochable se font réprimander, et même insulter, sur le front des troupes, par leurs supérieurs. Parfois, c'est l'empereur en personne qui administre la réprimande. Au prince Repnine, qui se permet de lui recommander un peu plus de tolérance, il répond avec superbe que son pouvoir étant, par essence, illimité, nul n'a le droit d'en contester l'application : « Monsieur le maréchal, lui dit-il, voyez-vous ce corps de garde ? Ils sont quatre cents, là-dedans ; je n'ai qu'un mot à dire et ils seront tous maréchaux. » A un autre courtisan, il déclarera de même : « Gentilhomme est celui à qui je parle et uniquement pendant que je lui parle ! » Un seul, parmi les grands chefs de guerre, ose protester contre l'autoritarisme aveugle de Sa Majesté : c'est le vieux Souvorov, héros des guerres contre la Turquie et de la pacification de la Pologne. Agacé par la germanophilie de Paul Ier, il s'écrie : « Les Russes ont toujours battu les Prussiens ; pourquoi donc les imiter ? » Et il ajoute : « Il n'y a rien de plus pouilleux que le Prussien ! Dans le voisinage de leurs guérites, c'est une véritable contagion ! Leur coiffure, par sa puanteur, vous ferait perdre connaissance. Leurs guêtres blessent les mollets. Nous étions exempts de tous ces maux. Maintenant, ils sont le premier malheur du soldat. Est-il possible que les défenseurs de l'Etat soient ainsi maltraités ? » Respectueux de la gloire de Souvorov, Paul se borne à hausser les épaules. En revanche, il est heureux de constater que son cher Araktcheïev, spécialiste des sanctions disciplinaires, l'approuve dans toutes les manifestations de sa rigueur. Si un soldat se trompe de pas pendant la revue, l'intraitable « caporal de Gatchina » le fait sortir du rang et inscrit à la craie, sur son dos, le nombre de coups de bâton qu'il mérite pour sa faute. Les corrections au bâton, au fouet, au cachot, ou le transfert dans un régiment éloigné, sont monnaie courante. Etant exposés eux-mêmes à encourir, à tout moment, la colère de l'empereur ou de ses aides de camp, les officiers prennent l'habitude d'emporter dans leur poche, à la parade, quelques roubles assignats pour n'être pas démunis en cas de déportation inopinée.

Par souci d'étendre à toute la société « civilisée » de Russie la mode vestimentaire qui a sa préférence, Paul publie également une série d'ordonnances prescrivant le port de la perruque, de la queue poudrée, du tricorne, des chaussures à agrafes, et interdisant expressément les bottes à revers, les pantalons longs, les souliers et les bas agrémentés de nœuds, de rubans, ainsi que les chapeaux ronds. A son instigation, des policiers arrêtent les contrevenants en pleine rue et les dépouillent, séance tenante, de l'objet du délit. Ces premières interventions s'étant révélées insuffisantes, le général Arkharov, préfet de police de Saint-Pétersbourg, charge deux cents dragons de faire la chasse aux réfractaires. Animés d'un zèle purificateur, ces nouveaux contrôleurs de la mode arrachent aux insoumis leurs chapeaux non réglementaires, coupent les cols « de fantaisie », tailladent les gilets subversifs. A l'issue de cette mise aux normes, conduite manu militari, les coupables rentrent chez eux, les vêtements en loques et le cœur en révolte. Mais la leçon a porté. Désormais, ils adopteront, en toute occasion, le tricorne, les cheveux poudrés, les cols droits, les souliers à boucle et, s'ils sont fonctionnaires, l'uniforme distinctif de leur état. Du reste, cette correction dans l'habillement s'accompagne de règles strictes, quant aux marques de respect envers Leurs Majestés ou Leurs Altesses. Chaque fois qu'un passant de l'espèce commune aperçoit, dans la rue, un membre de la famille impériale, il doit, si lui-même est en voiture, mettre immédiatement pied à terre, et, s'il est simplement en train de marcher, se figer au garde-à-vous en attendant que le haut personnage l'ait dépassé. Au cas où, volontairement ou par inadvertance, un citoyen négligerait de se soumettre à cette consigne de courtoisie, son équipage serait confisqué et lui-même risquerait d'être expédié à l'armée. Ni la pluie, ni la neige ne dispensent les sujets de Paul Ier d'une attitude où déférence et soumission se conjuguent.

D'ailleurs, si l'empereur est dur envers ses subordonnés, il l'est aussi envers lui-même. Son emploi du temps est celui d'un tâcheron méticuleux, ponctuel et infatigable. Dès cinq heures du matin, bougies et quinquets s'allument, sur son ordre, dans tous les bureaux. Ses ablutions et sa collation sont vite expédiées. Aussitôt après, il est au travail. A huit heures, il court la ville, inspecte les casernes, prend le vent des différentes administrations, puis, rentrant au palais, il réunit ses ministres et écoute leurs rapports et leurs suggestions. En les quittant, vers la fin de la matinée, il se rend, tous les jours et par tous les temps, à la *Wachteparade,* la parade de la garde. C'est pour lui la récompense des pires tracasseries du métier d'empereur. Chaussé de grosses bottes, vêtu d'un simple uniforme vert foncé, une dalmatique de velours grenat jetée sur les épaules, il épie le comportement de ses soldats avec une curiosité d'entomologiste. Dans son désir de perfection, il est tellement fasciné par les détails qu'il en oublie l'ensemble. Mais nul, autour de lui, n'ose lui dire que ce n'est pas en s'obnubilant sur des boutons de guêtre ou sur la longueur des pas à la parade qu'on assure la grandeur et la prospérité d'une nation. Flanqué de ses aides de camp qui ne pipent mot, il trépigne pour se réchauffer, tout en refusant d'endosser une pelisse, agite sa canne afin de marquer la cadence et, à l'issue du défilé, prend un plaisir maniaque à annoncer aux troupes les punitions et les promotions qu'il a imaginées pour elles. Transis de froid, la goutte au nez, les officiers de sa suite attendent avec impatience le moment de rentrer chez eux pour se réchauffer. Et, plus ils ont l'air incommodés, plus il se divertit à prolonger leur supplice. Témoin de ces exhibitions quotidiennes, le mémorialiste Masson écrit : « Bientôt, les militaires n'osent plus se montrer en public et les vieux généraux, tourmentés par la toux, la goutte et les rhumatismes, se voient obligés de faire cercle autour de leur maître, habillés comme lui. »

A midi pile, l'empereur regagne le palais et se met à table avec des intimes. Le repas vite avalé, il congédie tout le monde et se retire pour une courte sieste. A trois heures, nouvelle tournée d'inspection à travers la ville. Le temps de critiquer le relâchement de quelques fonctionnaires ou le mauvais état d'un quai de la Néva, et, à cinq heures, il est de nouveau au palais, escorté de ses proches collaborateurs pour discuter les affaires courantes. Après un souper léger, le tsar se couche et, s'il n'y a pas de réception au programme, s'endort, dès huit heures. Tout le monde, dans son entourage, est tenu de l'imiter. « Aussitôt, note André Bolotov, lieutenant à la retraite, dans toute la ville, il n'y a plus une bougie qui ne soit éteinte. »

Durant cette activité strictement minutée, Paul fait alterner, comme à son insu, les réformes salutaires et des mesures dont la mesquinerie ne cesse de surprendre. Par moments, un souffle de générosité le visite, il se souvient des lointaines leçons des Encyclopédistes, songe aux petites gens, estime leur sort plus intéressant que celui des aristocrates, se promet de réaliser le bonheur des serfs, sans toutefois changer de fond en comble leur statut. Puis d'autres projets oblitèrent celui-ci. Soudain, il s'attaque au Sénat, dont l'action lui paraît néfaste, et lance des enquêtes sur la moralité de ses membres. Le baron Heyking, invité par lui à siéger dans la haute Assemblée, note, après une visite au palais, que Paul Ier, en dépit d'une apparence fantasque, a un sens inné « de la justice et de l'humanité ». « Le Sénat, écrit ce même mémorialiste, n'a rien d'un temple de Thémis : il est plutôt l'antre de la chicane. La salle des séances a un aspect détestable ; le siège du président est mangé par les mites ; le vice-président, Akimov, est un septuagénaire à moitié paralysé et totalement ignorant des principes du droit. Dix mille dossiers attendent d'être examinés, le code des lois est introuvable, le népotisme règne au secrétariat. Les nouveaux sénateurs devront faire de grands efforts pour mettre de l'ordre dans la marche des affaires, mais cela n'aboutira pas à grand-chose. » Déçu par les lenteurs du Sénat, Paul décide d'instruire lui-même les dossiers qui traînent et d'imposer son jugement sans consulter personne. Bien que n'ayant aucune connaissance juridique, administrative ou financière, il se considère comme apte à trancher de tout. Son ignorance lui tient lieu de compétence. En tout cas, elle lui permet de résoudre les problèmes les plus ardus en se fiant à son seul instinct. Dans sa boulimie de pouvoir, il multiplie les oukases dont l'abondance et la diversité finissent par décourager les fonctionnaires chargés de leur exécution. Pêle-mêle, il abolit certaines traditions, en rétablit d'autres, réorganise les magasins de blé, révise à la hausse les tarifs douaniers, élargit l'usage des châtiments corporels, les étend aux gentilshommes dans les grandes occasions, multiplie les assignats, décrète que les serfs seront « attachés à la glèbe » avant de l'être à leur seigneur et qu'on ne pourra donc plus les vendre en les séparant de la terre, interdit l'introduction d'ouvrages étrangers en Russie, institue une censure, tant laïque que cléricale, sur les livres russes, ferme les imprimeries dites libres afin de ne laisser subsister que des éditions contrôlées par l'Etat... Les lois changent si vite que ce sont tantôt les nobles, tantôt les fonctionnaires, tantôt les propriétaires fonciers et tantôt les paysans qui ne savent plus sur quel pied danser. Plus encore que les hommes, les femmes de la meilleure société souffrent des lubies autoritaires du monarque. Elles déplorent que sa passion de l'uniformité et du commandement déborde l'existence militaire pour envahir l'existence civile, n'épargnant ni la mode, ni le plaisir de lire, ni les usages mondains, ni le choix des loisirs. Avec ce tsar qui veut tout surveiller et tout régenter, elles ne se sentent plus « chez elles » dans leur famille.

Celles qui ont approché le « monstre couronné » admettent pourtant que, s'il est effrayant dans ses fureurs, il sait être séduisant lorsqu'il oublie qu'il a droit de vie et de mort sur ses sujets. « L'empereur était de petite taille, écrit la dame d'honneur Daria Liewen. Les traits de son visage étaient laids, à l'exception des yeux, qui étaient fort beaux et dont l'expression, quand il n'était pas dominé par la colère, avait un agrément et une douceur infinis. Dans le cas contraire, son aspect était terrifiant. [Son caractère] était un composé étrange de nobles instincts et d'affreux penchants. »

Une autre dame d'honneur, Barbara Golovine, constate que Paul a, par instants, « des idées grandes et chevaleresques », mais qu'aussitôt après « son malheureux caractère prend le dessus ». Toutes, en cherchant à le mieux connaître, décèlent, derrière le visage grimaçant, secoué de tics, du quadragénaire, le gamin d'autrefois, à la cervelle dérangée, qui s'amusait, seul, dans sa chambre, avec ses soldats de bois. Il n'a pas changé en vieillissant. Devenu empereur, il en use avec les êtres humains comme il le faisait autrefois avec des figurines grossièrement coloriées. Il manie les habitants de son pays, selon l'humeur de l'instant, les déplace, les heurte, les punit, les estropie, les remet dans le coffre à jouets, car, à leur insu, ils font encore partie de l'armée en miniature de ses jeunes années. Cette innocence originelle, cette naïveté dans la cruauté, se combinent chez lui avec un orgueil démesuré : capable du meilleur et du pire, il vit dans une totale irréalité, alors qu'il se croit réaliste, dans une incohérence sans frein, alors qu'il prétend incarner l'ordre, la justice et la charité.

Le plus bel exemple de cette aberration puérile, il le donne en décidant soudain de créer une sorte de boîte aux lettres où chaque citoyen mécontent de son sort pourrait déposer une supplique destinée à l'empereur. A cet effet, une large ouverture est pratiquée dans un mur du palais ; les messages qu'on y glisse tombent directement dans une pièce située en contrebas et dont le tsar seul possède la clef. Au petit matin, avant même d'avoir réuni ses ministres pour le Conseil, Paul pénètre dans la chambre secrète, ramasse le courrier de la veille, lit les lettres, dont la plupart sont d'une stupidité affligeante, avec autant d'application que s'il s'agissait de documents diplomatiques. Les plaintes, toujours anonymes, concernent soit un procès qui n'en finit pas, soit une peine de knout imméritée, soit un passe-droit administratif, soit un vol de bétail, soit une dispute entre voisins. A toutes ces réclamations minables, Paul répond par un bref avis rédigé de sa main. Le texte de ses observations est communiqué aux journaux qui le reproduisent et le portent à la connaissance des intéressés. Mais, bientôt, des esprits pervers profitent de l'initiative impériale pour introduire dans la « boîte aux lettres » des pamphlets, des conseils injurieux, des caricatures, le tout sans signature et sans indication de provenance. Cette insolence, chez un peuple habitué à tout avaler sans un murmure, incite Paul à se demander s'il n'a pas fait fausse route en autorisant les petites gens à lui confier leurs soucis, « comme à un père de famille ». On commence par permettre au vulgaire d'exprimer sa pensée, songe-t-il, et on s'aperçoit, tout à coup, qu'ils sont en train de prendre la Bastille et de couper des têtes. Considérant qu'il est allé trop loin et que l'expérience a définitivement échoué, il ordonne de fermer la boîte aux lettres, devenue un déversoir d'immondices. Il lui semble à présent que ses meilleures intentions se retournent contre lui, que les Russes sont indignes des améliorations qu'il voudrait apporter à leur sort et que, s'il régnait sur des Prussiens, il serait mieux compris.

Observant cette rapide dégradation du prestige de Paul Ier dans le public, le comte de Brühl, ministre de Prusse, écrit dans un rapport : « L'empereur, en voulant corriger les défauts de l'ancien gouvernement, culbute tout, introduit un nouveau régime qui déplaît à la nation et qui est trop peu réfléchi ; l'exécution des réformes est tellement précipitée que personne n'apprend à les bien connaître ; il n'est guère à présumer qu'on les soutienne ; avec cela, l'empereur ne se préoccupe que des petits détails des cérémonies et représentations ; il perd souvent de vue les grands objectifs et n'écoute les conseils de personne [...]. Le mécontentement des troupes augmente de jour en jour. On fatigue le soldat d'une manière inconcevable et il est déjà si dégoûté qu'il ne soupire qu'après l'occasion de déserter. Les officiers subalternes sont absolument à la besace. Le dégoût de la noblesse surpasse tout ce que l'on peut en dire. L'incertitude du lendemain, la crainte de perdre sa place et les innovations continuelles la mettent au désespoir [...]. Dieu sait à quoi cela aboutira[1]. »

Lord Whithworth, ambassadeur du roi d'Angleterre, confirme, dans une dépêche, ce diagnostic pessimiste : « Il faut reconnaître que les changements intervenus [en Russie] ne sont en aucune façon calculés pour calmer les esprits de la capitale. » Même le sage et souple grand-duc Alexandre, qui s'est astreint à l'expectative depuis l'avènement de son père, commence à trouver qu'en lâchant la bride à ses plus étranges pulsions, l'empereur conduit le pays au désastre. « Mon père, en montant sur le trône, a voulu tout réformer, écrit-il, en français, à son ancien gouverneur La Harpe. Son commencement, il est vrai, était assez brillant, mais la suite n'y a pas répondu. Tout a été mis sens dessus dessous à la fois, ce qui n'a fait qu'augmenter la confusion déjà trop grande qui régnait dans les affaires. Le militaire perd presque tout son temps en parades. Dans ce qui reste, il n'y a aucun plan suivi. On ordonne aujourd'hui ce qu'un mois après on contremande. On ne souffre jamais aucune représentation que quand le mal est déjà fait. Enfin, pour trancher le terme, le bonheur de l'Etat n'entre en rien dans le régissement des affaires. Il n'y a qu'un pouvoir absolu qui fait tout à tort et à travers. Il serait impossible de vous énumérer toutes les folies qui ont été commises. Joignez à cela une sévérité dénuée de toute justice, beaucoup de partialité et la plus grande

1. Cf. Constantin de Grunwald : *L'Assassinat de Paul Ier*.

inexpérience. Le choix des fonctionnaires n'est dû qu'à la faveur ; le mérite n'y entre pas. Enfin, ma pauvre patrie est dans un état indéfinissable : le cultivateur vexé, le commerce gâté, la liberté, le bien-être personnel anéantis, voilà le tableau de toute la Russie. Jugez ce que mon cœur doit souffrir. Moi-même, employé à des minuties militaires, perdant mon temps en des devoirs de bas officier, n'ayant même pas un instant à donner à mes études, qui étaient mon occupation favorite avant le changement ; je suis devenu l'être le plus malheureux [1]. »

Si Alexandre, après une période d'obéissance filiale, s'insurge ainsi contre les soubresauts du caractère de Sa Majesté, Marie Fedorovna s'emploie, de son côté, à prêcher la tolérance, la patience et la charité à son mari qui n'aime que la tempête. Mais elle a perdu, avec les années, le peu d'influence qu'elle avait sur lui au début de leur mariage. Heureusement, Catherine Nelidov, émergeant d'une longue retraite au couvent de Smolny, se dit prête, par pur attachement à la famille impériale, à reprendre ses fonctions de demoiselle d'honneur et de confidente. Paul se déclare enchanté du retour au palais de l'incorruptible et irremplaçable témoin de sa vie intime. De fait, en ralliant le groupe des amis du couple, l'ancienne couventine joint ses efforts à ceux de la tsarine pour empêcher Paul d'arrêter, sur un coup de tête, des décisions qu'il regrettera le lendemain. Elle le conseille discrètement sur le choix de ses collaborateurs et intervient auprès de lui pour

1. Cf. Henri Troyat : *Alexandre Ier*.

défendre les victimes de ses emportements quasi quotidiens. « Soyez bon, soyez vous-même, lui écrit-elle, car vos véritables dispositions sont la bonté [...]. Au nom de Dieu, Sire, mettez-y de l'indulgence. Conservez auprès de vous le plus longtemps possible ceux qui ont de bonnes têtes. » Mais, si les intentions de Catherine Nelidov, comme celles de l'impératrice, sont excellentes, elles manquent toutes deux de maturité politique. Ni l'une ni l'autre n'ont assez de compétence et d'autorité pour combattre l'influence d'un Bezborodko, d'un Araktcheïev, d'un Kourakine ou même d'un Koutaïssov. Elles demeurent, pour Sa Majesté, de faibles femmes au cœur sensible, tout juste bonnes à s'occuper de la mode, de l'éducation des enfants et des romans français dont on parle dans les salons quand on n'a plus rien à dire. Cependant, il juge la présence de sa « maîtresse platonique » tellement nécessaire à son équilibre physique et moral que, dès le mois de janvier 1797, il lui assigne un appartement au palais d'Hiver.

La prochaine étape qu'il envisage pour l'établissement inébranlable de son règne, c'est son couronnement, à Moscou. Son père avait négligé de se plier immédiatement à cette tradition séculaire et était mort sans avoir été reconnu tsar par l'Eglise. Paul ne veut pas commettre la même erreur. Il est d'usage que le futur souverain passe quelques jours dans l'ancienne capitale afin de se préparer pieusement aux solennités qui l'attendent. La date choisie pour le sacre étant le 5 avril 1799, la famille impériale arrive, dès le 15 mars, aux portes de Moscou. Bezborodko met à la disposition des illustres visiteurs une vaste demeure qu'il possède dans la proche banlieue de la ville. Trois semaines plus tard, l'empereur fait une entrée triomphale dans la vieille cité pavoisée. Il chevauche en tête du cortège sur son fidèle Pompon, cadeau du prince de Condé. Derrière lui, s'allonge la cohorte des grands-ducs, des hauts dignitaires et des courtisans, dont certains, à cause de leur âge avancé, ont de la peine à se tenir en selle. La tsarine et les grandes-duchesses suivent dans des carrosses aux armoiries rutilantes et aux attelages empanachés. Sur le parcours de la procession, la foule, dûment chapitrée, pousse des cris de joie. Paul paraît si naïvement satisfait de cette popularité sur commande que le maître de cérémonie Fedor Golovkine pourra écrire dans ses souvenirs de la fête : « L'empereur se conduit comme un enfant charmé des plaisirs qu'on lui prépare. » Le mot « enfant » revient souvent, dès qu'il s'agit de Paul Ier, sous la plume des mémorialistes de l'époque. Mais cet « enfant »-là dispose de plus de pouvoirs qu'aucun homme mûr. Alors que les vrais enfants se contentent de briser leurs jouets par maladresse ou par caprice, lui en arrive à briser des vies humaines avec la même inconscience, la même absence de remords.

Le 5 avril, la cérémonie du sacre, en la cathédrale de l'Assomption, au cœur du Kremlin, se déroule avec toute la splendeur et toute la lenteur qui sont de mise en la circonstance. Un trône surélevé a été placé au milieu de l'église, face à l'autel. Paul se couronne lui-même, avec une grave assurance, puis couronne son épouse, revêt la pourpre impériale, et, tenant le sceptre dans une main, le globe dans l'autre, s'avance d'un pas militaire sous le baldaquin. Après la communion, le sacre et le Te Deum traditionnel, l'empereur fait lire à haute voix l'Acte de famille, rédigé par lui et qui règle l'ordre dynastique. Par un nouveau pied-de-nez à sa mère, il confirme dans ce document que les femmes sont désormais exclues de la succession. Pour clore l'exposé, le porte-parole précise, au nom de Sa Majesté : « Nous désignons comme héritier, après ma mort, notre fils aîné Alexandre et, après lui, ses descendants du sexe masculin. » On ne peut être plus clair.

A la suite du couronnement, l'empereur et l'impératrice, assis sur deux trônes jumeaux, dans une salle du palais à Facettes, au Kremlin, reçoivent l'hommage de leurs sujets. Mais ils trouvent que le public est moins nombreux et moins gai que lors des réceptions de Catherine II. L'organisateur des festivités, Valouev, s'en inquiète et, pour apaiser la susceptibilité de Leurs Majestés, demande à certains invités de revenir présenter leurs civilités à plusieurs reprises, pour « faire nombre ». Parmi l'essaim des jolies femmes qui défilent devant Paul, il remarque une très jeune fille, Anne Lopoukhine, dont la fraîcheur le surprend et le charme. Les cheveux d'un brun soyeux, un petit nez retroussé, des dents de nacre, une taille menue et un regard d'ange qui aurait quelque chose à se reprocher. Paul a envie de sourire à cette inconnue. Elle plonge devant lui dans une révérence de cour, baise la main qu'il lui tend selon l'usage et disparaît comme emportée par une brise printanière. Déjà, Paul pense à autre chose. Mais la dame d'honneur Barbara Golovine, qui a observé la scène, note dans ses Souvenirs : « Elle avait de jolis yeux et des sourcils noirs. »

Après un bref séjour à Moscou, Paul veut effectuer un voyage à travers la Russie, afin de se faire connaître et aimer dans ces lointaines provinces dont il ignore tout. Mais il ne peut aller contre la tendance destructrice de son caractère. Alors qu'il recherche la popularité, il ne sait que faire pour la combattre. Critiquant tout, il voudrait tout rénover, tout réorganiser, et menace des pires châtiments ceux qui tentent de lui démontrer qu'il a tort. C'est ainsi qu'en observant, au cours de son inspection itinérante, que des réfections importantes ont été exécutées sur une route pour faciliter l'accès du cortège impérial à un village proche de Smolensk, il est saisi de rage et décide de punir le maréchal de la noblesse responsable de ces travaux superflus. Il envisage même de le faire fusiller sur place, pour l'exemple. C'est à grand-peine que Bezborodko et le grand-duc Alexandre obtiennent la grâce du malheureux. Mais déjà, cette tournée d'information et de contrôle fatigue Paul. Il a traversé tant de villes et de villages, rencontré tant de gouverneurs et de commandants de garnison, interrogé tant de hauts fonctionnaires, qu'il croit n'avoir plus rien à apprendre de la Russie. Il a hâte de regagner Pavlovsk, où sa femme et Catherine Nelidov l'attendent. L'impératrice est d'ailleurs de nouveau enceinte. On jurerait que c'est son état habituel ! songe Paul, partagé entre l'admiration et l'agacement.

Or, voici qu'un soir, après son retour, tandis qu'il se promène en famille dans le parc, l'alerte est donnée par des sonneries de trompette et des roulements de tambour. L'empereur tressaille, quitte précipitamment sa femme et ses invités et se dépêche de rejoindre le château. Sa méfiance maladive le pousse à imaginer qu'il s'agit d'un coup d'Etat. La vue de quelques détachements de soldats rencontrés sur son chemin le persuade que des conspirateurs ont déclenché une révolte parmi les régiments de sa garde personnelle. Même l'impératrice, dont il s'est éloigné inopinément pour aller se mettre à l'abri, est convaincue qu'un danger le menace et crie aux chambellans qui tentent de la rassurer : « Courez, messieurs, sauvez l'empereur ! »

Quand les portes de ses appartements se sont refermées sur lui, Paul s'étonne de la brusque accalmie qui, dans le parc, succède au tumulte de tout à l'heure. Il ordonne une enquête parmi les soldats. Après de multiples interrogatoires, on découvre que le branle-bas a été provoqué par un trompette trop consciencieux qui s'exerçait dans la caserne des gardes à cheval. Les troupes des casernes voisines ont cru qu'il s'agissait d'une alerte au feu ou d'une épreuve de routine destinée à évaluer la rapidité de leur intervention. Et, de proche en proche, toute la garnison a été saisie de panique. Mise au courant de ce malentendu absurde, la population locale en rit sous cape. A demi rasséréné, Paul distribue quelques punitions au hasard et prend un décret enjoignant aux habitants de Pavlovsk de « s'abstenir de tout cri, sifflet ou vaine conversation pendant le séjour de

Leurs Majestés dans cette ville ». Puis, apostrophant ses officiers qui n'ont pas su empêcher l'incident, il leur reproche de vivre encore, dans leur insuffisance, selon les mauvaises habitudes instaurées par Potemkine. L'œil fulgurant, la bouche tordue, il grogne : « Je vous ferai oublier l'esprit potemkinien ! Je vous enverrai pourrir au diable vauvert [1] ! »

Une sanction en appelant une autre, en moins de deux mois, cent dix-sept officiers sont exclus de l'armée sous des motifs divers et remplacés par des recrues inexpérimentées. Les bals, les spectacles, les concerts, qui, à Gatchina, alternent avec les parades, ne suffisent pas à dissiper le malaise dont souffrent les officiers et les courtisans soumis aux sempiternelles foucades de leur maître. Jour après jour, Paul sent s'épaissir autour de lui un climat de détestation et de peur. Mais il est aussi incapable d'y remédier que s'il s'agissait d'une odeur collant à sa peau depuis sa naissance. Penché sur un gouffre, il est pris d'un vertige qui ressemble à l'appel de la fatalité. Quoi qu'il dise, quoi qu'il fasse, il devine qu'il travaille à sa perte. Il savoure même un plaisir morbide à provoquer la haine au lieu de chercher à la désarmer. Après avoir été mal aimé par sa mère, il se demande s'il n'est pas également mal aimé par la Russie. Mais peut-être est-ce là une vengeance à retardement de Catherine ! L'affaire n'en serait que plus inquiétante. Une chose le console en ce début de l'année 1798, c'est que, pour une fois, la terrible

1. Cf. Alexandre Tourgueniev, officier de la garde, *Mémoires*, cité par Alexeï Peskov.

grand-mère accapareuse d'enfants sera privée du plaisir de ravir le nouveau-né de sa belle-fille et de son fils.

Malheureusement, Marie Fedorovna supporte moins bien cette grossesse tardive que les précédentes. Pour plus de sûreté, on appelle à son chevet un accoucheur de Berlin. Dès les premières contractions de la parturiente, il se déclare soucieux de la suite. Et, de fait, la venue au monde, le 28 janvier 1798, d'un quatrième fils, Michel, se révèle très douloureuse. Des complications sont à craindre. Réunis en consultation, les médecins de la cour estiment que Marie Fedorovna a risqué sa vie dans cet accouchement, qu'elle est impropre à avoir d'autres enfants et que, par mesure de sécurité, elle devrait s'interdire désormais les rapports conjugaux. Paul en est désolé et la tsarine, malgré sa pudeur, s'en dit frappée comme d'une punition de Dieu. Seule Catherine Nelidov, tout en plaignant sa grande amie l'impératrice, se réjouit, in petto, de cette mise hors combat de sa rivale. Mais, déjà, l'habile factotum Koutaïssov leur cherche une remplaçante à toutes les deux. Il a sa liste. Un nom y figure en tête : celui de la jeune Anne Lopoukhine.

VIII

Méfiance, incohérence et despotisme

Il faut qu'un chef d'Etat témoigne d'une continuité sans accrocs dans son autorité pour dissuader les donneurs de conseils d'intervenir à tout propos au cours de son règne. Mais les explosions de colère et les volte-face de Paul se montrent si fréquentes et si injustifiées que ses proches sont de plus en plus tentés de peser sur ses décisions. Bien que peu au courant des affaires publiques, l'impératrice et sa confidente Catherine Nelidov se croient naturellement appelées à ce rôle d'inspiratrices. Toutes deux ont de solides convictions monarchiques. Pour toutes deux, l'enfer, c'est la République, avec la France attisant le brasier, et le paradis, c'est l'omnipotence des rois et des empereurs héréditaires, comme en Russie. Cette vision simpliste est d'ailleurs très proche de celle que le tsar s'est forgée au cours des années. Certes, les récentes victoires de Bonaparte lui semblent mériter une attention particulière. Il ne serait pas foncièrement hostile à réviser son jugement sur lui. Et même l'exagération qu'apportent ses deux femmes, la légitime et l'illégitime, dans leurs critiques à l'encontre de Paris l'agace quelque peu. A force de dénigrer la France, elles finiraient par la lui rendre aimable. En tout cas, pour fixer ses idées, il préfère écouter son cher Koutaïssov. Malgré son obscur passé de valet et de barbier, cet homme lui paraît avoir une saine conception de la vie politique comme de la vie familiale. Lors de leurs nombreuses conversations à huis clos, Koutaïssov ne manque pas une occasion d'égratigner les deux égéries qui se partagent le cœur du tsar. Il lui laisse entendre qu'à son âge et à son rang il peut prétendre à une compagne plus affriolante que son épouse, devenue à demi infirme par suite de ses maternités successives (dix en tout), ou l'« ennuyeuse » Catherine Nelidov, qui serait mieux à sa place dans un couvent qu'au palais. De temps à autre, il glisse une allusion à la petite Anne Lopoukhine. Ce n'est certes qu'une enfant, mais déjà en âge de rendre un homme heureux, si on sait s'y prendre et la prendre. Ainsi appâté, Paul ne dit ni oui ni non, mais accueille le souvenir de la jeune fille dans ses rêves.

Au mois de juin 1798, Sa Majesté, accompagnée du grand-duc Alexandre, du grand-duc Constantin et de sa suite, se rend de nouveau à Moscou en voyage officiel. Excellent prétexte pour glaner un surcroît d'hommages, qui flattent sa vanité, et rencontrer la demoiselle à peine pubère dont Koutaïssov s'est ingénié à lui vanter les mérites. Cette fois, les acclamations saluant l'entrée du tsar dans la ville sonnent si bien à ses oreilles que, le soir même, déambulant dans son cabinet de travail, il dit à Koutaïssov : « Comme je suis content ! Le peuple moscovite m'aime plus que les habitants de Saint-Pétersbourg ! J'ai l'impression que, là-bas, on me craint et qu'ici on m'aime ! — Cela ne m'étonne guère, Sire, rétorque le cauteleux factotum. C'est qu'ici on vous voit tel que vous êtes en réalité : bon, généreux, sensible, tandis qu'à Saint-Pétersbourg, chaque fois que vous faites une bonne action, on la met sur le compte de Sa Majesté l'impératrice ou de Mademoiselle Nelidov, si on ne l'attribue pas aux prières de Kourakine [leur protégé à toutes les deux], de sorte que, lorsqu'il s'agit d'une grâce, c'est eux, lorsqu'il s'agit d'une punition, c'est vous ! » Paul se rembrunit, réfléchit et marmonne : « On prétend donc que je me laisse gouverner ? — Tout à fait, Sire ! réplique Koutaïssov, inébranlable. — Eh bien ! je vais leur montrer si je me laisse gouverner[1] ! » s'écrie l'empereur, et il se dirige déjà vers son bureau pour rédiger quelque décret vengeur. Koutaïssov l'en dissuade, l'implore, lui conseille de laisser mûrir l'abcès avant de le crever.

Le lendemain, lors d'un bal paré auquel assiste la haute société moscovite, le tsar revoit la jeune Anne Lopoukhine, dont l'image n'a cessé de le poursuivre. Fille cadette du prince Lopoukhine, elle n'est pas vraiment jolie, mais son air de fraîcheur et d'innocence « mettrait l'eau à la bouche d'un moine ». Fascinée par Paul, elle s'arrange pour se trouver toujours sur son chemin, quand il passe d'un salon

---

1. Propos rapportés dans les *Carnets* de Charles-Henri Heyking, cités par E.S. Choumigorski dans *Catherine Nelidov* et repris par Alexeï Peskov : *Paul Ier, empereur de Russie.*

à l'autre. Un invité de la suite impériale, qui a observé le manège de la jeune fille, chuchote à Sa Majesté : « Vous lui avez tourné la tête, Sire ! » Paul se rengorge mais observe sur un ton évasif : « C'est encore une enfant ! — Elle va sur ses seize ans, Sire ! » répond l'autre avec un regard significatif. Convaincu par cet argument, Paul s'avance vers la demoiselle, lui adresse quelques mots de courtoisie et l'observe de plus près. Elle se trouble et balbutie, mais sa naïveté, sa timidité, son humble battement de paupières transportent l'empereur et, le soir même, prenant Koutaïssov à part, il lui donne carte blanche pour « arranger l'affaire » avec les parents de l'intéressée. Bouleversée par la faveur de Sa Majesté, la famille Lopoukhine accepte de tenir ces tractations secrètes et de venir, dans un premier temps, s'installer, en tout bien tout honneur, à Saint-Pétersbourg.

Après cet agréable intermède à Moscou, Paul poursuit son voyage par une visite à Kazan, assiste à quelques revues militaires en province et regagne la capitale, à la fin du mois de juin. Il se figure que personne, hormis Koutaïssov, n'est au courant de son penchant tout neuf pour Anne Lopoukhine, mais chacun de ses gestes est espionné et commenté derrière son dos, si bien qu'en retrouvant sa femme et Catherine Nelidov, il tombe au centre d'un véritable complot sentimental. D'un côté, pour l'exciter à un entraînement licencieux, il y a Koutaïssov et Bezborodko, de l'autre, pour l'en décourager, la tsarine, Catherine Nelidov, leurs protégés habituels et les grands-ducs qui craignent pour la réputation de leur père. Devant la gravité du danger, l'impératrice tente, à plusieurs reprises, de persuader son mari qu'après quelques mois de repos elle est tout à fait apte à le recevoir dans son lit et que, selon les médecins, elle pourrait même lui donner encore des enfants. Tout en se déclarant ravi à cette perspective, Paul prétend que d'autres docteurs, qu'il a consultés, disent le contraire et que, dans ces conditions, il se doit de renoncer définitivement à lui infliger ses désirs. Devinant que son époux se dérobe derrière des prétextes pour ne pas avouer qu'il n'aime plus sa femme, elle écrit, au début de juillet 1798, à S.I. Plechtcheïev, pour lui faire part des étranges réticences de Paul. Elle affirme à son correspondant que, lors d'une ultime explication, le tsar lui aurait dit « qu'il était mal physiquement, qu'il ne connaissait plus de besoin, qu'il était tout à fait nul et que ce n'était plus [seulement] une idée qui lui passait par la tête, qu'enfin il était paralysé de ce côté ». Quelles que soient les excuses dont un homme enveloppe ses déficiences devant une épouse qu'il a autrefois possédée, elle prend ses dérobades pour un outrage à sa féminité. Afin de couper court aux manœuvres de la famille Lopoukhine, l'impératrice, folle de dépit, écrit à la jeune fille une lettre de menaces. Mais sa correspondance est surveillée et la lettre aboutit sur le bureau de l'empereur. La fureur de Paul est telle que, le 22 juillet, lors d'un bal donné pour l'anniversaire de la tsarine, il ne lui adresse pas la parole et lance à Catherine Nelidov des regards meurtriers. « Le bal avait une allure d'enterrement et tout le monde s'attendait à un orage », note le sénateur Heyking dans ses *Carnets.*

Cet « orage », que tous les observateurs redoutent, éclate le 25 juillet, à dix heures du soir. Ayant fait appeler son fils aîné Alexandre, Paul lui enjoint de se rendre immédiatement chez sa mère et de lui signifier que, par ordre de Sa Majesté, il lui est défendu d'intervenir dorénavant, de quelque manière que ce soit, dans les affaires tant sentimentales que politiques de son époux. Habitué à plier devant son père, Alexandre, cette fois, se rebiffe et refuse une mission qui, dit-il, heurte son respect filial. L'insistance qu'il met à plaider les bonnes intentions de sa mère exaspère Paul. « Je croyais n'avoir perdu que ma femme, mais je vois que j'ai encore perdu mon fils ! » hurle-t-il. Alexandre a beau discuter, pleurer, se prosterner, l'empereur, saisi d'une haine démente, le bouscule, se précipite vers les appartements de la tsarine, l'insulte et l'enferme à clef dans sa chambre. L'humiliation est si forte que Marie Fedorovna n'a même plus envie de lutter contre tant d'injustice. Traitée en prisonnière, elle se dit qu'elle a été tout juste bonne à donner des enfants à la Russie, que son mari n'a que mépris et répulsion pour elle et qu'elle serait plus heureuse n'importe où que dans ce palais où chacun la déteste. Elle se morfond ainsi pendant trois longues heures. Or, tandis qu'elle se croit abandonnée de tous, une timide protestation s'organise derrière les portes closes. Lorsqu'on délivre enfin la tsarine, la douce Catherine Nelidov, indignée, prend sur elle d'affronter l'empereur pour lui faire honte de sa brutalité. Elle affirme que Marie Fedorovna est un modèle de patience et de vertu et qu'en la traitant si mal Sa Majesté passera aux yeux de tous pour le bourreau de sa famille et de son peuple. Suffoqué par tant d'insolence, Paul s'écrie : « Je sais que je n'ai fait que des ingrats, mais je vais prendre un sceptre de fer et vous serez frappée la première ! Sortez[1] ! » A peine a-t-elle repassé le seuil du bureau de Sa Majesté que Catherine Nelidov, « l'ex-maîtresse platonique », reçoit l'ordre de quitter Saint-Pétersbourg et de n'y revenir jamais. Chassée du palais, elle se rend d'abord en Estonie, réside quelque temps chez des amis au château de Lodé, puis se retire pour toujours dans *son* couvent de Smolny[2].

Après le départ de Catherine Nelidov, une autre ère commence à la cour de Russie. Le 9 septembre 1798, la famille Lopoukhine, au grand complet, débarque dans la capitale. Anne Lopoukhine fait sa première apparition à un dîner d'apparat au palais d'Hiver. Les témoins de son intronisation estiment qu'elle n'est pas vraiment jolie, mais que la vivacité de ses yeux noirs, la matité de sa peau et la grâce modeste de ses manières justifient amplement le choix de l'empereur ! Évaluant l'importance de son futur ascendant sur Sa Majesté, le clan de l'impératrice, des grands-ducs et des grandes-duchesses la traite maintenant avec beaucoup d'égards. Une maison de plaisance est mise à sa disposition. Paul trouve toujours un moment pour lui rendre visite dans la journée. Apprenant que, dans les bals aux-

1. Comte Fedor Gelovkine : *La Cour de Russie sous Paul Ier, portraits, souvenirs, anecdotes.*
2. Catherine Nelidov restera au couvent de Smolny jusqu'à sa mort, en 1839, à l'âge de quatre-vingt-deux ans.

quels elle est régulièrement conviée, sa préférence va à la valse, il autorise cette danse, jugée naguère trop lascive pour être exécutée en public. En outre, à la demande de la jeune fille qui aime le folklore, il réintroduit le port des « robes russes » à la cour, alors qu'il avait jadis prescrit les robes « à la française ». Mieux, la famille de la belle se voit attribuer une demeure superbe sur le quai de la Néva. A chaque attention, Paul a droit à des mines si charmantes de celle qui n'est même pas sa maîtresse au sens vulgaire du mot, qu'il se considère comme récompensé au-delà de ses bienfaits. Le despote découvre le plaisir d'être, de temps en temps, un « papa-gâteau ».

Bien entendu, les marques d'attention prodiguées par Sa Majesté à la délicieuse enfant qui illumine sa vie sans l'induire au péché blessent Marie Fedorovna comme autant d'insultes personnelles. Sa vie, à la cour, n'est plus qu'une succession d'offenses, les unes calculées, les autres involontaires. Tout bouge autour d'elle à cause de cette petite oie. Aussi discrète soit-elle, l'installation de la « nouvelle favorite » s'accompagne d'une réorganisation féroce à la tête de l'Etat. Un à un, les protégés de l'impératrice et de son amie, trop dévouée et trop bavarde, sont frappés de disgrâce et remplacés par des proches de la douce Anne Lopoukhine. Ce n'est plus une redistribution des tâches administratives mais un règlement de comptes entre factions rivales. Le prince Pierre Lopoukhine, père de la jeune fille, succède au prince Alexis Kourakine comme procureur général ; le frère de celui-ci, fidèle confident de Catherine

Nelidov, est privé de son poste de vice-chancelier ; le colonel Nelidov, frère de Mlle Nelidov, est destitué ; le général Buxhoewden, gouverneur de Saint-Pétersbourg et mari d'une amie intime de Mlle Nelidov, doit céder la place au comte Pierre Pahlen, dont la soumission à Sa Majesté est proverbiale ; le lieutenant général Araktcheïev et le lieutenant général Rostoptchine, un moment éloignés des affaires, sont rappelés au service, tandis que le lieutenant général Boriatinski, neveu de Mlle Nelidov, est exclu de l'armée et qu'un obscur neveu de Bezborodko, Victor Kotchoubey, remplace Kourakine à la direction des Affaires étrangères. Enfin, couronnant le tout, le 6 septembre, Anne Lopoukhine est faite demoiselle d'honneur et sa belle-mère, Catherine Lopoukhine, dame du palais.

Ce chassé-croisé au sommet de l'empire enfièvre toutes les têtes et déplace tous les dossiers. Désormais, ce sont des hommes nouveaux, et parfois inexpérimentés, qui assistent Paul dans ses décisions. Or, plus encore que par le passé, il aurait besoin de conseillers à la tête froide pour faire face aux élans belliqueux de la France, qui compliquent la tâche des chancelleries occidentales. Après des mois de stagnation, les armées de la République française enregistrent d'éclatants succès dans la péninsule italienne. Les rois de Sardaigne et de Naples abdiquent devant l'invasion de leur territoire par les troupes de Bonaparte. Mais bientôt ce général aventureux quitte le continent, s'avise de conquérir l'Egypte, et, chemin faisant, s'arrête à Malte. Sans coup férir, il obtient la reddition de l'île et en chasse le grand maître, Hompesch. Cette mainmise sur Malte est ressentie par Paul comme une avanie qu'il ne saurait tolérer sans passer pour un lâche. En effet, l'année précédente, un délégué de Malte s'était rendu à Saint-Pétersbourg et, invoquant l'ouverture d'esprit bien connue de l'empereur à l'égard des différentes religions, lui avait proposé d'être le protecteur de ce territoire et de son ordre de chevalerie. Cette fois encore, l'intérêt que Paul a toujours manifesté envers les associations mystiques l'a poussé à accepter l'honneur qu'on lui offrait. Le voici prisonnier de sa parole. Lorsque, fuyant Bonaparte, le grand-maître Hompesch débarque à Saint-Pétersbourg, Paul l'accueille non comme un transfuge mais comme un traître. Cet homme, estime-t-il, aurait dû défendre Malte jusqu'à la dernière goutte de son sang plutôt que de capituler. Il le fait juger par un tribunal assemblé en hâte et, après l'avoir destitué, se proclame investi à sa place de cette dignité supérieure.

En Russie, les orthodoxes fervents sont surpris de voir le chef d'un Etat qui nie la souveraineté du pape devenir le grand maître d'un ordre ayant le pape pour chef absolu. Mais Paul se moque de ces querelles de dévots. A son avis, bien que le Saint-Père et l'empereur de Russie appartiennent à des religions différentes, ils ont en commun le souci de la paix et de la justice, ce qui devrait suffire à les mettre sur un pied d'égalité et même d'amitié. D'ailleurs, Paul se dit prêt à envoyer son armée contre Bonaparte, si celui-ci envahit le Vatican. Mû par cette pensée de haute moralité, il commence par rejoindre la coalition antifrançaise, qui réunit, dans un étrange amalgame, l'Autriche, l'Angleterre, le royaume de Naples et la Turquie. Une escadre russo-turque, sous les ordres de l'amiral Ouchakov, et une autre, anglaise, commandée par l'amiral Nelson, sont expédiées en Méditerranée, tandis qu'un corps russo-autrichien s'apprête à opérer en Italie et en Suisse. Pour diriger cette offensive terrestre d'envergure, Paul rappelle le vieux maréchal Souvorov. Malgré ses soixante-neuf ans et sa fatigue, celui-ci sort de sa retraite, en janvier 1799, et se présente à Saint-Pétersbourg. En le recevant au palais, Paul lui dit simplement : « Je t'accorde toute ma confiance. Va sauver les rois ! »

Le génie militaire de Souvorov est resté intact. Sans se laisser impressionner par le prestige des jeunes généraux français, il prend d'assaut la forteresse de Brescia, bat l'ennemi sur l'Adda, entre à Milan, à Turin, s'empare de Mantoue. Son ambition serait de pénétrer en France pour exterminer les « sans-Dieu ». Paul l'y encourage de loin, car, écrit-il au feld-maréchal, « il y a quantité d'individus bien-pensants [en France] qui n'attendent que le moment favorable pour s'armer afin de secouer le joug insupportable sous lequel le peuple gémit ». Mais, comme toujours, victime de ses mirages, il oublie la réalité pour se griser de projets glorieux. Or, cette réalité est si présente, si pressante, qu'il doit, bon gré, mal gré, s'y soumettre. Quelle que soit la vaillance de l'armée russe, elle dépend, pour l'intendance, du bon vouloir des Autrichiens, qui sont chargés de l'approvisionner en vivres, en matériel, de lui fournir les mulets nécessaires à ses déplacements. Et les

Autrichiens se font tirer l'oreille pour tenir leurs promesses. Ils exigent que les Russes se dirigent d'abord vers la Suisse. Cette opération hasardeuse suppose la traversée des Alpes par la route du Saint-Gothard. Souvorov se dit de taille à surmonter cette épreuve. Mais, à peine a-t-il triomphé des obstacles naturels, qu'il se heurte aux troupes fraîches de Masséna. Pris au piège, il parvient à se dégager et à s'échapper à travers les montagnes déjà ensevelies sous la neige. A bout de forces, ses régiments établissent leurs quartiers d'hiver en Bohême.

Tandis que Souvorov, ne lâchant pas son idée, se prépare à mener une campagne « purificatrice » en France, Paul à Saint-Pétersbourg a déjà tourné casaque. Ses discussions avec des alliés aux convoitises divergentes lui ont appris qu'il serait vain de compter sur la bonne foi de quiconque. Les autres chefs d'Etat ne songent qu'à rafler le plus de terres possible pour renforcer leur puissance ; lui seul, affirme-t-il, n'a en vue que le bonheur de l'humanité et, accessoirement, celui de la Russie. Don Quichotte slave, il se sent investi d'un rôle messianique et pacificateur. Même Souvorov, à présent, lui semble trop préoccupé de conquêtes militaires et pas assez de la félicité des populations laborieuses.

A ce mécontentement d'ordre moral s'en ajoute un autre, qui l'aggrave tout en le contredisant. Selon les dernières informations qu'il a reçues de l'étranger, le feld-maréchal aurait transgressé ses ordres en dispensant les soldats, exténués par de longues marches, de porter guêtres et perruques, et en les autorisant à utiliser le bois des hallebardes réglementaires pour faire du feu au bivouac. Un pareil manquement à la discipline et aux instructions de Sa Majesté ne saurait être toléré de la part de personne. En dépit des superbes états de service du vieux chef, sa disgrâce est inévitable. Conscient d'avoir guerroyé en vain, Souvorov dresse avec amertume le bilan de son action au-delà des frontières. « Les Français restent maîtres de la Suisse et je me vois seul, avec mon corps de troupe, sans vivres, sans munitions, obligé de me retirer chez les Grisons [...]. On n'a rien fait de ce qu'on m'avait promis [...]. J'ai battu les Français, mais pas assez. Paris, voilà mon but. Pauvre Europe [1] ! »

Sitôt qu'on en vient à la discussion des traités, les alliés exigent le retrait de l'armée russe d'Italie et de la flotte russe de Méditerranée. Ces tiraillements coïncident avec une brusque décision de Bonaparte, lequel, ayant abandonné son armée victorieuse en Egypte, revient en France avec éclat, reçoit le commandement de la garnison de Paris, renverse la fragile équipe du Directoire et prend le titre de Premier Consul de la République. Comme Souvorov s'inquiète de ce coup d'Etat aux répercussions imprévisibles, Paul lui écrit, le 27 décembre 1799 : « Il y a en France des changements dont il convient d'attendre les résultats tranquillement et sans s'impatienter. » Peu après, Bonaparte laisse entendre à Paul, par la voie diplomatique, qu'il n'est pas

1. Souvorov : *Correspondance*. Cité par Alexeï Peskov : *Paul Ier, empereur de Russie.*

disposé à abandonner définitivement Malte aux Anglais. Immédiatement Paul, dont les emballements sont aussi subits que les colères, se demande si le Premier Consul ne serait pas un futur allié compréhensif pour la Russie. Trahi par l'Europe entière, le tsar accuse les autres des mécomptes qu'il a lui-même suscités par son imprévoyance. Une fois de plus, il se dit que, dans les grands marchandages internationaux, comme dans le règlement des petits problèmes intérieurs, il doit se fier aux élans de son cœur et non aux chipotages des spécialistes de la politique.

Si les victoires sans lendemain de son armée à l'étranger laissent à l'empereur une impression de gâchis, une autre déconvenue, à laquelle il ne s'attendait pas, vient bientôt assombrir ses journées. Depuis quelques mois, ayant aménagé pour Anne Lopoukhine une maison agréable à Pavlovsk, il lui rend visite chaque jour, bavarde librement avec elle et se divertit de sa gaieté et de sa candeur. A l'instar de la conduite qu'il a eue naguère avec Catherine Nelidov, il ne lui demande rien d'autre que de le reposer par son babil et de le charmer par ses sourires. Sans doute estime-t-il que la chasteté bien comprise procure des plaisirs plus délicats et plus durables que ceux d'une vulgaire possession. Or, un soir, émue par cette attitude réservée, qu'elle qualifie même de « chevaleresque », Anne Lopoukhine lui avoue, en rougissant, qu'elle est amoureuse d'un jeune homme de vingt-deux ans, le prince Gagarine, colonel dans l'armée de Souvorov, et que ce brillant officier soupire après elle pour le bon motif. En entendant cette révélation ingénue, Paul est d'abord vexé, mais, en même temps, il apprécie la confiance dont fait preuve sa favorite intouchable en lui ouvrant son cœur. Puisque cette enfant fait appel à sa générosité, il ne veut pas la décevoir. Superbe et paternel tout ensemble, il lui promet qu'il va arranger son mariage avec le prince Gagarine et qu'il le nommera aide de camp. Il tiendra, certes, parole, mais il ne pourra s'empêcher de marquer sa réprobation à la famille de l'ingrate en retirant à son père, Pierre Lopoukhine, la charge de procureur général qu'il lui avait attribuée au début de son engouement pour la jeune fille.

Ayant approuvé le projet matrimonial d'Anne Lopoukhine et destitué son père, Paul continue de fréquenter la maison de sa favorite, devenue princesse Gagarine. Mais il n'exige aucune caresse, dit-on, en échange de son assiduité. Certains en doutent et affirment que, dans cet étrange méli-mélo, l'époux complaisant ferme les yeux. Son rôle de paravent lui vaut toutes sortes de faveurs dont il serait malséant de sourire. D'ailleurs, il arrive à Paul de prendre la défense de son ancien procureur général, dans un cercle de calomniateurs. Ce trait de mansuétude chez Sa Majesté incite le vice-amiral Chichkov à écrire dans ses *Souvenirs* : « On ne peut pas dire qu'il [l'empereur] fût imbécile ou méchant par nature. La cause de ses soudains emportements, qui, si souvent éclipsaient sa raison, serait à chercher dans sa méfiance, qui le poussait à prêter l'oreille à toutes sortes de dénonciations [...]. Partout, il sentait la trahison, la fronde, le manque de respect pour son rang élevé, autant de chimères qui le mettaient entre les mains de gens bien plus dangereux, mais aussi bien plus rusés que les autres. » Lequel de ces informateurs malintentionnés a-t-il dénoncé au tsar, dont la susceptibilité morbide s'accentue chaque jour, la prétendue désobéissance de Souvorov aux règles disciplinaires et vestimentaires édictées en haut lieu ? Toujours est-il que, subitement, Paul convoque le vieux militaire à Saint-Pétersbourg. Quand celui-ci arrive dans la capitale, personne ne se porte à sa rencontre pour le recevoir avec les honneurs qui lui sont dus. Le 20 mars 1800, Paul publie un rescrit par lequel il retire au « généralissime » Souvorov le titre de « héros national » qu'il lui avait attribué l'année précédente. Cette sanction tombe sur le malheureux comme la foudre. Pourtant il ne bronche pas. Une autre angoisse le tenaille. Ce n'est plus la disgrâce qu'il redoute, mais la mort. De l'avis des médecins, sa santé est très compromise. Quelques semaines plus tard, le 6 mai 1800, il succombe à une maladie contractée au cours de sa dernière campagne. Sa Majesté ne juge pas utile d'assister aux obsèques. Les familiers de l'empereur se perdent en conjectures sur les raisons de sa conduite. Obéit-il à des motifs connus de lui seul, ou s'amuse-t-il à surprendre la Russie sans se préoccuper de l'effet désastreux de ses extravagances ? Nombre de ses sujets ne lui pardonneront jamais son ingratitude envers un illustre serviteur de la patrie.

C'est vers cette époque qu'une sévère lutte d'influence s'engage entre les différentes coteries qui s'affrontent derrière le dos de l'empereur. Les amis de la tsarine, comme ceux d'Anne Lopoukhine, l'inconstante, ayant perdu tout crédit à ses yeux, il a appelé, le 25 septembre 1799, à la tête du collège des Affaires étrangères, deux hommes qui ont en commun la soif du pouvoir, mais que leur rivalité quotidienne incite à multiplier entre eux les dénonciations et les crocs-en-jambe. Le premier de ces hommes de recours est le comte Fédor Rostoptchine, trente-sept ans, chargé d'honneurs et membre du Conseil impérial ; le second, le jeune Nikita Petrovitch Panine, neveu du défunt gouverneur d'études de Sa Majesté. Tous deux poussent l'empereur à poursuivre l'extermination des « Français régicides », qu'ils soient d'anciens jacobins, des chouans repentis ou de récents bonapartistes. Mais, après l'échec de la nouvelle coalition anglo-russe contre la France et la capitulation du duc d'York devant les forces du général Brune, à Bergen, aux Pays-Bas, Paul révise son jugement. Les troupes anglaises étant décimées, les Autrichiens battus à plate couture et les Prussiens réduits à l'expectative, il songe qu'il aurait peut-être intérêt à se rapprocher de cette France partout présente et partout victorieuse. Au printemps 1800, un geste de Bonaparte achève de dissiper les malentendus existant entre les deux pays. Comme preuve de la bonne volonté française, le Premier Consul libère tous les prisonniers russes faits au cours des dernières campagnes. Ravi de cette initiative, Paul décide d'y répondre en rompant publiquement avec les Bourbons, dont il a, jusqu'à ce jour, soutenu la cause. Dans sa hâte d'en finir avec les micmacs de l'émigration, il fait savoir au comte de Provence, futur roi Louis XVIII, que ce dernier serait bien inspiré en quittant Mitau, où la Russie lui a donné asile, pour rejoindre son épouse, à Kiel. Puis, afin d'accentuer la portée de ce coup de semonce, Paul supprime, sans explication, la pension de deux cent mille roubles qu'il avait allouée au prétendant malheureux.

Cette expulsion brutale de l'héritier du trône de France révolte les Français réfugiés en Russie. Ils ne comprennent pas qu'un Romanov, champion de la légitimité en Europe, traite le chef de la monarchie française en domestique congédié pour une faute de service. Doit-on renoncer à tout sens de l'honneur dès qu'il s'agit de survie politique ? se demandent avec aigreur ceux qui ont payé de l'exil leur attachement au roi. Les Russes eux-mêmes condamnent, en secret, leur tsar pour cette trahison opportuniste. Hier encore, ils étaient fiers d'être russes. Aujourd'hui, ils en ont presque honte.

Pendant ce temps, les émissaires du Premier Consul tissent à Saint-Pétersbourg leur fine toile d'araignée. Sont-ce les discours du père Gruber, ce jésuite que des chevaliers de Malte ont recommandé à l'empereur, ou les manœuvres aguicheuses de la jolie actrice française, Mme Chevalier, maîtresse de Koutaïssov, qui poussent Sa Majesté à faire le premier pas ? Au début du mois de septembre 1800, il convoque M. de Rosenkrantz, ambassadeur du Danemark, et lui fait, à brûle-pourpoint, une déclaration stupéfiante d'audace : « Depuis trois ans, lui dit-il, ma politique est restée invariable. Je cherchais la justice où je croyais la trouver, [c'est-à-dire] du côté des ennemis de la France, dont le gouvernement menaçait les autres pays. Maintenant, nous sommes à la veille de voir un roi [Bonaparte], sinon *de jure* du moins *de facto,* établi dans cet Etat-là. J'ai abandonné le parti des Autrichiens, ayant découvert que le bon sens n'était pas de leur côté. Il en est de même avec les Anglais. Or, ce qui importe, c'est uniquement la justice et non plus telle ou telle nation. Ceux qui sont d'un avis différent peuvent être sûrs de se tromper. »

Ces paroles sont, bien entendu, répercutées d'une chancellerie à l'autre. Toute l'Europe est bientôt avertie des nouvelles dispositions du tsar. Il a quarante-six ans. Les fêtes en l'honneur de son anniversaire lui laissent un goût de cendre. Il confie à un de ses proches : « Chaque soir, je remercie le Seigneur de tout mon cœur de m'avoir laissé une journée de plus sans catastrophe [1]. » Si Paul se montre plus conciliant avec les Français de la République, il redouble de sévérité envers les Russes de son empire. Le mardi 25 septembre, lors d'une représentation théâtrale à Gatchina, il se fâche tout rouge parce que des spectateurs ont osé applaudir les acteurs sans qu'il ait donné le signal des bravos. Il avait déjà eu la même réaction, pour le même motif, dans son enfance. Mais aujourd'hui, comme il détient le pouvoir suprême, son caprice de gamin orgueilleux risque de se traduire par de cuisantes

1. Cf. K. Toll, cité par Eidelmann : *La Lutte politique en Russie à la fin du XVIIIe siècle et au début du XIXe.*

représailles. Gonflé de colère, dès son retour au château il prend des mesures pour défendre à l'avenir l'entrée du théâtre de Gatchina à toute personne qui ne serait pas munie d'une invitation spéciale de sa part. Encore les rares élus devront-ils, selon les termes du règlement, « s'abstenir pendant la durée du spectacle de toute indécence et notamment de frapper le sol de [leur] canne, de dire chut, d'applaudir au cours d'un air ou d'une action, et, par ce bruit intempestif, gâcher le plaisir des voisins ». En conclusion : « Celui qui osera braver les interdictions ci-dessus énumérées en répondra devant la justice[1]. »

Au vrai, ces arrêtés de police intérieure ne sont, pour Paul, que des amuse-gueules. D'accord avec Rostoptchine, l'empereur, qui ne peut toujours pas digérer, en tant que grand maître de l'ordre de Malte, l'outrage que lui ont infligé les Anglais en accaparant *son* île, décrète, le 23 octobre 1800, la capture de tous les navires britanniques mouillant dans des ports russes. Leurs cargaisons seront saisies, leurs capitaines et leurs matelots arrêtés. En outre, il fait surveiller par des mouchards toutes les maisons appartenant aux Anglais, suspend les paiements, de quelque nature que ce soit, dus aux ressortissants de ce pays inamical, ordonne à son ambassadeur Vorontzov de quitter Londres et demande le rappel de l'ambassadeur d'Angleterre Whithworth.

1. Document cité par Alexeï Peskov : *Paul Ier, empereur de Russie.*

Après avoir examiné le plan de Rostoptchine, qui prévoit une réconciliation rapide avec la France pour lutter contre l'hégémonie anglaise, Paul note en marge du document : « J'approuve votre projet et souhaite que vous commenciez à le mettre à exécution. Plaise à Dieu qu'il réussisse ! » Mais, en formulant ce vœu solennel, sait-il au juste si le Dieu dont il espère la bénédiction est orthodoxe, catholique, protestant, franc-maçon ou maltien ? Cette imprécision sur la nature exacte de la foi du monarque est douloureusement perçue par le peuple russe, très attaché à la religion nationale. Comme d'habitude, Paul refuse de prêter attention à ces disputes de chapelles. Ses rapports avec Dieu ne concernent que lui. Il se proclame volontiers partisan de la réunion de toutes les Eglises et annonce même qu'en cas d'invasion du Vatican il donnera refuge à Pie VII dans une des provinces catholiques de son empire. Cette proclamation inattendue fait l'effet d'un pavé tombant dans une mare. Chez les courtisans, chez les ecclésiastiques, chez les diplomates, chez les paysans, chez les vieux-croyants et même chez les adeptes des autres sectes mystiques, l'indignation est à son comble. D'un bout à l'autre du pays, ce n'est qu'un cri de terreur, vite étouffé : le tsar veut introduire le diable catholique dans la sainte Russie ! Le seul espoir des sujets de Paul Ier, c'est que Sa Majesté, qui a si souvent changé d'avis, revienne à la raison avant qu'il ne soit trop tard.

IX

Solitude de Sa Majesté

Au fond, le véritable grief que Paul nourrit à l'égard de sa famille, c'est qu'elle est plus proche par ses idées, par ses goûts, par ses choix de feu l'impératrice Catherine que de lui-même. Passe encore pour sa femme, dont il ne peut plus ni ne veut plus rien espérer, mais ses fils aussi se révèlent incapables de le comprendre. Qu'il s'agisse de l'ondoyant et énigmatique Alexandre ou du balourd et rugueux Constantin, tous deux sont moins les enfants du souverain actuel que les petits-enfants de la tsarine défunte. Paul les devine toujours hostiles à ce qu'il entreprend. Ils sont malades de leur grand-mère. Faudra-t-il qu'il disparaisse lui-même pour qu'on reconnaisse sa valeur ? En tentant d'imaginer ce que lui reprochent ses détracteurs, il ne voit que des blâmes infimes, tels que sa passion pour le modèle prussien ou le nombre de punitions qu'il a distribuées par amour de l'ordre. Pourtant, la Russie a, de temps immémorial, l'habitude d'être corrigée, à coups de bâton, de destitutions ou de déportations, par un maître infaillible. Oui, mais voilà, pour être acceptés par la nation, ces châtiments doivent être conformes à la tradition nationale, alors que ses oukases à lui ont un faux air germanique. Tout le malaise vient de là, estime-t-il. Quand ses sujets comprendront que ses colères ne sont pas prussiennes mais russes, ils courberont le dos et finiront par l'aimer. Cette conviction lui permet de persévérer en dépit des réticences de son entourage. Sa femme ayant perdu, au fil des ans, le droit d'émettre la moindre critique et ses fils lui étant devenus étrangers, il pourrait se rabattre sur la jeune Anne. Mais, récemment mariée, elle n'a en tête que des caprices de fillette gâtée, ce qui la rend impropre à conseiller qui que ce soit. Au vrai, cette coquetterie, cette nullité la font plus désirable encore aux yeux de Sa Majesté. La complaisance du mari encourage Paul à passer du marivaudage à des exercices plus concluants. Chacun, dans le trio, tire profit de cette tolérance. En s'éclipsant quand il le faut pour réserver à son épouse et à son empereur un tête-à-tête de quelques heures, le prince Gagarine agit en courtisan fidèle. On lui en saura gré, le moment venu. Mais, s'il ne trouve aucun inconvénient à ce partage amoureux, son beau-père, le prince Lopoukhine, finit par en être gêné. Dans un sursaut de fierté, il confie à ses proches : « Je devais défendre ma fille tant qu'elle n'était pas mariée ; maintenant qu'elle a un défenseur, leurs affaires ne me regardent pas. » Toutefois, il omet de préciser si ce « défenseur » est son gendre Gagarine ou son souverain Paul Ier.

Plus le tsar découvre la légèreté de sa maîtresse, dont les envies, les roueries, les bouderies et les grâces sont celles d'une gamine attardée, et plus il est enclin, lui-même, à renouer avec les inconséquences de sa jeunesse. Dans les premiers temps de son mariage, il avait l'impression que, s'il passait la mesure, il aurait à s'en justifier, même en trois mots, devant celle à qui il avait été uni par le sacrement de l'Eglise ; aujourd'hui, amant d'une aimable péronnelle qui le tient par les sens, il n'a plus de comptes à rendre à personne. Toutes les barrières de protection ayant été supprimées, il peut courir aussi loin que son souffle voudra bien le porter. Cette libération se traduit par un surcroît de folie dans les sanctions et les promotions. Aucun fonctionnaire, quel que soit son rang, n'est sûr d'être encore en place le lendemain. Les gazettes publient, jour après jour, des listes de dégradations et de nominations. Et le bénéficiaire d'une faveur, dès qu'il s'assied dans son fauteuil, ne songe qu'à préparer son avenir pour le cas d'un revers de fortune. Alors qu'il croit augmenter la sécurité de tous en réorganisant la structure de l'empire, Paul augmente le sentiment d'insécurité de chacun dans le cœur de ses sujets. Rien n'est plus irréversible, tout est provisoire, en Russie. Comme on ne peut plus compter sur le déroulement normal d'une carrière, chacun s'empresse, tant qu'il jouit encore de l'indulgence impériale, de s'emplir les poches. On amasse des provisions pour les mauvais jours. On fait son beurre et on s'entoure de relations utiles sans s'occuper du reste.

Le plus habile bénéficiaire des largesses de Sa Majesté est le barbier-confident et entremetteur Koutaïssov. Parvenu au faîte des honneurs, ce figaro sinistre ne doute de rien et demande carrément au père de la favorite du tsar la main de sa fille cadette, la sœur d'Anne, pour son propre fils. Par égard pour la situation enviable de Koutaïssov à la cour, le prince Lopoukhine n'ose lui opposer un refus dont l'empereur pourrait prendre ombrage. Il a donné une de ses filles, comme maîtresse, au tsar, il donne l'autre, comme épouse, au fils de l'homme qui, à tort ou à raison, jouit de la confiance de Sa Majesté. Quant à la bien-aimée de Koutaïssov, Mme Chevalier, elle fait étalage de ses toilettes et de ses bijoux dans toutes les réceptions de la capitale. Son hôtel particulier est situé à deux pas de l'hôtel d'Anne Gagarine. Ainsi, pour se rendre chez leurs maîtresses respectives, le tsar et son ex-laquais voyagent amicalement dans la même voiture, attelée de deux chevaux. Nul ne vient les déranger dans leurs plaisirs parallèles. Il semble que, quoi qu'il arrive, la foudre épargnera l'astucieux Koutaïssov. Moins heureux que l'ancien barbier, le baron Heyking, soupçonné de mauvaises intentions à l'égard de Sa Majesté, est, lui, exclu du Sénat et renvoyé dans ses terres ; les comtes Roumiantsev et Vielgorski, le chambellan Fedor Rostoptchine sont, eux aussi, écartés de la cour sans motifs précis. Relatant les derniers mois passés au palais dans une atmosphère d'incohérence et de délation, Rostoptchine écrit : « L'empereur ne parlait à personne de ses affaires ; il ne souffrait pas qu'on lui en parlât. Il ordonnait et faisait exécuter sans réplique. Il fallait les plus grands ménagements, les instants les plus favorables et une heureuse disposition de sa part pour le faire changer d'opinion. »

Si Paul varie souvent dans le choix de ses victimes, s'il passe imperturbablement de l'application d'une sanction à l'octroi d'une grâce, son idée fixe demeure l'élimination de « l'esprit jacobin ». Tout en reconnaissant que Bonaparte a sauvé la France du chaos par la mise au pas des derniers partisans de la révolution, il reste persuadé que le poison de l'anarchie sécrété par les sans-culottes a contaminé les nations voisines et même, peut-être, la Russie. Soucieux de préserver son pays de la lèpre, il renforce l'interdiction faite aux ouvrages français, qu'il s'agisse de livres ou de partitions musicales, de franchir la frontière. Défense également aux jeunes Russes d'aller poursuivre leurs études à l'étranger, car ces cervelles novices ne tarderaient pas à y être endoctrinées par les professionnels de la subversion. Dans sa rage de désamorcer le jacobinisme international, le tsar prend un arrêté proscrivant la vente des rubans tricolores, la mode des cheveux longs et le port de gilets aux couleurs voyantes, qui sont, estime-t-il, les signes de ralliement de tous les ennemis de l'ordre.

Au lieu de modérer la hantise du souverain par des rapports circonspects, les préfets de police, qu'il s'agisse d'Arkharov ou de ses successeurs, s'ingénient à le maintenir dans un état continuel de mécontentement et d'alarme. A les entendre, l'indiscipline gagne de proche en proche toutes les couches de la société russe, les adversaires de la monarchie sont innombrables et il suffirait d'une étincelle pour mettre le feu aux poudres. Afin de se prémunir contre une telle éventualité, on multiplie le nombre des mouchards dans la rue, on viole le secret de la correspondance, on place des agents de police dans les salons lors des réceptions et dans les théâtres pendant les spectacles. Chargés de débusquer les suspects, les émissaires du pouvoir en dénichent partout. La peur se communique des palais aux maisons bourgeoises, des bureaux de l'administration aux demeures des propriétaires fonciers. Etre russe, c'est déjà être coupable. Le comte Fedor Golovkine, maître de cérémonie, écrit dans ses *Souvenirs* : « Cette belle capitale, où l'on circulait aussi librement que l'air, qui n'avait ni portes, ni gardes, ni douaniers, est transformée en une vaste prison, entourée de guichets ; le palais est devenu le séjour de la terreur, devant lequel on ne doit passer, même en l'absence du souverain, qu'en se découvrant la tête ; ces belles et larges rues sont rendues désertes, la vieille noblesse ne pouvant faire son service à la cour sans exhiber, à sept reprises, des permis de police [1]. » Les diplomates, attentifs surtout à se maintenir dans la bienveillance du tsar, n'osent regretter devant lui l'espèce de contraction peureuse qui s'est emparée du pays, mais, dans les rapports destinés à leurs gouvernements respectifs, ils laissent entendre que l'équilibre mental de Sa Majesté est gravement compromis. Ainsi, Rosenkrantz, ministre du Danemark, écrit : « L'aveugle hasard, le caprice du souverain, rendent impossible de rien prévoir et nous exposent aux choses les plus désagréables. » Quant à Whithworth, l'envoyé britannique, avant d'être

1. Cité par Constantin de Grunwald : *L'Assassinat de Paul Ier*.

invité à quitter la Russie, il a précisé son opinion sur Paul Ier en termes non équivoques : « Les actes de l'empereur ne sont pas guidés par des règles fixes ou des principes ; tout dépend de ses caprices et d'une fantaisie désordonnée, en conséquence aucune stabilité n'est possible[1]. » Quelques années auparavant, Crouvel, envoyé de France à Copenhague, disait plus crûment : « On raconte ici des traits de ce prince qui tiennent de la démence. »

Cependant, selon la princesse de Liewen, l'empereur, malgré son extérieur revêche, est bon, simple, joyeux ; elle affirme que, parfois même, cédant à sa passion du divertissement, il s'associe à une partie de colin-maillard ou de cache-cache. A cette occasion, c'est son enfance, son inguérissable et rassurante enfance, qui renaît dans sa tête. Il oublie qu'il tient entre ses mains le destin de millions d'individus et s'efforce de nier son rang et sa responsabilité. Une inconscience foncière le conduit ainsi des jeux à la réalité, de l'arrachage d'une aile de mouche à l'envoi d'un innocent au fin fond de la Sibérie. En évoluant d'un stade à l'autre, il n'a pas changé de nature, mais d'âge.

Comme si cette avalanche de décisions aberrantes ne suffisait pas à dérouter la nation, on reparle avec insistance, dans les milieux proches du trône, des nouvelles aspirations religieuses de Sa Majesté, qui conduiraient à un rapprochement avec l'Eglise catholique. Les observateurs voient de plus en plus

1. *Ibid.* Dépêche du 21 février 1800.

souvent au palais le père Gruber, dont le prosélytisme n'est que trop connu. Paul compte sur ce jésuite disert et remuant pour inciter le nouveau pape Pie VII à reconnaître à l'empereur de Russie le titre de grand maître de l'ordre de Malte. Le tsar serait prêt, selon certains, à se convertir pour atteindre ce but. Ne l'a-t-il pas fait entendre au duc de la Serra Capriola, ambassadeur du royaume des Deux-Siciles, avec qui il s'est entretenu quelques mois auparavant ? Au cours de cette conversation « d'âme à âme », il aurait qualifié le souverain pontife de « premier évêque du christianisme ». Cependant, lorsque le diplomate le met au pied du mur, Paul se rend compte soudain qu'une abjuration de sa part provoquerait, chez le peuple russe, une insurrection en comparaison de laquelle la Révolution française paraîtrait une aimable baguenauderie. Une crainte sacrée s'empare de lui à la lecture du document que son visiteur lui demande de signer : « Sa Majesté impériale est disposée à adhérer dans toute la plénitude de ses sentiments aux dogmes et aux préceptes de la Sainte Eglise catholique, apostolique et romaine, à reconnaître comme chef visible de l'Eglise le pape Pie VII et ses successeurs et à travailler de concert avec Sa Sainteté à la réunion des deux Eglises. » Chaque mot de cette déclaration le transperce comme si elle se doublait d'une sentence d'excommunication prononcée à son encontre. Il lui semble que toutes les cloches de Russie se déchaînent à la fois sous son crâne. Epouvanté en découvrant la voie de trahison confessionnelle où il allait s'engager, il s'écrie : « Vous voulez donc faire de moi un apostat ! » Et, pour clore ce débat douloureux, il répète à Serra Capriola que, ce qu'il souhaite, c'est, au mieux, une alliance des deux grandes Eglises d'Occident dans le respect de leurs traditions réciproques et sa reconnaissance comme grand maître de l'ordre de Malte, le tout « simplement d'une manière politique, avec cependant quelque chose de plus ». N'ayant obtenu aucune promesse ferme, Serra Capriola se retire, les mains vides, et conclut qu'il a eu affaire à un cerveau dérangé, dont l'humeur et la volonté se contredisent d'une heure sur l'autre. Toutefois, comme preuve de sa bonne volonté dans ces tractations, Paul écrit personnellement au roi Ferdinand des Deux-Siciles afin que celui-ci rappelle au Saint-Père l'offre, toujours valable, du tsar de l'accueillir avec tous les égards dus à son rang si Rome et le Vatican étaient à nouveau menacés par les Français. Bien que le contenu de cette lettre n'ait pas été divulgué, tout le monde, à la cour, en fait des gorges chaudes. On prétend même que Pie VII, touché par la pieuse soumission du tsar, envisage de se rendre en Russie pour discuter directement avec lui d'une éventuelle fusion entre les deux religions chrétiennes. Le pape à Saint-Pétersbourg ! Et pourquoi pas à Moscou, la ville du sacre, l'antique berceau de l'orthodoxie ! Dans les cercles mondains et ecclésiastiques, l'indignation bouillonne, la foi outragée se prépare à combattre le diable. Puis, comme les velléités œcuméniques de Paul ne sont suivies d'aucune réalisation, la fièvre retombe.

Cependant, il est dit que les extravagances de Paul Ier ne laisseront jamais un jour de repos à la

Russie. Dès que ses sujets reprennent espoir en l'avenir, il invente un nouveau prétexte pour les inquiéter. Voici que, vers la fin de l'année 1800, on reparle d'une guerre inévitable avec l'Angleterre. Dans la perspective de cet affrontement majeur, le tsar vient de signer des traités d'aide mutuelle avec la Prusse, la Suède, le Danemark. Mais ce sont des conventions aux clauses trop vagues pour être contraignantes et il est à craindre qu'elles ne jouent pas en cas de conflit. Le tsar a également, dit-on, obtenu, pour ce projet hasardeux, l'appui du Premier Consul, qui prévoit un débarquement sur les côtes anglaises. Or, si les alliés de la Russie en sont encore à la période des rêveries stratégiques, Paul, lui, est impatient de passer à l'action. Pour inciter la France à en faire autant, il envoie au Premier Consul le général Sprengporten, muni d'instructions ultra-secrètes. Après une entrevue avec l'émissaire russe, Bonaparte écrit au tsar, le 9 décembre 1800 (20 décembre ou 30 frimaire de l'an IX) : « Je désire voir promptement et irrévocablement réunies les deux plus puissantes nations du monde [la Russie et la France]. J'ai tenté en vain depuis douze mois de donner le repos et la tranquillité à l'Europe, je n'ai pas pu y réussir et l'on se bat encore, sans raison à ce qu'il paraît, à la seule instigation de la politique anglaise [...]. Lorsque l'Angleterre, l'empereur d'Allemagne et toutes les autres puissances seront convaincues que les volontés comme les bras de nos deux grandes nations tendent à un même but, les armes leur échapperont des mains et la génération actuelle bénira Votre Majesté Impériale de l'avoir arrachée aux horreurs de la guerre et aux déchirements des factions. Si ces sentiments sont partagés par Votre Majesté Impériale, comme la loyauté et la grandeur de Son caractère me portent à le penser, je crois qu'il serait convenable et digne que simultanément les limites des différents Etats se trouvassent réglées et que l'Europe connût dans le même jour que la paix est signée entre la France et la Russie et les engagements réciproques qu'elles ont contractés pour pacifier tous les Etats. » A cette offre de conciliation et de coopération, Paul répond, le 18 (30) décembre : « Il est du devoir de ceux à qui Dieu a remis le pouvoir de gouverner les peuples de penser à s'occuper de leur bien-être. Je vous propose à cette fin de convenir entre nous des moyens de finir et faire finir les maux qui déshonorent, depuis onze ans, l'Europe entière. Je ne parle, ni ne veux discuter ni des droits de l'homme ni des principes des différents gouvernements que chaque pays a adoptés. Cherchons à rendre le repos et le calme au monde, dont il a tant besoin et qui me semblent être si conformes aux lois immuables de l'Eternel. Me voici prêt à vous écouter et m'entretenir avec vous [...]. Je vous invite à rétablir avec moi la paix générale, qui, si nous le voulons, pourrait difficilement nous être ravie [...]. Que Dieu vous ait en sa sainte garde ! » Ayant chargé un plénipotentiaire, Kolitchev, de se rendre à Paris et d'engager les pourparlers avec les représentants du Premier Consul, il s'exhorte à la patience. Mais plus les discussions avec les Français traînent en longueur et plus l'imagination de l'empereur s'emballe. Avec ou sans l'accord de Bonaparte, il veut pourfendre l'Angleterre. Son plan d'attaque, bien qu'encore très imprécis, tourne à l'obsession. Il ne dormira pas en paix, il ne mangera pas à sa faim tant qu'il n'aura pas mis les Anglais à genoux. Dans ses moments d'euphorie, il se voit déjà fêtant la victoire de la Russie dans le nouveau palais qu'on achève de construire sur son ordre, et selon ses plans, au cœur de Saint-Pétersbourg. Cet édifice a été conçu pour servir de refuge à la famille impériale au cas où un coup d'Etat la menacerait. Pour mieux assurer sa sécurité, l'empereur a donné au futur bâtiment le nom de l'archange Michel, chef des milices célestes et vainqueur du dragon.

Pour le moment d'ailleurs, le dragon qui menace la Russie et son maître est, aux yeux de Paul Ier, la perfide Albion. Tandis qu'il se livre à des imprécations verbales et écrites contre cette nation satanique, responsable de tous les maux de la planète, les gens de sens rassis s'inquiètent de ses rodomontades. Ils lui font observer respectueusement que la flotte britannique est dix fois plus puissante que la flotte russe, que la Russie est tributaire de l'Angleterre pour la plupart de ses importations et que l'agriculture russe, largement exportatrice, serait ruinée si les marchés anglais lui étaient fermés par un blocus. Alors que tous les esprits pieux de l'empire se sont affolés à l'idée d'un rapprochement avec Rome, tous les esprits pratiques se désespèrent à l'idée d'un conflit avec Londres. On ne tremble plus pour des problèmes de conscience, mais pour des problèmes d'argent. Effrayés par le désastre économique qu'entraînerait, chez les propriétaires fonciers et les aristocrates prospères, le brusque déclenchement des hostilités, les classes dirigeantes murmurent que le tsar a juré leur perte.

Dans son délire d'omnipuissance, Paul perçoit la haine qui s'épaissit autour de lui. Au lieu d'essayer d'en combattre les causes, il décide qu'un peuple qui a subi sans rechigner ses oukases les plus saugrenus est capable d'endurer encore quelques privations pour la plus grande gloire de la patrie et de son souverain. Simplement, il modifie, par un tour de passe-passe, ses dispositions guerrières. Sans renoncer à son plan d'abattre l'Angleterre, il choisit de l'attaquer « par la bande » et donne l'ordre au général Orlov, ataman des cosaques du Don, de marcher sur l'Inde afin de frapper les troupes anglaises par surprise au point le plus sensible de leur système défensif. « Il vous faut, écrit-il à Orlov, un mois pour atteindre Orenbourg, et, de là, trois mois jusqu'aux Indes, ce qui fait quatre mois en tout. Marchez droit, par la Boukharie et Khiva, vers l'Indus et les établissements des Anglais situés sur les rives du fleuve. Les troupes de ces pays sont semblables aux vôtres et, comme vous avez en plus une artillerie qu'elles n'ont pas, les avantages sont tous de votre côté. »

Sur le papier, la conquête de l'Inde est un jeu d'enfant, mais, sur le terrain, les difficultés commencent. L'approvisionnement en vivres et en matériel est irrégulier, les ambulances tardent à rejoindre les cantonnements, les cartes et les feuilles de route sont peu sûres, la fatigue et la fièvre usent la résistance des hommes, et les princes asiatiques des régions limitrophes ne voient aucune raison de se lancer dans une aventure dont le sens leur échappe. Mal nourris, mal équipés, mal renseignés, exténués par de longues marches à travers les steppes, arrêtés au bord de la Volga, où plusieurs soldats périssent noyés, les régiments sont à bout de forces avant même d'avoir rencontré l'ennemi. Tandis que les troupes russes désorganisées, démoralisées, reprennent leur souffle aux abords de l'Irghiz, une escadre britannique, commandée par Parker et Nelson, met le cap sur les côtes russes et danoises avec, comme objectif, le siège de Copenhague, l'anéantissement de la flotte russe dans la Baltique, la prise de Revel et peut-être même de Saint-Pétersbourg.

Malgré l'imminence du danger, ce n'est pas la chute de la capitale qui préoccupe l'empereur, mais les complots qui, croit-il, se trament contre sa personne. Il ne se sent plus à l'abri au palais d'Hiver et s'impatiente parce que les travaux du nouveau palais qu'il fait construire à Saint-Pétersbourg, au bord de la Fontanka, avancent trop lentement. Quatre ans auparavant, une sentinelle, en faction devant le vieux palais d'Eté abandonné depuis longtemps, avait prétendu, au moment de la relève de la garde, avoir eu la vision de l'archange saint Michel, éblouissant de lumière. Informé de cette apparition mystérieuse, le tsar, superstitieux de nature, avait aussitôt ordonné la destruction de l'ancienne demeure et la construction, à sa place, sur le lieu même du « miracle », d'un palais dédié à l'archange. Il ne se passe pas de semaine qu'il ne visite le chantier et ne houspille ouvriers, entrepreneurs et architectes. Au mois de janvier 1801, la bâtisse est enfin achevée. Elle est massive, avec un majestueux portail de marbre rouge, une suite de huit colonnes doriques, des murs de granit sombre, une tour pointue au toit doré, deux obélisques de marbre montant jusqu'au faîte et quelques statues assez banales pour garnir la façade. Le style de l'ensemble hésite entre le baroque italien et la pesanteur germanique. Les abords de l'édifice sont défendus par des fossés pleins d'eau. Cinq ponts-levis permettent d'accéder à l'entrée. A l'intérieur, les salles d'apparat sont surchargées de dorures. Les tableaux de batailles alternent avec des sculptures, des glaces et des tapisseries de haute lisse. La richesse est partout, le goût, nulle part. Ces splendeurs, accumulées en hâte par le monarque, dégagent une impression de froide solennité et de fausse grandeur. Paul n'en est pas moins enchanté de son œuvre. Il veut emménager dans ce logis conçu à son idée sans attendre que les enduits des murs soient secs. Or l'eau suinte encore à travers la chaux vive, les peintures et les vernis. En outre, les cheminées et les poêles de faïence tirent mal ; des vents coulis passent par les interstices des fenêtres aux châssis imparfaitement ajustés.

Malgré les remontrances de ses proches, dès le 1er février 1801, le tsar s'installe dans ce qu'il nomme son « refuge » et lance, pour le lendemain, trois mille invitations, à l'élite de la société pétersbourgeoise, pour un bal masqué. Les réjouissances se révèlent, hélas ! prématurées. Nul n'a prévu l'effet de cette foule, surchauffée par les libations et les danses, au milieu de pièces fraîchement aménagées, où l'humidité n'a pas fini de s'évaporer. La lumière des lustres et des candélabres s'étouffe dans un brouillard moite où, pareils à des fantômes, les couples tournoient aux sons d'une musique irréelle. De l'avis des témoins, cette soirée de cauchemar ne peut être qu'un mauvais présage. On a envie de fuir la nouvelle résidence du tsar au lieu de s'y attarder. Certains craignent même que l'insalubrité des lieux ne soit néfaste à la santé de ses occupants et suggèrent à Sa Majesté d'attendre la belle saison pour habiter le palais Michel. De tous les participants à la fête, seul Paul se déclare satisfait. Quand ses invités sont partis, il affirme ne s'être jamais senti plus à l'abri que derrière les murs et les douves de cette forteresse imprenable. Il a tout agencé, ici, pour son bonheur et celui de ses proches. Un vaste appartement a été réservé à la princesse Anne Gagarine (ex-Anne Lopoukhine) dont le mari a eu l'élégance de consentir à ce qu'elle habite désormais chez son impérial amant. Un escalier spécial fait communiquer la chambre de la jeune femme avec le cabinet de travail de Sa Majesté. A présent, Anne Gagarine couche au-dessus de la tête de Paul. Dès qu'il a besoin d'elle, il la convoque, tel un petit animal familier qui connaît les habitudes de son maître. Et, aussitôt, il entend son pas léger dans l'escalier intérieur. Bien entendu, l'épouse légitime n'est pas oubliée dans la distribution des locaux. Qu'elle soit déchue, délaissée, dédaignée, n'ôte rien à ses prérogatives officielles. Elle a même droit à une chambre contiguë à celle de son mari. Il importe simplement qu'elle ne franchisse jamais le seuil de l'intimité impériale sans y être invitée. Paul a également installé un « appartement de fonction » pour Koutaïssov, devenu, de promotion en promotion, plus actif et plus influent que jamais. En outre, pour être mieux protégé, de jour comme de nuit, il a rappelé au service le comte Araktcheïev, qui lui a été si dévoué au début de son règne et dont il a eu la faiblesse de se séparer dernièrement. Il lui semble que ce « chien de garde », carré, borné, brutal et fidèle, vaut à lui seul tout un régiment. Pour lui témoigner sa confiance, il le nomme d'emblée gouverneur militaire de Saint-Pétersbourg. Puis, le prenant à part, il l'informe en secret que son vrai rôle consistera à déjouer les conspirations engagées contre le tsar. Araktcheïev opine de la tête. Il y a longtemps déjà qu'il remplit ce rôle dans l'ombre du souverain. Quand ils passent en revue les hommes de leur entourage, une même conclusion s'impose à eux, redoutable et stimulante à la fois : en Russie, de nos jours, on ne peut compter sur rien ni sur personne !

X

La course à l'abîme

Depuis plusieurs mois, le respect filial et la raison d'Etat se heurtent dans la tête d'Alexandre. Il voudrait toujours approuver son père et, à chaque nouvelle décision du tsar, il tremble pour la Russie et pour lui-même. Par instants, il a le sentiment d'être livré, pieds et poings liés, à un dément et, aussitôt après, d'outrepasser ses droits d'héritier de la couronne en critiquant l'auteur de ses jours. Bien que le grand-duc ait vingt-trois ans et soit marié et père de famille (une fillette, Marie, est née, voici dix-huit mois, de son union avec Elisabeth), Paul le considère comme un adolescent attardé, dont les avis n'ont aucune valeur. Sans égard pour son rang, il le charge de besognes subalternes, lui fait recopier des documents inutiles et envoie des aides de camp le réprimander pour une peccadille. Quand il est en colère, il n'hésite pas à le traiter d'incapable et de crétin devant sa femme. Il n'aime d'ailleurs pas cette Elisabeth, qu'il soupçonne de tromper son benêt de mari avec un gentilhomme polonais qui la courtise, Adam Czartoryski. Sans doute la petite Marie est-elle le fruit des relations coupables de la grande-duchesse avec son soupirant. Lors du baptême du bébé, le tsar a dit à la princesse de Liewen, en jetant un regard ironique à son fils, aux yeux bleus et aux cheveux châtain clair, presque doré : « Madame, croyez-vous qu'un mari blond et une femme blonde puissent avoir un enfant brun ? » Prudente, la princesse de Liewen s'est contentée de murmurer : « Sire, Dieu est tout-puissant ! » Mais, à dater de ce jour, Elisabeth a redoublé de crainte et d'animosité à l'égard de son beau-père. Son infidélité et la naissance de la fillette l'ont bizarrement rapprochée de son mari, qu'elle plaint en raison de sa situation à la fois exceptionnelle et humiliante à la cour. Plus l'empereur le dénigre et le moleste, plus elle se sent, par ricochet, outragée dans sa dignité de femme. Poussée à bout par les grossièretés de Paul, elle écrit, en français, à sa mère : « C'est toujours quelque chose d'avoir l'honneur de ne pas voir l'empereur. En vérité, maman, cet homme m'est *widerwärtig* [1], à l'entendre parler de lui seulement, et sa société me l'est encore davantage, où chacun, qui que ce soit, qui dit devant lui quelque chose ayant le malheur de déplaire à Sa Majesté, peut s'attendre à recevoir une grossièreté de sa part. Aussi, je vous assure qu'excepté quelques affiliés, en général le gros public le déteste ; on dit même que les paysans commencent à parler. Qu'est-ce que les abus que je vous détaillais l'année passée ? Ils sont le double à présent, et il se fait des cruautés et sous les yeux mêmes de l'empereur. Figurez-vous, maman, il fit battre une fois un officier chargé de l'approvisionnement de la cui-

1. Répugnant.

sine de l'empereur, parce que le bouilli avait été mauvais à dîner ; il l'a fait battre sous ses yeux et encore il a fait choisir une canne bien forte. Il a fait mettre aux arrêts un homme ; mon mari lui apprend que c'est un innocent, qu'un autre est fautif, il lui répond : "C'est égal, ils s'arrangeront ensemble." Oh maman, cela fait mal, un mal affreux de voir journellement des injustices, des brutalités, de voir faire des malheureux (combien n'en a-t-il pas sur sa conscience ?) et de faire semblant de respecter, d'estimer un homme pareil [...]. Aussi suis-je la belle-fille la plus respectueuse, mais, en vérité, pas tendre. Du reste, cela lui est égal d'être aimé pourvu qu'il soit craint, il l'a dit lui-même. Et sa volonté est remplie généralement, il est craint et haï ! » Souvent, la jeune femme se surprend à souhaiter que son mari se révolte contre ce tyran qui terrorise à la fois son peuple et sa famille. En même temps, elle redoute les représailles qui fondraient sur Alexandre s'il osait relever le front. Elle voudrait que quelque libérateur providentiel rassemblât derrière lui la masse des mécontents. « Mais ils sont trop accoutumés au joug pour savoir le secouer, écrit-elle encore. Le premier ordre donné avec quelque force les fait rentrer sous terre. Oh ! s'il y avait seulement quelqu'un à leur tête [1]. »

Cet espoir, mêlé d'appréhension, d'indignation et d'impuissance, est partagé par l'ensemble de la société aristocratique et des milieux intellectuels de Russie. Si les paysans, habitués à la trique et qui

1. Cf. Henri Troyat : *Alexandre Ier*.

gardent en mémoire la répression sanglante de la grande jacquerie de Pougatchev sous Catherine II, préfèrent souffrir en silence et attendre des jours meilleurs, les nobles, les officiers, les propriétaires fonciers, les hauts fonctionnaires dénoncent tous, dans leurs lettres, la course à l'abîme où les entraîne un tsar à demi fou. « L'espèce de crainte dans laquelle nous vivons ici, à Saint-Pétersbourg, ne peut se dépeindre, écrit Victor Kotchoubey à son ami Vorontzov. On tremble. Vraies ou fausses, les dénonciations sont toujours écoutées. Les forteresses sont remplies de victimes. Une mélancolie noire s'est emparée de tout le monde. » Vorontzov, de son côté, mande au jeune Novossiltsov : « C'est comme si nous étions, vous et moi, sur un vaisseau dont le capitaine appartiendrait à une nation dont nous n'entendrions pas la langue. » Et le mémorialiste Viegel note dans ses carnets : « Nous sommes rejetés dans le fond de l'Asie et nous tremblons devant un potentat asiatique revêtu d'un uniforme de coupe prussienne, qui a des prétentions à la courtoisie française et à l'esprit chevaleresque du moyen âge [1]. »

Comme d'habitude, l'antipathie que Paul devine derrière l'obséquiosité de son entourage le pousse à se raidir dans ses intentions les plus controversées. Plus on voudrait le faire céder sur un point et plus il s'y cramponne. Quand un événement semble lui donner tort, sa première réaction n'est pas de modifier sa politique, mais de renvoyer les collaborateurs

1. Cité par Constantin de Grunwald : *L'Assassinat de Paul Ier*.

qui l'ont appliquée. Il estime que, si quelque chose doit changer en Russie, ce n'est pas lui, puisqu'il est, par définition, infaillible, mais ses conseillers du moment, coupables d'avoir mal interprété sa pensée. Au début de 1801, il croit, de remaniement en arbitrage, avoir enfin constitué, autour de son trône, l'équipe idéale. A côté du jeune Nikita Panine, vice-chancelier aux brillants états de service, il y a l'excellent Fedor Rostoptchine, président du collège des Affaires étrangères, qui coiffe l'activité du vice-chancelier et le fait profiter de son expérience diplomatique, puis l'amiral de Ribas, napolitain d'origine, devenu haut fonctionnaire russe, et surtout le baron Pierre von der Pahlen, né en Courlande, qui a poursuivi sa carrière de disgrâce en réhabilitation et en promotion, jusqu'à gagner la sympathie de Koutaïssov, et même celle, entière et définitive, de Sa Majesté. Gratifié du titre de comte, honoré de la croix de Saint-André et de Saint-Jean-de-Jérusalem, cet homme énergique et froid semble avoir été conçu pour triompher des situations les plus inextricables.

Cependant, alors que le tsar pense avoir recruté en sa personne le meilleur serviteur de son règne, Pahlen a, dans les salons de la belle Olga Jerebtsov, sœur de Platon Zoubov, l'ancien favori de Catherine II, des conciliabules secrets avec Nikita Panine et l'amiral de Ribas. A la mort de ce dernier, les entretiens clandestins de Pahlen et de Panine continuent en tête à tête. Mais Pahlen se sent de plus en plus exposé, car, selon ses renseignements, le vent a tourné et des mesures d'épuration politiques se préparent. En effet, peu après, Nikita Panine doit abandonner son poste de vice-chancelier chargé des Affaires étrangères et reçoit, sans explication, l'ordre de se retirer dans ses terres.

Resté seul sur la brèche, Pahlen se dit que son tour de vider les lieux est peut-être pour demain. Il rêvait de fomenter un complot pour écarter Paul Ier du pouvoir sans effusion de sang, et voici que la plus élémentaire prudence lui conseille d'y renoncer. Mais il n'est pas homme à lâcher le morceau avant d'y avoir planté les dents. Puisque les autres membres de la conspiration se défilent ou sont exilés, il doit les remplacer à lui seul et redoubler de zèle pour mieux berner Sa Majesté. Chaque fois qu'une occasion de dévouement se présente, il ne manque pas de l'utiliser pour affirmer sa soumission. Son fils, qui sert dans l'armée, ayant été mis aux arrêts pour une faute bénigne, il se garde bien de solliciter sa grâce et déclare à l'empereur, ému par tant de grandeur d'âme : « Sire, vous avez fait un acte de justice qui sera nécessaire au jeune homme ! » Or c'est ce genre de réponse que Paul souhaiterait entendre de la part de tous les Russes qu'il a châtiés « pour leur bien ». Immédiatement, il abandonne ses dernières préventions contre ce collaborateur, ennemi des passe-droits et grand serviteur de la monarchie absolue. Pour récompenser Pahlen, il lui confie la direction des Postes, celle du collège des Affaires étrangères et le bombarde gouverneur général de Saint-Pétersbourg. Désormais, Pahlen tient dans ses mains les principaux leviers de la politique impériale. Profitant de ses nombreuses prérogatives, il suggère à Paul de démontrer l'étendue de sa générosité en octroyant l'amnistie à tous les officiers et fonctionnaires mis en congé ou exilés depuis quatre ans. Un acte de cette nature symboliserait, dit-il, la réconciliation du « tsar orthodoxe » avec ses sujets quelles que soient leurs erreurs passées. Il serait perçu par la foule comme un écho à la bonté du Christ envers les pécheurs repentis. Ebloui par cette perspective mystico-politique, Paul prend aussitôt un décret autorisant le retour dans leurs foyers de tous les réprouvés pour fautes de service. Du jour au lendemain, des cortèges de « revenants », partis des quatre coins du pays, convergent vers la capitale. Il y a de tout dans cet étrange exode à l'envers : des aristocrates opulents roulant carrosse, de modestes officiers voyageant dans des diligences rustiques, des hommes ruinés par la perte de leur emploi et se traînant à pied, une besace sur l'épaule. En les voyant passer dans les villes et les villages, le menu peuple s'émerveille de la sagesse de l'empereur qui, après avoir montré sa sévérité d'autocrate, montre sa mansuétude de chrétien.

Paul a donné des instructions pour que la plupart de ses victimes retrouvent leurs places dans les régiments et les administrations. Toujours soucieux d'étonner le monde par ses initiatives, il oublie que cette mesure de clémence lui a été soufflée par Pahlen et s'en proclame l'unique instigateur. En vérité, il éprouve autant d'amusement à absoudre par surprise qu'à condamner sans raison. Pour l'instant, il se réjouit d'entendre les rapports de Pahlen, selon lesquels la Russie, émue par ce pardon généreux, chante à l'unisson les louanges de son maître.

La réalité est tout autre, et Pahlen le sait mieux que quiconque. En dépit de la promesse impériale, la majorité des « revenants » n'a pu ni réintégrer ses fonctions, ni rentrer en possession de la totalité de sa fortune. Ceux que Paul a graciés ne l'ont été qu'en théorie. Ils sont réhabilités, mais non dédommagés. Loin de lui savoir gré de ce sauvetage tardif, ils ont regagné Saint-Pétersbourg en maudissant celui qui les en avait chassés. Aigris par des années de privations, ils ne songent qu'à se venger des sanctions qui les ont injustement frappés. Le premier soin de Pahlen est de prendre contact avec les plus résolus parmi ces transfuges revendicateurs. En les interrogeant, il constate qu'il a eu raison de compter sur eux pour le soutenir dans son action. Comme il le prévoyait, croyant se faire des amis en passant l'éponge sur leurs fautes, Paul n'a réussi qu'à accroître le nombre de ses adversaires. Avec patience, avec astuce, Pahlen s'applique à exploiter leur mécontentement souterrain. A mots couverts, il rappelle devant eux tous les espoirs déçus, toutes les carrières brisées, et évoque la possibilité de fomenter une révolution de palais pour renverser Paul au profit d'Alexandre. Afin de le seconder dans cette besogne d'assainissement public, il choisit son ancien camarade Bennigsen, d'origine allemande. Victime du despotisme impérial, ce colosse au visage de marbre est réputé pour son courage, son sang-froid et son habileté tactique. Pahlen s'abouche également avec les trois frères Zoubov, qui ont connu leur heure de gloire sous le règne précédent et l'ont payée de la réprobation systématique du souverain actuel. Dans le dessein de pourrir davantage la situation autour du tsar, Pahlen conseille à Platon Zoubov, amant de feu l'impératrice, de demander à Koutaïssov la main de sa fille. Flatté dans sa vanité de parvenu, l'ancien barbier de Sa Majesté se voit déjà allié, grâce au mariage de son enfant, avec la très noble famille du dernier favori de la tsarine. Pour faciliter la conclusion de l'affaire, il intervient auprès de Paul et l'incite à jeter un regard bienveillant sur la tribu des Zoubov, de retour dans la capitale. A l'instigation de Koutaïssov, le prince Platon Zoubov et le comte Valérien Zoubov sont nommés chefs honoraires des deux corps de cadets ; le comte Nicolas Zoubov retrouve sa charge de grand écuyer et reçoit vingt autres avantages.

A peine remis en selle, les Zoubov, aiguillonnés par l'infatigable Pahlen, recrutent parmi les officiers de la garde tous ceux qui ont à se plaindre peu ou prou de l'empereur. La majorité de ces conspirateurs en herbe ne se soucient guère de politique, mais s'insurgent contre la discipline à la prussienne qui leur est imposée sans discernement. A de rares exceptions près, ils se rebellent contre leur souverain à la façon d'écoliers chahuteurs qui voudraient changer de maître parce que le leur les mène à la baguette. Certains cependant nourrissent des griefs plus précis à l'égard de l'empereur, soit qu'ils aient été frappés par lui à coups de canne devant le front des troupes, comme le prince géorgien Yachwill, soit que, comme le chevalier-garde Borozdine, ils aient été punis de forteresse pour avoir trop souvent invité à danser Mme Gagarine, la favorite. Tandis que les

Zoubov s'occupent de gagner l'adhésion de ces quelques militaires rancuniers, Pahlen vise plus haut et cherche des sympathisants parmi les principaux généraux en service dans la capitale. Tour à tour, il approche Talyzine, commandant le régiment Préobrajenski, plusieurs officiers du régiment Semionovski, Ouvarov, commandant les chevaliers-gardes, et surtout les deux frères Argamakov, dont le cadet est à la tête d'un bataillon du Préobrajenski et dont l'aîné remplit les fonctions d'« adjudant de la place » au château Michel, ce qui lui permet d'y pénétrer à toute heure du jour pour présenter son rapport à Sa Majesté. D'autres officiers de première importance ne tardent pas à rejoindre le noyau des « durs ». Ils sont bientôt une cinquantaine qui tiennent des réunions secrètes. Dans la fumée des pipes et le tintement des verres de punch, on se répand en reproches à l'encontre d'un monarque borné et ingrat. Une seule question est à l'ordre du jour : comment en finir au plus vite ?

Pour assurer le succès de l'entreprise, Pahlen estime indispensable d'obtenir l'assentiment tacite de l'héritier. L'année précédente, Nikita Panine avait tenté auprès de celui-ci une démarche préliminaire. Pour convaincre Alexandre, il lui avait démontré qu'il n'y avait, de la part de ses amis, aucune intention criminelle. La révolution de palais envisagée par eux devait se borner à prier Paul de renoncer au pouvoir en faveur de son fils aîné. Dans le manifeste d'abdication, l'empereur expliquerait sa décision par le besoin de se reposer d'une longue fatigue. Or, dès les premières allusions de son visiteur, Alexandre s'était renfermé dans la méfiance et avait invoqué la piété filiale pour refuser d'en entendre davantage. Est-ce là son dernier mot ?

En l'absence de Nikita Panine, encore retenu en province, Pahlen juge, à présent, qu'il a le devoir de revenir à la charge pour fléchir l'obstination du grand-duc. Son attachement à la cause de la monarchie lui commande d'ouvrir les yeux d'Alexandre sur la responsabilité qu'il prendrait en laissant son père continuer une politique suicidaire pour la Russie. Après tout, quand une famille entière risque de périr par la faute d'un père qui n'a plus sa raison, le devoir du fils aîné est de l'empêcher, par tous les moyens, de nuire à la communauté. On ne demande pas autre chose à l'héritier légitime de la couronne. Qu'il laisse faire la basse besogne par ses fidèles. Tout se passera sans violence. Alors que Pahlen affûte ses arguments, un événement inespéré survient pour étayer sa plaidoirie.

Le prince Eugène de Wurtemberg, neveu de l'impératrice Marie Fedorovna, arrive en visite privée à Saint-Pétersbourg. Il a treize ans, mais son assurance et sa grâce en remontreraient à des courtisans chevronnés. Le tsar s'entiche du gamin et déclare à la ronde : « Savez-vous que ce petit drôle a fait ma conquête ? » Les racontars filant bon train, on murmure maintenant à la cour que l'empereur est si féru de son charmant neveu germanique, qu'il s'est mis en tête de lui faire épouser sa fille, Catherine, et qu'il va, du coup, le désigner comme son héritier à la place d'Alexandre. Il irait même, pour briser toute résistance, jusqu'à faire emprisonner les autres membres de sa famille. Ce qui paraîtrait invraisemblable de la part d'un autre souverain ne saurait étonner personne de la part de l'hurluberlu couronné qui dirige la Russie. Sans même vérifier le bien-fondé de ces rumeurs, Pahlen s'empresse d'en communiquer l'essentiel à Alexandre. La révélation est si brutale que la soumission du grand-duc aux volontés paternelles en est ébranlée. Pour hâter son acceptation, Pahlen lui cite l'exemple du prince héritier du Danemark qui, en 1774, s'est fait proclamer régent après avoir destitué son père, Christian VII, atteint de folie. De toute façon, affirme Pahlen, il ne serait nullement question, dans le cas présent, de porter atteinte à la vie, ni même à la dignité, de Paul Ier. Il s'agirait simplement de le convaincre d'abdiquer dans les règles et de se retirer à la campagne, dans un château de son choix, en compagnie de son épouse Marie Fedorovna, ou de sa maîtresse, Anne Gagarine, ou des deux à la fois. Délivré de ses charges actuelles, trop lourdes pour ses épaules, il pourrait reconstituer, dans cette nouvelle résidence, l'atmosphère prussienne de son cher Gatchina. En somme, Pahlen demande à Alexandre de ne se mêler de rien et de lui laisser les mains libres. Quoi qu'il advienne, le fils n'aura pas trempé dans un complot contre le père. Une fois l'affaire terminée, l'un et l'autre auront la conscience tranquille.

Comme Alexandre tergiverse encore, le subtil et tenace Pahlen agite devant lui la menace d'une brusque colère du tsar, frappant non plus seulement le grand-duc héritier, mais toute sa famille. Il affirme savoir de source sûre que Sa Majesté vient de signer un décret autorisant l'arrestation de tous ses proches, si l'un d'eux était reconnu coupable de menées subversives. Allant plus loin, il dit avoir entendu l'empereur s'écrier, dans un mouvement d'exaspération contre son entourage : « Sous peu, je me verrai obligé de faire tomber des têtes qui me sont chères ! » Que faut-il de plus au grand-duc héritier pour se résoudre, comme le lui recommandent ses vrais amis, à fermer les yeux sur ce qu'on s'apprête à accomplir pour le bien de la Russie ? Traite-t-on un chirurgien de criminel lorsqu'il opère un malade d'une tumeur maligne ? Ne doit-on pas, au contraire, l'encourager pour que la main tenant le scalpel ne tremble pas ?

A demi convaincu, Alexandre ne dit toujours ni oui, ni non, et Pahlen ne sait plus qu'inventer pour enfoncer cette résistance élastique. Or, quelques jours après l'inauguration en grande pompe des salons du château Michel, Pahlen est convoqué par l'empereur, à sept heures du matin. Sa Majesté le reçoit dans son cabinet de travail et son visage, aux traits crispés, présage une explication orageuse. Ayant fermé la porte à clef, il foudroie son visiteur d'un regard inquisitorial et lui demande, tout à trac : « Monsieur le comte, vous étiez ici en 1762 ? — Oui, Sire, reconnaît Pahlen. — Avez-vous participé au complot qui a coûté à mon père le trône et la vie ? » Sans se démonter, Pahlen répond : « Votre Majesté, j'ai été un témoin du coup d'Etat, mais pas un de ses acteurs. J'étais très jeune. J'avais un grade modeste dans la cavalerie. Je suivais mon régiment à cheval, ne sachant pas ce qui se passait ni dans quel but. Mais pourquoi ces questions ? » Dans les yeux du tsar, brille soudain la lueur haineuse des mauvais jours : « Pourquoi ? gronde-t-il. Parce qu'on veut refaire 1762 ! » A ces mots, Pahlen se sent tout à coup démasqué, confondu. Il se demande qui l'a dénoncé et si ses complices sont déjà en prison. Sur le point de céder à la panique, il se ressaisit et, jouant le tout pour le tout, annonce tranquillement : « C'est vrai, Sire, on le veut, je le sais et je fais partie de la conspiration. — Comment cela ? Que me dites-vous là ? bégaie le tsar, suffoqué de colère. — La vérité, Sire, réplique Pahlen imperturbable. Je fais partie de la conspiration, et je ne puis faire autrement, car comment voulez-vous que je sache ce qu'ils ont l'intention d'entreprendre si je ne fais pas semblant d'être des leurs ? Mais ne soyez pas inquiet : vous n'avez rien à craindre. J'ai entre les mains toutes les ficelles du complot ; bientôt vous saurez tout[1]. » Et Pahlen accompagne cette promesse d'un rire de connivence qui achève de rassurer son interlocuteur. Le tsar est convaincu : avec ce gaillard-là à ses côtés, et Araktcheïev, relégué pour l'instant à la campagne mais prêt à accourir au premier signal, il ne risque rien ! Néanmoins, il donne l'ordre de doubler les sentinelles autour du château et de décommander les réceptions officielles.

D'ailleurs personne, à Saint-Pétersbourg, ne semble pressé de participer de nouveau aux festivités de la

1. Récit de P.A. Pahlen reproduit dans les *Mémoires* du comte Alexandre Langeron.

sinistre résidence impériale. Malgré d'ultimes aménagements, les lieux sont encore à peine habitables. Comme l'humidité persiste dans les salles immenses et froides, on applique des lattes de bois contre les murs et les domestiques entretiennent un feu d'enfer dans les poêles pour dissiper la buée. Réfugiés dans cette prison superbe et inhospitalière, les proches de l'empereur attendent, tels des condamnés en sursis, les dernières décisions de leur maître. Ils ne savent ni ce qu'ils doivent craindre ni ce qu'ils peuvent espérer. Dans ce climat étouffant, la tsarine, Marie Fedorovna, s'efforce en vain de garder un minimum de dignité. Elle n'est plus ni épouse, ni impératrice, ni même mère. Sa vie se borne à souffrir dans l'ombre d'un mari, qui, non seulement ne veut plus d'elle, mais, en vérité, ne veut plus rien de personne. Le cœur gros, elle écrit à une confidente : « Notre existence n'est pas gaie, car notre cher maître ne l'est pas du tout. Il porte dans son âme un fond de tristesse qui le mine ; son appétit en souffre ; il ne mange plus comme ci-devant et le sourire est rare sur ses lèvres [1]. » Cette mélancolie angoissée s'insinue, avec la pluie et le froid, dans tous les esprits de la capitale. « Le temps même est étrange, note un contemporain ; il fait sombre sans cesse, des semaines passent sans qu'on voie le soleil ; on n'a nulle envie de sortir de chez soi. D'ailleurs, les sorties ne sont pas sans danger. On dirait que Dieu s'est détourné de nous. »

1. Cf. Henri Troyat : *Alexandre Ier*. Citation tirée d'un manuscrit de K.P. Kovalevski : *Après la mort de Paul Ier*.

Alors que Pahlen se pose encore des questions sur la date optimale de l'intervention, on apprend que la puissante escadre britannique, commandée par Parker et Nelson, vient de bombarder Copenhague et s'apprête à contrôler toute la Baltique. Devant la probabilité d'une action d'envergure contre Saint-Pétersbourg, les conjurés n'hésitent plus. Alexandre lui-même pense que son père devrait abdiquer avant que les navires anglais ne menacent directement la capitale. D'accord avec lui, Pahlen choisit la nuit du 9 au 10 mars 1801 pour se glisser dans le palais et convaincre le tsar de se retirer de la scène. Cette date est la meilleure qui soit, puisqu'elle correspond au tour de garde, dans la demeure impériale, du régiment Semionovski dont Alexandre est le chef. Certes, le grand-duc ne donnera aucune consigne précise à ses hommes et ne paraîtra pas au moment crucial, mais il a reçu la parole du gouverneur général de Saint-Pétersbourg, le comte von der Pahlen, que tout se passera en douceur et cette promesse lui suffit. A ce stade de la machination, Pahlen ne décèle qu'un seul point noir : le retour d'Araktcheïev que Paul vient de rappeler après l'avoir relégué à la campagne. Cet homme fourbe et violent est capable de tout compromettre par excès de zèle ou par bêtise. Afin de se prémunir contre ce danger, Pahlen ordonne aux sentinelles des barrières d'interdire l'entrée de la ville après le crépuscule à tout individu non muni d'un permis signé de sa main. En outre, il disperse dans les rues des policiers habiles à identifier et à coffrer les suspects. Or, tout en se disant confiant dans le dévouement de Pahlen, Paul reste sur le qui-vive. Un jeu subtil s'organise entre les poseurs de pièges et le gibier impérial. Aux ruses prises par les conspirateurs pour faire aboutir leur complot répondent les précautions prises par le tsar pour le faire échouer. Plusieurs fois par jour, il va vérifier la bonne tenue et la discipline de la garde qui veille aux portes du château Michel. Les officiers dont, hier encore, il était sûr lui paraissent aujourd'hui déloyaux. Croyant voir des traîtres partout, il ne se doute pas que son pire ennemi, c'est lui-même.

XI

Les ides de mars

Le dimanche 10 mars 1801, le tsar, souffrant toujours de mélancolie hypocondriaque, décide de secouer sa mauvaise humeur en offrant à sa famille et à quelques intimes un concert au château. On n'a pas à chercher bien loin l'interprète qui charmera l'assemblée : ce sera la maîtresse de Koutaïssov, la jolie chanteuse française, Mme Chevalier. Elle a un visage agréable, des manières coquettes et une voix de cristal. Mais, malgré ses vocalises et ses regards engageants, Paul demeure renfrogné et comme absent pendant l'intermède musical. En quittant la salle de concert pour passer à table avec ses invités, il s'arrête devant son épouse, croise les bras sur sa poitrine, et, prenant le masque habituel de ses colères – sourcils froncés, prunelles en billes, narines dilatées et lèvres tordues dans un rictus haineux –, il souffle tel un bœuf au bout du sillon que vient de tracer la charrue. Transie de peur, Marie Fedorovna attend les reproches, les réprimandes, les insultes, mais, déjà, Paul s'éloigne d'elle et, se tournant vers Alexandre et Constantin, répète pour eux sa mimique de fureur muette. Tout au long du souper, il garde ce faciès grimaçant et n'ouvre la bouche que pour engloutir du vin et de la nourriture.

Après le repas, il est d'usage, en Russie, que les convives remercient leur hôte pour la civilité de son accueil. Lorsque les membres de la famille impériale s'approchent du tsar afin de lui rendre cet hommage traditionnel, il les repousse d'un geste brusque, les balaie d'un regard furibond, se lève de sa chaise et quitte la salle à grands pas, sans prononcer un mot ni saluer personne. L'impératrice fond en larmes. Ses fils la consolent. En baisant les mains de sa mère, Alexandre se dit qu'elle, du moins, dans son humiliation silencieuse, le comprendra et l'approuvera quelle que soit l'issue du complot imaginé par ses partisans.

Le lendemain, 11 mars, le caractère atrabilaire de Paul se manifeste dès le matin, pendant la relève de la garde. Mécontent de la tenue relâchée des hommes et du manque d'autorité des gradés, il menace de les exiler tous dans des pays lointains « où les corbeaux mêmes ne retrouveront pas leurs os ! ». On redoute que le reste de la journée ne soit une succession de remontrances et de sanctions, mais brusquement une éclaircie se produit dans le cerveau de Paul. Oubliant ses récentes colères, il se montre aimable envers son entourage et, au cours du souper qui réunit dix-neuf invités en plus des grands-ducs, des grandes-duchesses, de l'impératrice et de lui-même, il s'extasie devant la finesse d'un nouveau service de porcelaine. Contemplant une assiette, dont le décor représente le château Michel, il s'exclame avec une joie enfantine : « C'est le plus beau jour de ma vie ! » Puis, comme Alexandre, abîmé dans ses pensées, songe avec angoisse au coup d'État qui se prépare pour la nuit, le tsar s'étonne de son apathie et demande en français, par-dessus la table : « Qu'avez-vous, ce soir, Monseigneur ? » Craignant d'être percé à jour, Alexandre se trouble et balbutie : « Sire, je ne me sens pas très bien... — Eh bien ! grogne le tsar, consultez un médecin et soignez-vous ! Il faut toujours arrêter les indispositions dès qu'elles commencent pour les empêcher de devenir des maladies sérieuses ! » Sur ce, plantant ses yeux dans les yeux de son fils, il lève son verre et ajoute, gaillard : « A l'accomplissement de vos souhaits ! »

A neuf heures et demie du soir, sitôt le dessert avalé, nouveau changement de visage : Paul se lève le premier et, subitement assombri, sort de la salle dans un mouvement impétueux, tandis que toute l'assemblée, derrière lui, se fige dans une expectative inquiète. D'un pas rapide, il passe devant les sentinelles pétrifiées, se heurte dans l'antichambre de ses appartements privés au colonel Sabloukov, commandant le détachement, et lui dit en français, à brûle-pourpoint : « Vous êtes tous des jacobins ! » Nul n'ignore que, dans la bouche de l'empereur, le qualificatif de jacobin équivaut à l'accusation d'être un suppôt de la révolution, symbolisée par la guillotine. Ainsi interpellé, Sabloukov perd la tête et bredouille : « Oui, Sire ! » Agacé, Paul précise sa pensée : « Pas vous, mais le régiment ! » Revenu de sa surprise, Sabloukov réplique : « Passe encore pour moi, Sire, mais vous vous trompez en ce qui concerne mon régiment ! » Il lui a fallu beaucoup de courage pour faire cette réponse honnête à Sa Majesté. Paul se campe devant lui, et redresse sa petite taille dans son uniforme vert bleuâtre à parements et collet rouges. Ses cheveux sont poudrés et nattés comme ceux de ses soldats. Il est un des leurs. Un Prussien. Le fantôme du Grand Frédéric. Mais son faciès, au nez écrasé, à la lippe simiesque, n'appartient à aucun pays. Avec un ricanement supérieur, il s'écrie, en russe, cette fois : « Je sais mieux que vous à quoi m'en tenir au sujet de votre régiment ! Renvoyez vos hommes ! » Un ordre de Sa Majesté ne se discute pas. Docile, Sabloukov commande : « Par file à droite, marche ! » Quand les soldats du piquet de garde se sont éloignés, Paul se radoucit et, abandonnant l'usage du français, déclare en russe, à l'officier stupéfait, qu'il a décidé de transférer le régiment des gardes à cheval en province parce qu'il le juge inapte à servir dans la capitale. Toutefois, il promet de faire une exception pour l'escadron de Sabloukov qui sera, lui, cantonné à Tsarskoïe Selo. Comme ses consignes ne souffrent aucun délai, il exige que toutes les unités concernées soient prêtes à se mettre en route, dès quatre heures du matin, vers les casernes qui leur seront indiquées entretemps. Se demandant s'il doit ou non obéir à ces instructions extravagantes, Sabloukov claque des talons, salue et se retire. Après son départ, Paul avise deux laquais du château, habillés en hussards, et leur enjoint de se mettre en faction devant l'entrée de ses appartements à la place des sentinelles qu'il a renvoyées. « Vous allez rester ici cette nuit ! » leur dit-il. Et il entre dans sa chambre, suivi de son petit chien Spitz, qui s'impatiente, frétille de la queue et aboie sur ses talons.

Cependant, sa journée n'est pas finie. Malgré l'heure tardive, il monte par l'escalier dérobé chez sa maîtresse, Anne Gagarine, bavarde quelques minutes avec elle, rédige à la volée des ordres bizarres, prescrivant une inspection parmi les élèves de l'Ecole des cadets ou invitant son ambassadeur à Berlin, le baron de Krüdener, à intervenir pour que la Prusse déclare immédiatement la guerre au Hanovre, province que l'Angleterre est sur le point de s'approprier par de louches manœuvres diplomatiques. En se dépensant ainsi dans le vide, il cherche à se persuader de son importance et presque de son existence. C'est en se jetant de tous les côtés à la fois, en dérangeant le plus de gens possible, qu'il justifie le mieux, pense-t-il, sa présence sur terre. Le seul fait d'avoir apposé sa signature, ce soir, sur plusieurs documents officiels, lui donne l'impression de n'avoir pas perdu son temps. Satisfait de lui, il prend congé de sa maîtresse sans l'avoir autrement importunée, redescend dans sa chambre, ferme sa porte à clef, se déshabille et se couche.

Allongé sous ses couvertures, il a de la peine à s'assoupir. Au milieu de son premier sommeil, un cauchemar le visite. Il se croit engoncé dans un épais manteau qui l'étouffe. Rouvrant les yeux, il se rassure. La chambre est calme, avec ses meubles précieux, ses tableaux aux lourds cadres dorés, sa belle tapisserie des Gobelins, offerte jadis par Louis XVI :

un souverain qui a eu moins de chance que lui ! Paul le plaint rétrospectivement. Mais le roi de France était un faible, un naïf. Il a mérité son sort, puisqu'il n'a pas su tenir tête aux exigences de la racaille. Peu après cette brève méditation, l'empereur se rendort sur son lit de camp, étroit et dur, un lit de militaire. Sa Majesté n'en a jamais voulu d'autre. Il est près de minuit.

A une heure, les principaux conjurés se rendent, par petits groupes, à travers la nuit pluvieuse, chez le général Talyzine, commandant le régiment Préobrajenski. Il loge dans un superbe appartement dépendant de la caserne et contigu au palais d'Hiver. Dans le vestibule, les nouveaux arrivants confient aux domestiques leurs capes, leurs tricornes et frottent leurs mains engourdies par le froid. Puis ils s'engagent dans l'escalier d'honneur et se présentent dans les salons aux lustres brillamment éclairés, mais dont les rideaux ont été tirés par mesure de précaution. Là, toutes les armes de l'empire figurent dans un glorieux amalgame d'épaulettes, d'aiguillettes, de médailles et de galons. Gardes à cheval, chevaliers-gardes, grenadiers, dragons, artilleurs, on jurerait que chaque régiment de Saint-Pétersbourg a délégué un de ses meilleurs officiers pour participer au complot. Le champagne déborde des verres. Une légère ivresse enflamme les visages et altère les voix. Pour la centième fois, on porte des toasts au futur souverain que nul n'ose encore nommer mais que tous vénèrent dans leur cœur. Les frères Zoubov distillent les dernières nouvelles. Selon eux, Araktcheïev, que Paul a rappelé d'urgence de son exil, aurait été arrêté, sur l'ordre de Pahlen, aux abords de la ville. Il ne gênera donc pas le déroulement des opérations. Le moment est venu de sauter le pas. Qu'attend-on encore ?

Soudain, la porte s'ouvre à deux battants et Pahlen apparaît, suivi du général Bennigsen. On les entoure avec une avidité respectueuse. D'emblée, Pahlen déclare : « Nous sommes entre nous, messieurs, et nous nous comprenons. Etes-vous prêts ? Nous allons boire une coupe de champagne à notre nouveau souverain. Le règne de Paul Ier est fini. Ce n'est pas l'esprit de vengeance qui nous guide, mais nous voulons mettre un terme aux humiliations inouïes et à la honte de la patrie. Nous sommes des Romains. Nous savons tous la signification des ides de mars... Toutes les précautions sont prises. Le concours de deux régiments de la garde et celui du grand-duc Alexandre nous sont acquis. » Profitant d'un bref silence entre deux phrases de l'orateur, une voix avinée pose la question qui est sur toutes les lèvres : « Et si Paul résiste ? » Sans se démonter, Pahlen répond : « Vous savez, messieurs, que, pour faire une omelette, il faut casser des œufs. » Comme personne ne contredit cette observation de bon sens, Pahlen passe à l'examen pratique des méthodes de l'expédition. Les officiers présents sont répartis en deux groupes : l'un placé sous le commandement de Pahlen lui-même, l'autre sous celui de Platon Zoubov et de Bennigsen. Les détachements des régiments Semionovski et Préobrajenski, prévenus dans l'intervalle, ont déjà quitté leurs casernes respectives et se dirigent vers le château Michel dont ils sont censés assurer la garde. On leur expliquera, le moment venu, ce qu'ils auront à faire.

La nuit est glaciale, humide, traversée de rafales de pluie et de neige. Le pas cadencé de la troupe résonne sourdement dans les rues, entre les maisons dont toutes les fenêtres sont éteintes. Inconscients du cataclysme qui se prépare, les honnêtes gens dorment dans Saint-Pétersbourg et dans toute l'étendue de l'empire de Paul Ier. Aux abords du champ de Mars, le bruit des bottes en marche épouvante une compagnie de corbeaux qui s'envolent en croassant. Des murmures s'élèvent parmi les grenadiers. Seraient-ils superstitieux ? Le colonel qui les conduit s'écrie : « Eh quoi, mes braves, vous n'avez pas tremblé devant l'armée française et quelques corbeaux vous feraient peur ? » Cependant, il semble que l'inquiétude des hommes persiste. Ce ne sont pas les corbeaux qui les effraient, plutôt l'air mystérieux de leurs supérieurs. Sans doute même ont-ils entendu parler de la sombre affaire qui se mijote. En arrivant devant l'enceinte du château, Platon Zoubov et Bennigsen constatent que Pahlen et ses soldats ne sont pas au rendez-vous. N'ont-ils pas été interceptés et désarmés en cours de route ? La réussite tient à un cheveu. Chaque minute perdue profite à l'adversaire. Sur l'ordre de leur chef, les gaillards du Semionovski encerclent l'énorme bâtisse qui se dresse, de tout son poids, dans les ténèbres. Les frères Zoubov et Bennigsen, suivis de quelques officiers, se dirigent vers le pont-levis latéral et donnent le mot de passe au responsable du poste de garde dont la complicité leur est acquise. Aussitôt, le pont-levis s'abaisse en silence, livrant passage aux conspirateurs. Ils se faufilent, à pas de loup, dans la place et, selon l'itinéraire qu'ils ont préalablement étudié, grimpent, par un escalier en colimaçon, jusqu'au premier étage, vers la bibliothèque qui sert d'antichambre aux appartements impériaux. Au lieu du piquet de gardes à cheval que Paul a cru habile de renvoyer, il n'y a là que deux laquais somnolents, en uniformes de hussards. En apercevant ces visiteurs intempestifs, l'un d'eux pousse le cri d'alarme. Mais il s'écroule aussitôt, fauché par un coup de sabre. L'autre, légèrement blessé, détale sans demander son reste.

Ce remue-ménage, derrière la cloison, réveille Paul. Dans un éclair de lucidité, il prend la mesure du danger qui le menace. Il faudrait fuir. Mais pour aller où ? Se cacher. Mais comment ? Il pense à se réfugier auprès de sa femme. Malheureusement, elle a l'habitude de se barricader dans sa chambre depuis qu'ils ont cessé d'avoir des rapports sexuels. Et, s'il a lui-même fermé à clef l'autre porte, celle qui donne sur l'antichambre, il sait qu'un coup d'épaule suffirait à l'enfoncer. Pris de panique, il saute à bas du lit, se glisse derrière un paravent à dessins espagnols posé devant la cheminée, s'accroupit dans cet abri dérisoire, rentre la tête et implore Dieu de ne pas l'oublier. Les battements de son cœur font un bruit à ébranler la maison. Sans doute la vision de Pierre le Grand, qu'il a eue jadis sur la place du Sénat, lui revient-elle en mémoire. Il se souvient des paroles prophétiques du fantôme : « Pauvre Paul ! Je veux que tu ne t'attaches pas trop à ce monde, car tu n'y resteras pas longtemps. » Ce qui le révolte, au milieu de son angoisse, c'est l'idée qu'il n'a pas mérité une fin aussi misérable. Mais tout n'est peut-être pas perdu ! Peut-être que, s'il se montrait à ses prétendus justiciers, s'il leur expliquait la stupidité de leurs griefs, s'il plaidait sa cause devant eux, il saurait les convaincre. Non, ils ne l'écouteraient pas davantage qu'il n'a écouté ses propres victimes quand elles tentaient de lui prouver leur bonne foi. La sagesse lui commande de rester dans sa cachette. Avec un peu de chance, ces canailles galonnées se lasseront de tempêter, de crier et iront le chercher ailleurs.

Or voici que la porte cède dans un craquement. Des pas précipités vont et viennent autour de Paul. Il n'est plus chez lui. Personne pour le défendre. A demi mort de peur, il entend les hommes qui furètent dans la chambre, toussent, grognent, déplacent des meubles. Certaines voix lui sont familières. Il reconnaît celle de Pahlen. Le général félon, dont le dévouement lui semblait naguère irréprochable, s'exclame avec dépit : « L'oiseau s'est envolé ! » Mais Bennigsen, s'étant approché du lit de camp vide et ayant tâté les draps, conclut cyniquement : « Le nid est encore chaud ! L'oiseau ne doit pas être loin ! » Et il se dirige vers le paravent. Avant que Paul ait pu prononcer un mot, esquisser un geste, Bennigsen repousse le frêle écran de tapisserie. Le tsar apparaît, ratatiné, livide, en toilette de nuit, pieds nus, un bonnet de coton sur la tête. Les yeux écarquillés d'effroi, il découvre, en face de lui, ce groupe d'officiers aux visages d'ivresse et de crime. La plupart d'entre eux, il les a vus à la parade ou dans les salons. Ils étaient alors plats comme des punaises. Des hommes de rien ! Et ce sont eux qui osent s'en prendre au tsar de toutes les Russies ? Indigné par tant d'outrecuidance, Paul n'a même pas la force d'appeler au secours. Il voudrait convoquer dans sa tête, pour le soutenir, tous les souverains victimes de la folie populaire ou des conspirations de palais. De Pierre III à Louis XVI, de Jacques III d'Ecosse à Henri IV de France, de Jules César à Gustave III de Suède, ils sont légion. Hélas ! leur impuissance, aujourd'hui comme hier, est absolue. Tel un malfaiteur pris la main dans le sac, le tsar balbutie : « Que me voulez-vous ? Que faites-vous là ? — Vous êtes arrêté, Sire », répond Bennigsen. Il parle si calmement qu'on le croirait inconscient de l'énormité de ses propos. Sur le point d'éclater en sanglots, Paul cherche encore à intimider cette bande de conspirateurs à l'âme noire et à la poitrine constellée de décorations. « Arrêté ? arrêté ? marmonne-t-il. Qu'est-ce que cela veut dire ? » Un instant décontenancés, les officiers semblent évaluer les conséquences de l'acte de lèse-majesté qu'ils sont en train de commettre. Ils se regardent en silence. Devinant leur hésitation, Pahlen intervient et annonce, sur un ton neutre, comme s'il récitait une leçon : « Nous venons, au nom de la patrie, prier Votre Majesté d'abdiquer. La sécurité de votre personne et un entretien convenable vous sont garantis par votre fils et par l'Etat. » A son tour, Bennigsen prend la parole : « Votre Majesté ne peut plus gouverner des millions d'hommes. Vous les rendez malheureux. Vous devez abdiquer. Nul ne veut attenter à votre vie. Je suis là pour vous défendre. Soumettez-vous au destin, signez l'acte d'abdication. » On pousse l'empereur, tel un somnambule, vers la table, quelqu'un étale devant lui le document de renonciation rédigé par avance, un autre lui tend une plume. Mais subitement, dans un réveil d'orgueil ancestral, Paul se raidit. Ce n'est pas lui qu'on veut chasser du trône de Russie, mais tous les tsars d'autrefois, de Michel Fedorovitch à Pierre III, en passant par Pierre le Grand. Dût-il braver la volonté de tout un peuple, il ne signera pas. Il n'est pas né pour obéir. D'une voix de bête blessée, il rugit : « Non, je ne souscrirai pas à ceci ! »

Au même moment, le tumulte s'enfle derrière les murs. Les autres insurgés, tenus à l'écart, s'impatientent. Ils trouvent que les discussions n'ont que trop duré. Des clameurs de vengeance éclatent parmi eux, au-delà des portes : « C'est il y a quatre ans qu'on aurait dû en finir avec lui ! » vocifèrent-ils. « Le tsar m'a traité en tyran, il doit mourir ! » Platon Zoubov et Bennigsen s'éclipsent pour tenter de calmer les enragés. Les officiers restés sur place pressent Paul de se décider avant qu'il ne soit trop tard. Une chandelle éclaire faiblement la pièce. Des ombres gesticulantes dansent au plafond. Un des conspirateurs renverse par mégarde le lumignon qui s'éteint. Seule brille encore, dans la demi-obscurité, la petite flamme tremblante de la veilleuse devant l'icône. Ce modeste et pieux rayonnement ajoute à l'irréalité de la scène. Voulant contraindre Paul à prendre la plume en main, un des officiers le bouscule, un autre – certains diront plus tard que c'est l'athlétique Nicolas Zoubov – empoigne une lourde tabatière en or et, au comble de l'exaspération, la lance de toutes ses forces contre le souverain.

Atteint à la tempe, Paul chancelle et s'effondre. Aussitôt, c'est la curée. Saisis d'une folie meurtrière, tous se jettent sur lui et le frappent en hurlant des injures. Cloué au sol, Paul se débat, geint, pleure, supplie. Quelqu'un s'empare de l'écharpe de commandement du tsar, la lui passe autour du cou et tente de l'étrangler. A demi asphyxié, Paul remarque, parmi les tourmenteurs qui s'agitent et le rouent de coups, un homme jeune et robuste, portant l'uniforme rouge des gardes à cheval. Croyant reconnaître en lui son fils Constantin, il l'implore entre deux râles : « Grâce, Monseigneur ! Grâce, par pitié ! De l'air, donnez-moi de l'air ! » Puis sa voix s'éteint dans un gargouillis, ses yeux se révulsent, ses membres cessent de gigoter spasmodiquement.

Comme dégrisés par la fin de cette lutte inégale, les officiers forment un cercle muet autour du cadavre. Le tsar gît devant eux, la face tuméfiée, ensanglantée, la chemise de nuit retroussée, le bonnet de coton pendant sur l'oreille. Inoffensif, il leur paraît soudain plus redoutable et plus haïssable encore que de son vivant. Quand Pahlen revient dans la chambre, il constate avec soulagement que le travail a été fait en son absence. Déjà, on entend des hommes de la garde intérieure du palais rugir à tous les échos : « On assassine l'empereur ! » Certains, parmi les derniers fidèles de Paul, voudraient s'élancer vers les étages supérieurs et arrêter les régicides. Ils croient bien faire, mais, au sommet de l'escalier,

Pahlen, en grand uniforme et l'épée à la main, leur barre la route. « Gardes, halte-là ! » leur crie-t-il. Puis il proclame gravement : « L'empereur est mort, frappé d'un coup d'apoplexie [*sic*]. Nous avons un nouveau souverain, l'empereur Alexandre. » Les têtes s'inclinent. Personne ne proteste.

Après qu'on a étendu le cadavre sur son lit et arrangé le désordre de ses vêtements et de sa figure, Pahlen se rend dans la chambre de Mme de Liewen, la grande gouvernante de la famille, la fait réveiller par ses domestiques et la charge d'annoncer à Sa Majesté la « terrible nouvelle ». Mme de Liewen se précipite au chevet de l'impératrice, qui dort encore, et lui dit, comme on le lui a recommandé, que « l'empereur a été victime d'une attaque d'apoplexie » et que « son état est grave ». A ces mots, Marie Fedorovna, horrifiée, s'écrie : « Non ! il est mort ! On l'a tué ! » La disparition brutale de cet homme qui n'était plus son mari que de nom, mais à qui la lient tant de souvenirs, lui ôte soudain tout désir de vivre après lui. Au paroxysme du désespoir, elle s'arrache les cheveux et gémit, en allemand : « *Paulchen ! Paulchen !* » C'est le diminutif de tendresse, dont elle usait avec Paul dans l'intimité. Tout ce qui lui reste de vingt-cinq ans d'amour et d'esclavage. Elle veut le voir, quel que soit l'état dans lequel il se trouve. Vivant ou mort, il est à elle ! Quand elle arrive à la porte des appartements de l'empereur défunt, des gardes lui en défendent l'accès. Obéissant aux ordres de Bennigsen, ils croisent leurs baïonnettes. Leurs visages sont impassibles. Des automates. N'est-ce pas ainsi que Paul a voulu qu'ils soient tout au long de son règne ? Elle tombe à genoux devant l'officier qui les commande. « S'ils ne me laissent pas aller vers lui, qu'ils me tuent aussi ! » implore-t-elle. L'officier est intraitable. L'entrée des lieux est interdite pendant qu'on procède, là-bas, à la toilette mortuaire. La brutalité de l'assassinat ne dispense pas ceux qui l'ont commis de prendre le plus grand soin de la présentation du cadavre.

Cependant, réfugié dans ses appartements du rez-de-chaussée, Alexandre a passé la nuit à l'écoute des bruits étranges qui se succédaient au-dessus de sa tête. Le brusque silence qui suit ce tumulte lui glace le sang. Il n'ose courir aux nouvelles et pourtant il brûle de les apprendre. Sa femme le rejoint. Assis côte à côte, unis par la même angoisse, ils n'ont pas besoin de parler pour se comprendre. Que s'est-il passé là-haut ? Paul a-t-il signé l'acte d'abdication ? Zoubov et Bennigsen l'ont-ils déjà emmené, comme ils l'ont promis, vers quelque retraite paisible, à la campagne ? Ou bien... ? Joue contre joue, main dans la main, le grand-duc et Elisabeth refusent d'envisager le pire. Alexandre est en grand uniforme, mais les larmes brouillent ses yeux. Sans doute, de temps à autre, lève-t-il un regard peureux vers l'icône pour lui demander pardon de ce qui est arrivé, à son insu certes, mais avec son accord tacite.

Tout à coup, la porte s'ouvre et Pahlen apparaît sur le seuil. Plusieurs officiers, aux visages de fausse compassion, l'entourent. Il parle et, dès les premiers mots, Alexandre éclate en sanglots. La fin tragique de son père, s'il ne l'a pas ordonnée, il n'a pas su l'empêcher. N'est-il pas, malgré les apparences, plus coupable que les vrais coupables ? Les lois humaines ont beau le disculper, sa conscience le condamne. Ses mains sont propres, mais son âme est salie à jamais. Comme il continue à pleurer, serré contre sa femme, Pahlen s'avance de deux pas et, avec un mélange de fermeté et de pitié, dit en français : « C'est assez de faire l'enfant ! Allez régner ! Venez vous montrer aux gardes ! » Elisabeth, qui s'est ressaisie la première, encourage, elle aussi, Alexandre à surmonter son chagrin pour se montrer digne du rôle capital qui lui est échu.

Dans un pénible effort de volonté, il se met debout et sort de la chambre, en titubant. Pahlen le conduit vers la cour intérieure du château Michel, où sont réunis maintenant les détachements qui ont assuré la garde de la résidence impériale pendant la nuit. A la vue des soldats qui lui présentent les armes, Alexandre, d'instinct, se redresse. Les principaux instigateurs du régicide, Pahlen, Bennigsen, les frères Zoubov, sont là et l'observent. Saura-t-il réciter sa leçon ? Sera-t-il digne du mal qu'ils se sont donné pour le hisser sur le trône ? Enfin, d'une voix enrouée par l'émotion, il prononce la déclaration dont les termes lui ont été soufflés par Pahlen : « Mon père est mort à la suite d'une attaque d'apoplexie. Tout sera durant mon règne comme ce fut durant le règne de ma grand-mère bien-aimée, l'impératrice Catherine. » Un tonnerre de hourras salue cette promesse. La pièce est jouée. Le rideau peut descendre. Tout rentre dans l'ordre pour la plus grande satisfaction du public. Pahlen et ses acolytes ont des visages triomphants. Ils s'empressent autour d'Alexandre. Les assassins congratulent le fils de leur victime. Et il doit les remercier pour leur attachement à sa cause. Puis c'est son frère, Constantin, qui le félicite en dépit des conditions tragiques de son avènement. Tour à tour, les sénateurs, les hauts fonctionnaires, les courtisans, les dignitaires de toutes sortes, les chefs de guerre, les membres de la famille impériale prêteront serment au nouveau souverain. Il ne viendrait à l'idée de personne de contester sa légitimité, ni de lui adresser le moindre reproche. Même l'impératrice mère, Marie Fedorovna, s'incline devant celui qui – elle ne peut l'ignorer ! – est indirectement responsable du meurtre de son époux. Entre-temps, elle a été admise dans la chambre mortuaire. Paul est déjà couché dans son cercueil. Malgré le fard, des taches bleues et noires révélatrices de la lutte et de la strangulation marquent son cou et son visage. Son tricorne a été profondément enfoncé sur son crâne, afin de dissimuler les blessures de l'œil gauche et de la tempe. Dehors, tout est calme et correct comme à l'accoutumée. Le ciel, hier encore gris et maussade, s'est dégagé. Un soleil printanier brille au-dessus de la ville qui s'ébroue dans la joie. Aurait-on changé de saison ?

Le 12 avril, à dix heures du matin, les régiments sont conviés à l'habituelle *Wachteparade,* instituée du vivant de Paul Ier. Cette fois, c'est le nouvel empereur Alexandre Ier qui préside. Il est entouré de Pahlen, de Bennigsen, des frères Zoubov. Mais, si les artisans de son succès affichent une arrogance victorieuse, chacun, dans le public, remarque l'air renfermé et soucieux de Sa Majesté. En vérité, le remords qui poursuit Alexandre est sans remède. Seul le temps pourrait en atténuer la morsure. Et encore ! Parricide et régicide, il n'en finira pas de se demander s'il a eu raison de mettre l'amour de la Russie au-dessus de l'amour filial. En tout cas, la soudaineté de l'événement ne l'a pas empêché de parer au plus pressé en politique. A peine a-t-il fait ses adieux à son père, exposé dans son cercueil, qu'il doit conjurer la menace britannique. Le jour même de la première *Wachteparade* d'Alexandre, le colonel Sabloukov, officier des gardes à cheval, qui assistait à la revue traditionnelle, écrira dans ses Mémoires : « Elle [la revue] se déroula conformément à la routine. A la fin de la *Wachteparade,* nous apprîmes qu'on venait de signer la paix avec l'Angleterre et qu'un courrier était déjà parti pour Londres avec le traité. »

Cependant, des placards, affichés dans les rues, apprennent aux habitants de Saint-Pétersbourg le décès, « à la suite d'une attaque d'apoplexie », de l'empereur Paul Ier et l'avènement d'Alexandre. Cette annonce provoque, dans tout le pays, une explosion d'allégresse sacrilège. On s'embrasse entre inconnus à la sortie des églises, on bénit le nom de « celui qui va rendre la Russie aux Russes ». « Dès que la nouvelle se répandit dans la capitale, note le même Sabloukov, on vit apparaître les coiffures à la Titus et disparaître les queues [de cheveux], on coupa les boucles, on raccourcit les pantalons, les rues se remplirent de chapeaux à bords ronds et de bottes à revers [...]. Les cochers retrouvèrent leur allure habituelle et leurs cris d'antan. » Un autre contemporain, l'écrivain allemand August von Kotzebue[1], qui vient d'arriver à Saint-Pétersbourg, décrit également, dans ses Souvenirs, l'atmosphère radieuse de la cité au lendemain dc l'assassinat : « Plus besoin de se découvrir en passant devant le palais d'Hiver [...]. Plus besoin de descendre de voiture en croisant l'empereur [...]. Tous les jours, Alexandre se promenait à pied, sur le quai, accompagné d'un seul valet [...]. De nouveau, il fut permis d'importer des livres [...]. On n'avait plus besoin d'une autorisation signée par le major de service pour quitter la ville. » Bien que tenue à la réserve par les obligations du deuil national, Elisabeth confie à sa mère, trois jours à peine après le régicide : « Quelque peine bien réelle que me fasse le triste genre de mort de l'empereur, je ne puis cependant m'empêcher d'avouer que je respire avec la Russie tout entière. [...] A présent, grâce au ciel, la Russie va être comme le reste de l'Europe. » Enfin elle fera, à la même correspondante, un compte rendu émouvant de l'état d'esprit de son époux après le drame : « Son âme sensible en restera à jamais déchirée [...]. Il faut à celui-ci [l'empereur Alexandre] l'idée de rendre le bien-être à sa patrie pour le soutenir ; il n'y a pas d'autre motif qui puisse lui donner de la fermeté. Et il en faut, car, Grand Dieu, dans quel état a-t-il reçu cet empire ! [...] Tout est calme et tranquille ici, si ce n'est une joie presque

1. Il sera assassiné, en 1819, par un étudiant exalté, Sand.

folle qui règne depuis le dernier du peuple jusqu'à la noblesse entière[1]. »

Ainsi, bien que, d'un bout à l'autre de l'empire personne ne soit dupe de la version officielle du décès par apoplexie, tout le monde feint de croire cette fable et absout Alexandre[2]. Certes quelques esprits tortueux insinuent que l'assassinat de Paul Ier a été préparé à Londres et financé par l'or anglais. Mais aucune preuve tangible n'étayant cette supposition, elle demeure sans suite. Un témoin, digne de foi, le colonel Sabloukov, ne la mentionne dans ses Mémoires que pour la réfuter aussitôt. « Les meneurs du complot, écrit-il, n'ont pas agi par cupidité, mais par patriotisme, nombre d'entre eux croyaient sincèrement qu'en se bornant à menacer l'empereur, ils le contraindraient à abdiquer. »

Cependant, et malgré la sympathie qu'il devine autour de lui, Alexandre doit se dominer pour penser aux affaires de l'Etat au lieu de penser à ses affaires privées. Son premier soin est de libérer, après quelques jours de détention, les personnes arrêtées dans la nuit de l'assassinat et d'éloigner discrètement tels privilégiés peu estimables du règne précédent. Koutaïssov, qui a eu très peur d'une sanction magistrale, n'est guère inquiété, sa maîtresse française,

1. Lettre en français de l'impératrice Elisabeth à sa mère des 13 et 14 mars 1801.

2. Les détails et les citations ayant trait à l'assassinat de Paul Ier sont tirés pour la plupart des confessions de Pahlen, de Bennigsen et de plusieurs témoins oculaires.

Mme Chevalier, reçoit, avec les compliments du souverain, un passeport pour l'étranger, et Anne Gagarine, favorite de feu Sa Majesté, quitte également la Russie pour accompagner son mari, lequel, par la grâce d'Alexandre, vient d'être nommé ambassadeur près la cour de Sardaigne. Toutefois, l'impératrice Marie Fedorovna, qui considère Pahlen comme l'organisateur du complot, obtient de son fils qu'il le contraigne à se retirer dans ses terres, en Courlande. De même, elle n'aura de cesse qu'il ne se sépare de Platon Zoubov et du général Bennigsen, bientôt exilés, eux aussi, en province [1]. Le général Talyzine sera frappé, à son tour, de désaveu et écarté du pouvoir. S'étant débarrassé, en douceur, de ces complices encombrants, qu'il ne peut ni récompenser ni condamner, Alexandre se prépare à régner selon l'enseignement de son ancien maître La Harpe et de sa grand-mère Catherine. Tolérance, sagesse, équité et respect de la tradition seront, décide-t-il, les maîtres mots de sa politique.

L'ultime épreuve qui lui est infligée, en mars 1801, est l'enterrement solennel de son père, le 23 du même mois, dans la cathédrale de la forteresse Pierre-et-Paul, sanctuaire où reposent, de temps immémorial, les souverains de Russie. Comme lors de toutes les obsèques officielles, un long cortège accompagne le défunt vers sa dernière demeure. Alexandre conduit le deuil. Derrière lui, piétine la

1. Le général Bennigsen rentrera en grâce quelques années plus tard, deviendra gouverneur de la Lituanie et combattra, en 1807, contre les armées napoléoniennes.

cohorte silencieuse des faux amis et des vrais ennemis du tsar disparu. Les visages affectent une tristesse de commande, tandis que les cœurs exultent. Alexandre Chichkov, écrivain, amiral et membre du Collège ministériel de la marine, compare, dans ses Mémoires, ces funérailles conventionnelles où tout est entaché d'hypocrisie, à celles, pleines d'émotion, du maréchal Souvorov. « Les obsèques de l'empereur ne ressemblaient en rien aux obsèques de Souvorov, écrit-il. Cette fois-ci, en suivant le cercueil, depuis le château Michel jusqu'à la forteresse en passant par le pont Toutchkov, je n'ai vu pleurer personne parmi les milliers de spectateurs. » Sans doute, ce jour-là, Chichkov n'a-t-il pas eu l'occasion d'approcher le seul être dont le deuil fût sincère : la veuve de Paul Ier, l'impératrice mère Marie Fedorovna. Elle a été trahie, bafouée, maltraitée par cet époux à l'humeur changeante, dont l'incohérence a failli plonger la Russie dans le chaos. Et cependant, elle ne se console pas de la perte du tyran. Quand elle énumère dans sa mémoire les griefs qu'elle a accumulés contre lui depuis des années, elle se heurte, chaque fois, à une évidence désarmante. S'il a agi ainsi, c'est qu'il n'a jamais pu se considérer comme un simple mortel. Monarque de naissance, élevé dans la conscience de sa supériorité originelle, il a sincèrement cru que, Dieu l'ayant désigné pour diriger la Russie, il devait trancher en toute occasion selon son bon plaisir et sans en référer à quiconque. Ceux qui s'avisent de lui reprocher ses violences et ses injustices oublient que Pierre le Grand, dont ils célèbrent volontiers le génie, fut, lui aussi, un potentat auquel son pouvoir avait quelque peu tourné la tête. Dans ses rêves, Marie Fedorovna se dit que, si Paul avait vécu plus longtemps, il aurait prouvé au monde que ses prétendues toquades étaient toujours inspirées par un élan du cœur, jamais par un froid calcul politique, et que, sans en avoir l'air, il était un second Pierre le Grand, alors qu'aujourd'hui on l'accuse de n'avoir été que sa caricature.

L'office, long, superbe et hiératique qui se déroule dans la cathédrale ne la guérira pas de l'idée que son mari est un martyr de l'incompréhension populaire. Elle voudrait tant sauver l'empereur Paul Ier de l'absurde discrédit qui le guette ! Mais elle a beau prier, les mains jointes, au milieu des chants du chœur et du scintillement des cierges, il lui semble que Dieu ne l'entend pas. Il est vrai que c'est un Dieu russe. Même si elle s'est convertie, jadis, à l'orthodoxie, le sien est resté allemand. Serait-ce là, se demande-t-elle, le motif de la terrible équivoque qui a pesé sur les quelque cinq ans de règne de ce tsar mal aimé ?

BIBLIOGRAPHIE

Le livre de Théodore SCHIEMANN, *Le Régicide du 11 mars 1801* (en russe), contient de nombreux témoignages de contemporains, participants ou non au meurtre de Paul Ier. Il est à compléter par l'ouvrage (également en russe) d'EIDELMAN : *Aux confins du siècle,* et par celui, plus récent, d'Alexeï PESKOV, *Paul Ier, empereur de Russie,* composé avec des extraits de Mémoires de l'époque. Ci-dessous la liste des ouvrages consultés :

ALLONVILLE (comte d'), *Mémoires secrets,* Paris, 1834-1845.

BRIAN-CHANINOV (Nicolas), *Catherine II,* Paris, Payot, 1932.

– *Alexandre Ier*, Paris, Grasset, 1934.

CABANES (docteur), *Fous couronnés,* Paris, Albin Michel, 1925.

CARRERE D'ENCAUSSE (Hélène), *Le Malheur russe, essai sur le meurtre politique,* Paris, Fayard, 1988.

CHOUMIGORSKI (E.), *L'Empereur Paul Ier, sa vie et son règne* (en russe), 1907.

– *Catherine Nelidov* (en russe), 1898.

– *L'Impératrice Marie Fedorovna* (en russe), 1892.

DACHKOV (princesse Catherine), *Mémoires,* Paris, Mercure de France, 1966.

EIDELMAN (E.), *Aux confins du siècle* (en russe), Moscou, 1982.

– *Ton XVIIIe siècle* (en russe), Moscou, 1991.

GOLOVINE (comtesse Barbara), *Souvenirs,* Paris, 1910.
GOLOVKINE (Fedor), *La Cour et le règne de Paul Ier*, Paris, 1905.
GRUNWALD (Constantin de), *L'Assassinat de Paul Ier, tsar de Russie,* Paris, Hachette, 1960.
– *Trois Siècles de diplomatie russe,* Paris, Calmann-Lévy, 1956.
HEYKING (Charles-Henri), *Souvenirs du baron Heyking* (en russe), Saint-Pétersbourg, 1907.
KEBEKO (Dimitri), *Le Czésarévitch Paul Petrovitch, 1754-1796* (en russe), 1887.
KOTZEBUE (August von), *Souvenirs d'August Kotzebue. L'assassinat du 11 mars 1801* (en russe), Saint-Pétersbourg, 1907.
LIGNE (prince de), *Fragments de l'histoire de ma vie*, Paris, 1940.
MASSON (Charles), *Mémoires secrets sur la Russie*, tome I, Paris, 1800.
MILIOUKOV (Paul), *Histoire de la Russie* (3 vol.), Paris, Leroux, 1932.
MORANE (Paul), *Paul Ier de Russie*, Plon, 1907.
MOUROUSY (Paul), *Le Tsar Paul Ier*, Editions du Rocher, 1997.
OBERKIRCH (baronne), *Mémoires de la baronne Oberkirch sur la cour de Louis XVI* (2 vol.), Paris, 1869.
OLDENBOURG (Zoé), *Catherine de Russie,* Gallimard, 1980.
PESKOV (Alexei), *Paul Ier, empereur de Russie, ou le 7 novembre*, Paris, Fayard, 1996.
RÉGICIDE DU 11 mars 1801, Témoignages des participants et des contemporains (en russe), Saint-Pétersbourg, 1907.
ROSTOPTCHINE (Fedor), *Œuvres inédites,* Paris, 1894.
SCHIEMANN (Théodore), *Le Régicide du 11 mars 1801* (en russe), Saint-Pétersbourg, 1908.

SCHILDER (N.), *L'Empereur Paul Ier* (en russe), 1900.
SÉGUR (marquis de), *Mémoires,* Paris, 1894-1895.
TAUBE (baron Michel de), *L'Empereur Paul Ier de Russie, grand maître de l'ordre de Malte*, Slatkine, 1982.
TCHOULKOV (G.), *Les Derniers Tsars autocrates*, Paris, Payot, 1928.
TROYAT (Henri), *Alexandre Ier*, Paris, Flammarion, 1980.
– *Catherine la Grande,* Paris, Flammarion, 1977.
VALLOTTON (Henry), *Catherine II,* Paris, Fayard, 1955.
– *Le Tsar Alexandre Ier,* Paris, Berger-Levrault, 1966.
VIEGEL (F.F.), *Souvenirs* (en russe), *Moscou*, 1926.
VOGUË (Melchior de), *La Fin de Paul Ier, un changement de règne,* Paris, 1884.
VORONTZOV (Simon), *Archives du prince Vorontzov* (en russe), tome I, Moscou.
WALISZEWSKI (K.), *Le Fils de la Grande Catherine, Paul Ier, 1754-1801,* Paris, Plon, 1912.
– *Autour d'un trône,* Paris, Plon, 1894.
– *Le Roman d'une impératrice, Catherine II de Russie*, Paris, Plon, 1892.
WURMSER (Olga), *Catherine II*, Paris, Le Seuil, 1962.

INDEX

Table

Du même auteur :

Romans isolés

FAUX JOUR (Plon)
LE VIVIER (Plon)
GRANDEUR NATURE (Plon)
L'ARAIGNE (Plon) – Prix Goncourt 1938
LE MORT SAISIT LE VIF (Plon)
LE SIGNE DU TAUREAU (Plon)
LA TÊTE SUR LES ÉPAULES (Plon)
UNE EXTRÊME AMITIÉ (La Table Ronde)
LA NEIGE EN DEUIL (Flammarion)
LA PIERRE, LA FEUILLE ET LES CISEAUX (Flammarion)
ANNE PRÉDAILLE (Flammarion)
GRIMBOSQ (Flammarion)
LE FRONT DANS LES NUAGES (Flammarion)
LE PRISONNIER n° 1 (Flammarion)
LE PAIN DE L'ÉTRANGER (Flammarion)
LA DÉRISION (Flammarion)
MARIE KARPOVNA (Flammarion)
LE BRUIT SOLITAIRE DU CŒUR (Flammarion)
TOUTE MA VIE SERA MENSONGE (Flammarion)
LA GOUVERNANTE FRANÇAISE (Flammarion)
LA FEMME DE DAVID (Flammarion)
ALIOCHA (Flammarion)
YOURI (Flammarion)
LE CHANT DES INSENSÉS (Flammarion)
LE MARCHAND DE MASQUES (Flammarion)
LE DÉFI D'OLGA (Flammarion)
VOTRE TRÈS HUMBLE ET TRÈS OBÉISSANT SERVITEUR (Flammarion)
L'AFFAIRE CRÉMONNIÈRE (Flammarion)
LE FILS DU SATRAPE (Grasset)
NAMOUNA OU LA CHALEUR ANIMALE (Grasset)
LA BALLERINE DE SAINT-PÉTERSBOURG (Plon)

LA FILLE DE L'ÉCRIVAIN (Grasset)
LA FIANCÉE DE L'OGRE (Grasset)

Cycles romanesques

LES SEMAILLES ET LES MOISSONS (Plon)
I – LES SEMAILLES ET LES MOISSONS
II – AMÉLIE
III – LA GRIVE
IV – TENDRE ET VIOLENTE ELISABETH
V – LA RENCONTRE

LES EYGLETIÈRE (Flammarion)
I – LES EYGLETIÈRE
II – LA FAIM DES LIONCEAUX
III – LA MALANDRE

LA LUMIÈRE DES JUSTES (Flammarion)
I – LES COMPAGNONS DU COQUELICOT
II – LA BARYNIA
III – LA GLOIRE DES VAINCUS
IV – LES DAMES DE SIBÉRIE
V – SOPHIE OU LA FIN DES COMBATS

LES HÉRITIERS DE L'AVENIR (Flammarion)
I – LE CAHIER
II – CENT UN COUPS DE CANON
III – L'ELÉPHANT BLANC

TANT QUE LA TERRE DURERA... (La Table Ronde)
I – TANT QUE LA TERRE DURERA...
II – LE SAC ET LA CENDRE
III – ETRANGERS SUR LA TERRE

LE MOSCOVITE (Flammarion)
I – LE MOSCOVITE
II – LES DÉSORDRES SECRETS
III – LES FEUX DU MATIN

VIOU (Flammarion)
I – VIOU

II – A DEMAIN, SYLVIE
III – LE TROISIÈME BONHEUR

Nouvelles

LA CLEF DE VOÛTE (Plon)
LA FOSSE COMMUNE (Plon)
LE JUGEMENT DE DIEU (Plon)
DU PHILANTHROPE À LA ROUQUINE (Flammarion)
LE GESTE D'EVE (Flammarion)
LES AILES DU DIABLE (Flammarion)

Biographies

DOSTOÏEVSKI (Fayard)
POUCHKINE (Perrin)
L'ETRANGE DESTIN DE LERMONTOV (Perrin)
TOLSTOÏ (Fayard)
GOGOL (Flammarion)
CATHERINE LA GRANDE (Flammarion)
PIERRE LE GRAND (Flammarion)
ALEXANDRE Ier (Flammarion)
IVAN LE TERRIBLE (Flammarion)
TCHEKHOV (Flammarion)
TOURGUENIEV (Flammarion)
GORKI (Flammarion)
FLAUBERT (Flammarion)
MAUPASSANT (Flammarion)
ALEXANDRE II (Flammarion)
NICOLAS II (Flammarion)
ZOLA (Flammarion)
VERLAINE (Flammarion)
BAUDELAIRE (Flammarion)
BALZAC (Flammarion)
RASPOUTINE (Flammarion)
JULIETTE DROUET (Flammarion)
TERRIBLES TSARINES (Grasset)
LES TURBULENCES D'UNE GRANDE FAMILLE (Grasset)
NICOLAS Ier (Perrin)

Marina Tsvetaeva, *l'éternelle insurgée* (Grasset)
L'Etage des bouffons (Grasset)

Essais, voyages, divers

La Case de l'oncle Sam (La Table Ronde)
De gratte-ciel en cocotier (Plon)
Sainte-Russie, *Réflexions et souvenirs* (Grasset)
Les Ponts de Paris, *illustré d'aquarelles* (Flammarion)
Naissance d'une dauphine (Gallimard)
La Vie quotidienne en Russie au temps du dernier tsar (Hachette)
Un si long chemin (Stock)

Théâtre

Les Vivants (André Bonne)

Composition réalisée par PCA

IMPRIMÉ EN ESPAGNE PAR LIBERDUPLEX
Barcelone
Dépôt légal Éditeur : 56608-06/2005
Édition 01
Librairie Générale Française - 31, rue de Fleurus - 75278 Paris Cedex 06.

ISBN : 2 - 253 - 11362 - X 31/1362/8